うめ婆《ばあ》行状記

宇江佐真理

朝日文庫

本書は二〇一六年三月、小社より刊行されたものです。

目次

うめ婆行状記

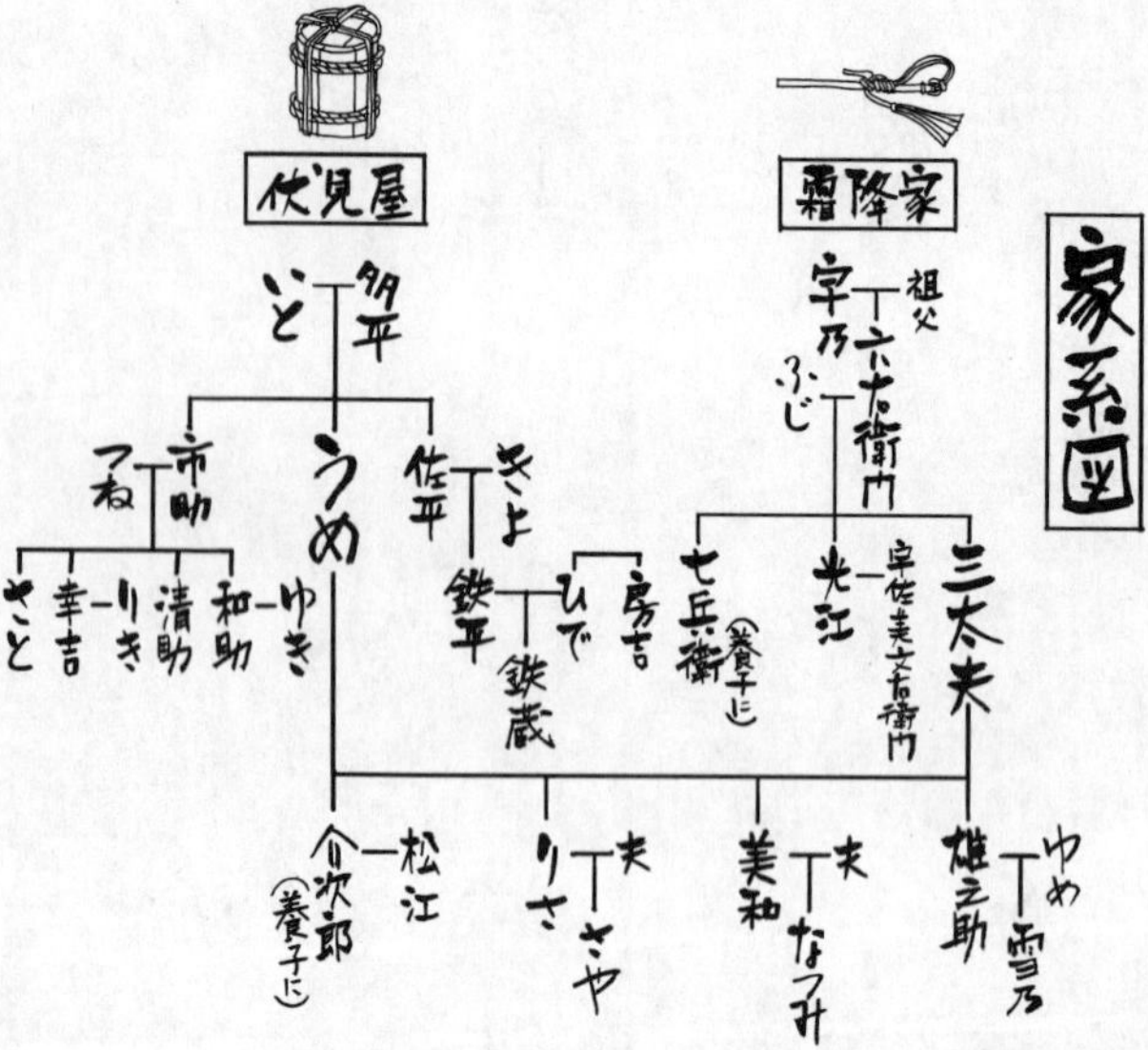
家系図
伏見屋
霜降家
多平
いと
市助
つね
うめ
佐平
きよ
さと
幸吉
りき
清助
和助
ゆき
鉄平
ひで
房吉
鉄蔵
祖父
宇乃
六左衛門
ふじ
七兵衛
(養子に)
光江
宇佐美文右衛門
三太夫
介次郎
(養子に)
松江
りさ
夫
さや
美和
夫
なつみ
雄之助
ゆめ
雪乃

作図・安里英晴

うめの決意

北町奉行所臨時廻《まわ》り同心を務めていたうめの夫の霜降三太夫《しもふりさんだゆう》が亡くなったのは、桜がほろほろと花びらを散らす頃だった。

花の中でも桜がことのほか好きだった三太夫らしいと弔問客は口々に言っていたが、うめは心の中で、たまたま身まかったのがこの時季になっただけじゃないか、と呟《つぶや》いていた。だいたい、故人を偲《しの》ぶのなら、人柄だの、仕事ぶりを褒めるのが先だろうとうめは思う。死に時を褒められたところで本人もさして喜びはしまい。他に褒めるところがないと言われたら、それまでだが。

うめは桜なんて嫌いだった。花時になると江戸の人々は、花見の話題で持ち切りとなる。やれ、上野《うえの》の桜がどうの、向島《むこうじま》の桜がどうのと。だが、江戸の町々が桜のせいで、うすらぼんやりとした気分になるのが、うめは、どうもいやだった。家の庭に桜を植えていようものなら、散った花びらの始末が大変だし、毛虫も湧く。それでも人々は昔から桜を愛《め》でてやまない。うめには理解できないことだった。

三太夫は奉行所の同僚と毎年、花見に繰り出していた。べろべろに酔って帰るので、なおさら花見の季節がうめには厭《いと》わしい。

おとなしく寝てくれたらいいものを、一緒に行った連中の誰それが、ああ言っただの、こうしただのと、半刻《はんとき》（約一時間）も下らない話につき合わされる。

ようやく寝てくれても、翌朝、もう一度、同じ話をする。それはお聞きしました、と応えると、おれが、いつお前に話した、おかしなことを言うな、と怒鳴る。

三太夫はお喋《しゃべ》りなくせに気の短い男だった。ためになる話だったら、うめも素直に耳を傾けるのだが、聞いても聞かなくても、どうでもいい話題ばかりだった。そんな夫に三十年も仕え、四人の子供を産ませられたうめは、つくづく女に生まれたわが身が恨めしかった。

霜降家の菩提寺《ぼだいじ》である浅草の誓願寺《せいがんじ》へ向かう道々、民家の庭から花びらを落とす桜を見て、三太夫の妹の光江《みつえ》は、兄上、ごらんになっておりますか、桜が格別見事でございますよ、と芝居掛かった声を上げた。それにつられて親戚の者も口許《くちもと》に手巾《しゅきん》を当てて咽《むせ》び泣く。うめは白けるばかりだった。

霜降三太夫は、恒例の花見を終えてから間もなく、夕食の最中にぽろぽろとごはんをこぼした。

「まあ、お前様、子供のようになんですか。お行儀よく召し上がって下さいまし」

うめは孫の雪乃《ゆきの》がいる手前、三太夫に小言を言った。六歳の雪乃には日頃から箸の持ち方や音を立てずに汁を飲むこと、ごはんやお菜《さい》をこぼさずに食べることなどを、うめは言って聞かせていた。祖父がそのように食べては孫に示しがつかない。

だが、三太夫は何も応えないばかりか、白眼《しろめ》を剝《む》いて後ろに引っ繰り返った。その拍子に手にしていためし茶碗《ちゃわん》と箸が派手に散らばった。

「父上、父上、いかがなされた。これ、しっかりなされ」

長男の雄之助《ゆうのすけ》が慌てて呼び掛けた。しかし、三太夫はそのまま鼾《いびき》をかき始めた。雪乃は祖父の異変に驚き、激しく泣いた。

(卒中《そっちゅう》だ)

うめは内心で思ったが、気が動転していたせいで何も言えず、雪乃を抱きかかえたまま、恐ろしげに三太夫を見つめていた。

下男の安蔵《やすぞう》に医者を呼びに行かせ、雄之助の妻のゆめが、すばやく奥の間に蒲団《ふとん》を敷き、散らかった茶の間を片づけた。

薬籠《やくろう》を下げた町医者の小畑尚安《おばたしょうあん》が間もなく駆けつけて来たが、三太夫を見るなり、ああ、と大袈裟《おおげさ》なため息を洩《も》らした。尚安は六十近い年で、息子の友安《ゆうあん》とともに八丁堀の北島町《きたじまちょう》で医業を行なっていた。霜降家の掛かりつけの医者でもある。

「先生、助かりますでしょうか。父はまだ還暦前でござる。今しばらく、お務めを続けて貰《もら》わねば、わが家も奉行所も困りまする」

雄之助は、うめの言いたいことを代わりに言ってくれた。

「霜降様はご酒《しゅ》がお好きでしたからな。ほどほどになされよと忠告しておりましたが、はいはいと応えるものの、さっぱり控える様子がありませんでした。いずれ、こうなるのではないかと、わしも心配しておったのですが」

尚安は禿頭《とくとう》をつるりと撫《な》でて言う。うめは、もう駄目だと言われたようで気が滅入《めい》った。その通り、もう駄目だったのだが。

その夜が山だと言った尚安は、そのまま三太夫につき添った。時々、脈をとるが、三太夫の脈は弱々しくなる一方で、意識も戻る様子がなかった。

そして、夜明けも近い時刻、切なげに息を吸った途端、かくりと首が傾いた。

尚安が慌てて水を飲ませるも、三太夫の口許から飲み込めない水がだらだらとこぼれた。

「はあ、残念ながらご臨終でござる」

尚安が低い声で言うと、雄之助の妻のゆめが、わッと声を上げて泣いた。さほど舅《しゅうと》の三太夫を慕っていた訳でもないのに、そうして泣くのが、うめには意外に思えた。うめは涙も出なかった。あまりに呆気《あっけ》ない最期《さいご》だったので、まだ、その死が信じられなかったというのが正直な気持ちだった。

うめの気持ちにかかわらず、すぐさま葬儀の準備が始められ、ろくに悲しむ暇もなかった。三太夫の妹の光江が駆けつけ、ゆめと同じように派手に泣き声を上げた。泣くだけ泣いて気が済むと、さっそく葬儀の段取りをあれこれと指図した。

あとはわが家で致しますから、光江さんはお構いなく、と言いたかったが、うめは言えなかった。三太夫の両親が亡くなった時も、光江はあれこれと指図した。少しでも意に添わないことがあれば、眉を吊《つ》り上げてうめに小言を言った。光江は、もはや霜降家の人間ではないのに、実家の采配は自分が執らなければならないと思っている。

ふた言目には、うめさんは町家《ちょうか》の出でいらっしゃるから、武家のお仕来《しき》たりには疎いと思いますので、ここはわたくしに任せて、と言った。うめが町家の出であるのは本当のことなので、そう言われては何も応えられない。よろしくお願い致します、と頭を下げるしかなかった。それにしては三太夫と光江の両親が病を得た時、光江は、たまに顔を出すぐらいで、何もしなかった。看病をしたのはうめだ。毎日のことなので、そうそう優しい顔ばかりしていられない。光江が、うめさんは、もう少し親身にお世話して下されればよろしいのに、と女中に言っているのを聞いたことがある。腸《はらわた》が煮えるように悔しかった。

いい顔ばかりしているお前は何様だ。うめは言えない言葉を胸で呟いていた。

うめは大伝馬町《おおてんまちょう》の酢・醤油《しょうゆ》問屋「伏見屋《ふしみや》」の娘として生まれた。きょうだいは兄と弟がいた。伏見屋のひとり娘として、霜降家に嫁ぐまで苦労知らずで育った。音曲や茶の湯、生け花、手習いなども人並に稽古した。季節の変わり目になると、母親のおいとはうめを呉服屋へ連れて行き、よそいきの着物や普段着、帯などを誂《あつら》えてくれた。そうされることを、うめは当たり前のように思っていた。だが、本所《ほんじょ》の在《ざい》から女中奉公にやって来たおたみは、自分は奉公に上がる時、母親が古手屋《ふるてや》（古着屋）で、ようやく木綿縞《じま》の着物と帯を買ってくれ、それまでは年中、野良着《のらぎ》姿で畑の世話をしていたと言った。他には浴衣《ゆかた》一枚ないので、お嬢さんがつくづく羨《うらや》ましいと言った。

あまりに気の毒だったから、うめは浴衣と前挿《まえざ》しの簪《かんざし》をおたみにやった。だが、そのためにおたみは他の女中達から苛《いじ》められる羽目となった。うまくうめに取り入って浴衣と簪をせしめたと思われたのだ。

うめは父親の多平《たへい》に小言を言われた。

「うちは奉公人も多い。お前がおたみに格別目を掛けたとなれば、他の者がやっかむ。今後は、無駄な情けは控えることだ」

いつも笑みを絶やさない多平が真顔で言ったので、うめの肝は冷えた。意気消沈したうめに母親のおいとは何も言わなかった。多平と同じ気持ちだったのだろう。

おたみは以後、うめと顔を合わせても、そっと眼を逸《そ》らした。兄の佐平《さへい》は気にするな、と慰めてくれたが、うめの気持ちは晴れなかった。弟の市助《いちすけ》は、姉ちゃんは悪かねェよ、おたみは得意そうに姉ちゃんから貰ったもんを見せびらかしたのよ、だから他の女中達が頭に血を昇《のぼ》らせたんだ、と言った。

「どうして見せびらかすのかしらね。黙っていればいいのに」

「おたみも他の女中達も、普段は坊ちゃん、お嬢さんと持ち上げているが、陰じゃ悪口を山ほど言っているわな。おいらが手習所《てならいどころ》に通っても、相変わらず、みみずがのたくったような字しか書けねェだの、算盤《そろばん》の腕はいつまで経《た》っても上がらねェだのと言ってるぜ」

「ひどいこと言うのね。伏見屋で働けるお蔭《かげ》でお給金がいただけるのに」

「姉ちゃんのことだって、大した美人でもねェのに、いい着物を着て、頭をきれいに結っていれば、それなりに見えるもんだと言ってるぜ」

「誰よ、そんなこと言ったのは」

うめは、むっとして声を荒らげた。

「おたみ」

「…………」

「だからよ、情けを掛けても無駄だってこと。お父っつぁんの言うことは正しいのよ」

うめよりふたつ年下の市助は、まるでうめの兄のような口調でうめを諭《さと》した。

「世の中、ままならないねえ。このまま、あたしがよそにお嫁入りしても、さほどいいことなんてありそうにないかも」

うめはため息交じりに言った。

「まあ、そんなふうに考えていれば、嫁入りしても、それほどがっかりすることはねェだろう」

市助は鷹揚《おうよう》な表情で言う。

「そういうあんたはどうなのよ。伏見屋は兄さんが継ぐから、あんたはよそに養子に行かなきゃならないじゃないの。家つきのお嫁さんの顔色を窺《うかが》って暮らさなきゃならないのよ」

「おいら、婿《むこ》になるのはいやだ」

市助は小鼻を膨《ふく》らませて応えた。

「だって、そういう訳には行かないじゃない。独《ひと》り身《み》を通して伏見屋の居候《いそうろう》を決め込むつもり？」

「ばかにすんない。おいらは男だ。ちゃんと働いて女房を持つよ」

「どうやって」

「別に問屋をやろうと言うんじゃねェぜ。どこか手頃な見世《みせ》を見つけてよ、そこで伏見屋の品物を置くのよ。そうだな、両国広小路に近い横山町《よこやまちょう》辺りがいいな。そうすりゃ、あっちのほうにいる客は、わざわざ大伝馬町までやって来なくていいから助かると思うぜ」

「伏見屋の出店《でだな》（支店）ということ？」

「まあ、そうだ」

「あんた、しっかりしているのね。きっと、お父っつぁんも賛成すると思うよ」

「お父っつぁんが反対したら、姉ちゃん、後生だ。おいらに加勢してくれよ」

「合点《がってん》、承知」

そう応えると、市助は並びの悪い歯を見せて笑った。

　後年、弟の市助は自分の言った通り、養子には行かず、伏見屋の出店を持った。場所は横山町ではなく、馬喰町《ばくろちょう》になったが、両国広小路に近いのは横山町と変わりがない。うめは実家に足を運ぶより、市助の見世に顔を出すことが多かった。霜降家で使う酢や醬油も市助の見世から取り寄せている。そのために兄の佐平から、うめはおれより市助を贔屓《ひいき》にしているとひがまれた。

贔屓にしていると言われても、市助の見世の品物は佐平の所から仕入れるのである。どちらから買おうが同じことだ。市助の女房のおつねは、お義姉《ねえ》さん、お義姉さんと慕ってくれるし、市助の子供達もうめに対して愛想がいい。佐平の女房のおきよは、うめに邪険にする訳ではないが、どことなく態度がよそよそしい。それよりは遠慮がいらない市助の見世のほうが、うめにとっては気楽だった。

　うめが霜降家に嫁ぐことになったのは、時々、見廻りで顔を出す北町奉行所定廻《じょうまわ》り同心の工藤平三郎《くどうへいざぶろう》に勧められたからだ。工藤は熱心な仕事ぶりにも増して、世話好きな男でもあった。当時、工藤の下で仕事をしていた霜降三太夫に早く妻を持たせたいと考えていた。眼に留まったのがうめだった。

　うめの父親の多平は、最初、とんでもないと断った。うめを同業の見世の息子の嫁に出す考えでいたからだ。それに三十俵二人扶持《ににんぶち》の同心の家では、娘が苦労するのは眼に見えていたのだろう。うめも武家とはいえ、奉行所の同心に嫁ぐつもりなど、さらさらなかった。

　ところが工藤は、ことあるごとに三太夫を伴《とも》にして伏見屋を訪れた。縁談に恵まれていなかった三太夫も、思わせぶりな眼でうめを見た。

「どうにかしてよ、お父っつぁん。あたし、同心の女房になんてなりたくないよ」

うめは口を尖《とが》らせて多平に言った。

「そうだなあ。霜降様のお家はご両親の他にお祖母《ばあ》様と、お前よりひとつ上の娘さんがいらっしゃるそうだ。そんな家に嫁いでは、お前も大変だ。しかし、向こうはお武家。木で鼻を括《くく》る態度もできないのだよ」

多平は弱った顔でそう言った。

ところが、そんな折、伏見屋が押し込みに狙われているのではないかという疑いが奉行所内で持ち上がった。

押し込みとは、見世の中に一味の一人をもぐり込ませ、何年も真面目に奉公するふりをして主《あるじ》やお内儀《かみ》を安心させ、頃合を見て、夜中に出入り口の鍵を開けて仲間を引き入れ、金品を奪う盗賊のことである。

伏見屋の引き込み役は手代の佐之助《さのすけ》という十八になる若者だった。口入れ屋《くちいれや》（周旋業）を介して三年前に雇《やと》い入れた者だった。

真面目で、崩れたところがなく、人に疑いを持たせるものは微塵《みじん》もなかった。

工藤平三郎は三太夫と頻繁に伏見屋を訪れている内、佐之助の行動に不審を覚えたという。それは同心としての勘であったのかも知れない。

佐之助も度々、工藤と三太夫が伏見屋を訪れることに警戒はしていたが、その目的がうめにあると知っていたから、さほど気にすることはないと仲間に告げていたらしい。

押し込みは用意周到に計画を立てる。

思いつきで行動を起こすのではない。恐らく佐之助が伏見屋に奉公に上がった時から、着々と計画が進められていたのだろう。

工藤はうめの父親に、それとなく注意を促していた。しかし、多平はまともに信じていなかった。自分の気を惹《ひ》くために大袈裟なことを言っているのだろうぐらいにしか考えていなかった。

しかし、工藤は伏見屋の真向かいにある仕舞屋《しもたや》を一時借りて、夜は張り込みをするようになった。そして、佐之助が近所の居酒見世《いざかみせ》で仲間に繫《つな》ぎをつけているのを目撃すると、近々、押し込みがあるものと判断した。捕吏《ほり》を募り、いつでも飛び出せる態勢を調《ととの》え、その時を待った。

おぼろな春の宵だった。生ぬるい風が吹いていたが、夜半には次第に冷え込んでいた。

工藤達は二階の窓を細めに開けて、伏見屋の様子を窺ったという。

伏見屋の大戸《おおど》は下ろされ、軒行灯《のきあんどん》も消えていた。通る人間はもちろんおらず、遠くから按摩《あんま》の笛と野良犬の遠吠えが聞こえるばかりだった。

「今夜も肩すかしですかねえ」

捕吏の一人がつまらなそうに呟いた。

捕吏が呟いた途端、空《から》の大八車《だいはちぐるま》を引いた男が通りを進んで来た。ぼんやりした月の光が辛うじて男の姿を照らし出した。しかし、菅笠《すげがさ》を被《かぶ》っていたので、人相まではわからなかった。男は伏見屋の勝手口に通じる路地の前で大八車を止めて、しゃがんだ。

ほどなく、足音を忍ばせて数人の男達がやって来た。

「来たぞ」

工藤は声をひそめて捕吏に告げた。

「踏み込みますか」

三太夫は意気込んで言った。皆、着物の袖を襷《たすき》で括り、裾を絡《から》げ、足許は草鞋《わらじ》履《ば》きという捕物の出《い》で立ちだった。

「待て。奴らが見世に入ってから踏み込む」

工藤は、はやる三太夫を制した。

大八車を引いていた男を残して、他の男達は路地の奥に消えた。

「よし、今だ！」

工藤の号令を合図に御用提灯に灯が入れられ、三太夫を含む捕吏達は階下に向かい、外に出た。

大八車の傍《そば》にいた男は驚き、仲間に知らせるために声を上げようとしたが、三太夫はその口を塞《ふさ》ぎ、猿轡《さるぐつわ》を咬《か》ませた。他の捕吏がすばやく縄を掛けた。

「御用、御用！」

捕吏達は声を上げて、伏見屋の勝手口に向かった。女中達の悲鳴と男達の怒号が飛び交った。しかし、多勢に無勢。押し込み達はあえなく捕まった。後に工藤と三太夫はお奉行より報奨金をいただいたそうだ。

うめは、そんなことがあったなどと、少しも気づかなかった。ぐっすりと眠っていたせいだ。それより、三太夫がずかずかと自分の部屋に入って来て、うめさん、大丈夫でござるか、と訊《き》いたのには驚いた。

色よい返事をしないうめに業を煮やし、三太夫が夜這《よば》いを決め込んだものと早合点したのだ。

「誰か、誰か来て。手ごめにされちまうよう」

うめは声を励まして、助けを求めた。

「て、手ごめなどと、それがしがそのようなことをするとお思いか」

三太夫は情けない声で言った。両親がやって来て、うめはようやく事情を知ったのだった。

そのことで、うめは度々、三太夫に詰《なじ》られたものだ。伏見屋はそのお蔭で被害はなかったものの、見世から縄付きを出したことで家内不取締《かないふとりしま》りの罰金刑は免《まぬが》れようもなかった。

「いやいや、工藤様。幸い、盗《と》られた物は何もなく、死人《しびと》も出ませんでした。皆、工藤様のお蔭でございます。罰金刑は、もとより覚悟の上のことでございます」

多平は鷹揚に言った。

「さようか。さすが江戸で五本の指に数えられる酢と醬油問屋であるな。三十両や四十両の罰金など屁でもないのだろう。したが、この度のことは、三太夫が特に気に掛けていたせいもあるのだぞ。三太夫が見張っておらねば、お前の大事な娘の命はなかったやも知れぬ。娘の命は金には換えられぬ」

工藤は恩着せがましく言った。

「おっしゃる通りでございます。霜降様にもお礼を申し上げます」

多平は殊勝に頭を下げた。その時の三太夫の表情は、多平に言わせれば、してやったりの得意顔だったという。

うめは多平に因果を含められた。すなわち、三太夫の恩に報いるためには妻になるよりほかはなかったのだ。

うめは泣きたくなるほど情けなかった。

実際、母親のおいとの胸に縋《すが》って泣いた。

「商家の娘がお武家の奥様になるのだよ。これはお前にとって出世だと思っておくれ」

おいとは懇々《こんこん》とうめを諭した。

「どうしても我慢ができぬ場合は、戻って来てもよい。なあに、伏見屋はお前の面倒は死ぬまで見てやるから」

多平も宥《なだ》めるように言った。

「本当に出戻ってもいいの？」

うめは、潤んだ眼で多平に訊いた。

「ああ、いいとも。ただし、まともな理由がなければならないよ。ただの我儘《わがまま》でそうするのなら、わしは承知しない」

「まともな理由って何？」

「たとえば、霜降様がよそにおなごを囲うとか、毎度、殴る蹴るをするとかだ。そこまでお前に我慢させようとは、わしでも思わない。お前は伏見屋の娘だ。そこいらの娘達と一緒にされたくないのだ」

うめはとうとう折れた。三太夫の妻になることを承知したのだ。いつでも戻っていいと言った父親の言葉が励みになった。

しかし、町人の娘が武家に嫁ぐには手順があった。身分上は、三太夫に嫁ぐことはできない。一旦、工藤平三郎の養女となってから霜降家に輿入《こしい》れするのだ。そのために多平は工藤に安くない金を遣った。

呉服屋で誂えた花嫁衣装《いしよう》に箪笥《たんす》、長持《ながもち》、はさみ箱、鏡台、よそゆき、普段着、喪服、帯。うめの花嫁道具は人目を惹くものだった。祝言を挙げ、呉服橋御門外《ごふくばしごもんそと》にある「樽三《たるさぶ》」という高級料理茶屋で開かれた宴《うたげ》には、多平の顔もあり、出席者が二百人にも及んだ。

うめは文金の高髷《たかまげ》に髪を結われ、化粧を施《ほどこ》され、花嫁衣装を着せられた。何も考える余裕がなかった。自分は人形のようだと、皮肉な気持ちでいただけだ。

ようやく落ち着いたのは、親戚や知人に夫婦となった挨拶を終えた後のことだった。

霜降家は三太夫の父親の霜降六右衛門《ろくえもん》と、その妻のふじ、祖母の宇乃《うの》、三太夫の妹の光江がいた。光江はまだ縁談に恵まれていなかった。他に三太夫の弟の七兵衛《しちべえ》がいるが、七兵衛は、とうに他家へ養子となっていた。

霜降家に嫁いで、うめが最初に驚いたのは、めしのまずさだった。どこの産地のものか、もそもそと味気がなく、飲み込むのがひと苦労だった。だが、家族は慣れっこになっていて、特に不満を覚えている様子もなかった。質素なお菜は我慢できても、めしのまずさには閉口した。

無理に飲み込むと、自然に涙が滲《にじ》んだ。

「お前は霜降家の人間になったのだ。伏見屋にいた時とは違う。わが家のめしが喰えなくてどうする」

うめの様子を見て、三太夫はさっそく小言を言った。

「申し訳ありません」

うめは謝ったが、心の中は情けなさでいっぱいだった。今まで両親が自分にしてくれたことが改めてありがたく思われたが、うめはあまりに世間知らずだった。よその家では自分が考えられないことが普通に行なわれていたと、初めてわかった。

うめが霜降家に嫁いで間もなく、三太夫の妹の光江に縁談が持ち上がった。三太夫の両親は、大店《おおだな》の娘として育ったうめのことを慮《おもんぱか》り、光江の輿入れを急いだふしもあった。光江の相手は北町奉行所の年番方《ねんばんかた》同心を務める宇佐美文右衛門《うさみぶんえもん》という三十歳になる男だった。今まで三太夫と同じで縁談に恵まれなかったようだ。二人はお互いを気に入り、縁談はとんとん拍子に進み、うめと三太夫の祝言から半年後に光江も祝言を挙げた。

とはいえ、霜降家では三太夫の祝言に金を遣い、その半年後の光江の祝言となると、正直、懐《ふところ》具合がよろしくなかった。

ひと通りの花嫁道具も、明らかにうめより見劣りがした。光江はそれが悔しいと言って泣いた。花嫁衣装もふじが輿入れした時のものを着せようとしたが、いかにも古びて見えた。光江はまた泣いた。

三太夫は切羽詰まり、うめに花嫁衣装を貸してやってくれと言った。

「でも……」

うめは言葉を濁した。いずれうめに娘が生まれたら、その衣装を着せてもいいように、うめの母親が張り込んでくれたのだ。

「な、頼む。この通りだ」

頭を下げる三太夫に、どうしても意地を通すことはできなかった。光江は調子に乗った訳でもないだろうが、祝言の後の挨拶廻りに着て行く着物も貸してほしいと言った。花嫁衣装も着物も、とうとう戻って来なかった。三年ほど経った時、思い切って返してほしいと言うと、光江は大慌てになり、友達に貸してしまったのだと言い訳した。恐らくは質屋にでも曲げたのだろう。うめはがっかりして言葉もなかった。おまけにうめの実家が伏見屋なのをいいことに、酢や醬油を宇佐美家に運ばせ、代金を払ったのは一度か二度しかなかった。

うめの父親の多平は諍《いさか》いになるのを恐れて何も言わなかったが、弟の市助がそっとうめに教えてくれた。猛烈に腹が立った。

三太夫に文句を言わずにはいられなかった。しかし、三太夫は光江の兄である。妹を庇《かば》い、すまない、とは言わなかった。

なんだ、酢や醬油の一升や二升、と。

三太夫は仕舞いに、金、金とうるさい女だとうめを怒鳴った。商《あきな》いは僅かな儲《もう》けの積み重ねである。客の機嫌を損ねぬように、信用を落とさぬように心して暖簾《のれん》を守っているのだ。伏見屋がうめの実家だからと言って、甘えていい訳がない。だが、それ以上、面と向かって三太夫には言えない。うめは陰でそっと泣くしかなかった。

それでも三太夫の祖母の宇乃は、ちゃんと見てくれていた。

三太夫は当時、定廻りの仕事についていたので、見廻りした商家から付け届けが少なくなかった。心ばかりの品を届けて、これからも警護をよろしくということである。

光江の夫の宇佐美文右衛門は年番方同心なので、付け届けはそう多くない。盆暮の時季になると、光江はさり気なく訪れ、床の間に置かれていた品物に眼を光らせる。海苔《のり》だの、上等の煎茶だの、干し椎茸《しいたけ》、佃煮《つくだに》だのが並んでいる。

「母上、いただいてよろしいかしら」

光江は猫撫で声で訊く。母親のふじは娘の暮らしぶりを不憫《ふびん》に思い、たいていは、持ってお行きと応える。光江は嬉《うれ》しそうに風呂敷《ふろしき》を取り出し、品物を包んで帰って行った。

断って持って行く内は、まだましだった。

貰えるのを当たり前のように考えるようになると、あら、これいいわねえ、と独り言を呟いて持って行くようになった。

宇乃は、ある日、黙って床の間から佃煮の箱を取り上げた光江に、おやおや、この家には頭の黒い鼠《ねずみ》がいるよ、と嫌味を言った。

「お祖母様、何をおっしゃるの。ちょっといただくだけじゃないですか」

光江は、しゃらりと応えた。

「ちょっといただくって、どういうことなんだろうね。盆暮の時季になると、お前は決まって実家にやって来て、あれがほしい、これがほしいと子供のようにねだる。なんですか、その了簡《りょうけん》は。みっともないったらありゃしない」

「ひどいことをおっしゃる」

「ひどいのはどっちなんだ。うめが何も言わないのをいいことに勝手放題していいと思っているのかえ。恥を知りなさい」

鶴のように痩せた身体《からだ》をしているが、宇乃の眼光は鋭い。弁が立つので、誰も宇乃には敵《かな》わない。その時も光江はしどろもどろだった。二人の話を聞いていたうめは胸がすくような気持ちだった。ああ、この家には自分の味方がいたと、感激してもいた。

「そこまでおっしゃるなら、今後一切、何もいただきません」

光江は意地になって言葉を返した。

「ああ、そうして貰いましょうか。お前はもう霜降家の人間ではないのですよ。宇佐美様のお家の面倒までわが家は見られませぬ。そこのところは肝に銘じておくれ。それから、うめの実家から品物を取り寄せた時は、当たり前のことですが代金はきちんと支払うように」

宇乃はうめの言いたいことをすべて言ってくれた。光江は泣きながら帰って行った。

しかし、喉許《のどもと》過ぎればなんとやらで、ほとぼりが冷めると、光江は相変わらず霜降家に顔を出し、到来物《とうらいもの》のあれこれをせしめて行った。酢と醬油の代金はそれから払うようになったと聞いたので、宇乃の小言は功を奏したらしい。

宇乃の実家はさる藩のご祐筆《ゆうひつ》を務めていたという。仕える藩が改易《かいえき》（取り潰し）となり、宇乃は一家離散の憂《う》き目《め》を見た。

宇乃は町方同心をしていた三太夫の祖父に嫁ぐしか生きる道はなかったのである。

実家がご祐筆をしていたので、宇乃も大変にうまい字を書く。うめの弟が見世に品物を記した半切《はんせつ》を貼り出す時、あまりにまずい字だったので、うめはおそるおそる宇乃に書いてほしいと言ってみた。内心では、そのようなこと、このわたくしにはできませぬ、と断られるのを覚悟していた。

だが、宇乃は快く承知してくれた。市助が喜んだのは言うまでもなかった。殺風景な市助の出店に墨痕《ぼっこん》鮮やかな半切は人目も惹いた。間もなく、市助から酢と醬油の樽の他に上等の羊羹《ようかん》が三棹《さお》も届いた。

「半切を何枚か書いただけで、このようなことをされるとは畏れ入ります」

宇乃は恐縮していた。

「いいえ、お祖母様。お祖母様の書道の腕前はおいそれと真似《まね》のできるものではございません。これはお祖母様のお手柄です。ご遠慮なさらずに」

うめは笑って宇乃に言った。宇乃はとても嬉しそうだった。それからうめも、暇を見つけて宇乃に手習いを教わった。宇乃の指導はとてもわかりやすかった。ただ、美しい字がいいとは限らないと、宇乃は言った。そこには人柄が大きくものを言うようだ。ぼんくらは、ぼんくらなりの字しか書けぬとも言う。以後、うめは人柄をよくするように努めた。それがよい字を書く近道にもなると思った。

気丈な宇乃も寄る年波には勝てず、七十近くになって床に就いた。食欲も衰えるばかりだった。これは霜降家で食べる米のせいでもあると、うめは自分の小遣いで宇乃の粥《かゆ》を炊く分だけ、おいしい米を買った。

近所の米屋の話では、霜降家で使っている米は並以下のくず米であるという。どうりでまずいはずだった。自分がふじから竈《かまど》を渡されたら、とにかく米だけはいいものを食べようと思った。

米から炊いた粥に宇乃は感激して、このようにおいしい粥は口にしたことがないと言った。宇乃が不憫でうめは泣いた。

「わたくしのために泣くことはありません。泣くのなら己《おのれ》の人生に泣きなされ。大店の娘が、何が哀《かな》しくて不浄《ふじよう》役人の妻にならなければならないのでしょう」

宇乃の口から思わぬ言葉が出て、うめは驚いた。町方の役人を幕臣や陪臣《ばいしん》は不浄役人と貶《おとし》めて言うことがあった。町奉行所は町人を取り締まるのが本分。盗み、殺し、騙《かた》り、挙句は裏店《うらだな》の住人の夫婦喧嘩《げんか》にまで関わる町方の役目は、とても武士のすることではないと思われている。事実、与力や同心は将軍にお目見《めみえ》が叶《かな》わない。お目見できるのは町奉行ただ一人である。しかし、曲りなりにも町方役人の妻だった宇乃から、その言葉が出るとは思いも寄らなかった。

「それは大きな声でお話しされませんように。うちの人が聞いたらご立腹なさいます」

うめはさり気なく窘《たしな》めた。

「わかっております。うめだから言ったまでのこと。これからも光江のことばかりでなく、お前が理不尽に思えることは多々あると思います。女三界に家なしとは、よく言ったもの。されど、倖《しあわ》せを求める気持ちは女にも許されるはず」

宇乃は遠くを見るような眼で言った。その眼は青みを帯び、少し白く濁っていた。

その時の宇乃の眼は、もうよく見えていなかったのかも知れない。

女三界に家なし、という諺《ことわざ》は、女と生まれると、幼い時は親に従い、嫁いでは夫に従い、老いては子に従わなければならず、女には一生、この広い世界に安住の場所がないという意味だ。宇乃はその諺を引いて、自分の人生の空《むな》しさをうめに語りたかったのだろう。

「倖せを求めるのは男でも女でも同じだと思います。ただ、倖せのあり方は人それぞれに違うと思います。お金があるから倖せとは思えないのです。お金があっても夫が振り向いてくれない妻だったら寂しいでしょうし、どら息子やどら娘を持っては、母親として悩みの種になりますからね」

そう言ったうめに、お金は、少しは要ります、と宇乃は応えた。

「そ、そうですね。文無《もんな》しでしたら、倖せがどうのと呑気《のんき》なことは言えませんから」

「お前が求める倖せとはどんなもの？」

宇乃は試《ため》すように訊いた。

「そうですねえ、自分の思うように生きられたら、どれほどいいでしょうか」

「それは、少し無理」

宇乃は悪戯《いたずら》っぽい表情で言った。

「ええ、わかっております。でも、うちの人の妻として、これから生まれる子の母として役割を果たした後は、少しは思い通りにしてもよろしいのではないでしょうか」

「そうですね。お前の言うことも一理ありますよ。それで思い通りの生き方とは、たとえばどのような」

「あたしは町人の出ですから、お武家のお仕来たりには正直、なじめません。役割を果たして、用済みとなった時は独りで生きてみたいと思います。今まで独り暮らしはしたことがありませんので」

「でも、年寄りになった時は身体が思うようになりませんよ。もしかしたら、誰にも知られずに亡くなってしまうかも知れません」

「それでもいいと思います。僅かな月日でも好きなように生きられたら」

今まで思ってもいなかった言葉が自然に出た。

今まで独り暮らしをしたいなどと、うめは思ったことがなかった。しかし、宇乃と話をしている内、そうだ、一年でも二年でも誰に遠慮のいらない独り暮らしをしてみたいと強く思ったのだ。

「老後の楽しみの独り暮らし……わたくしは考えたこともありませんが、お前がそうしたいのなら、おやりなされ」

宇乃は賛成してくれた。宇乃はそれから半年後に亡くなった。その時、うめは雄之助を孕《はら》んでいた。人が生まれ、亡くなり、また生まれる。こうして人の世は続いて行くのだと、うめは独りごちた。

家事と育児に追われている内、うめもいつしか宇乃に話したことを忘れていた。それを思い出したのは、やはり夫の霜降三太夫が亡くなった後のことだった。

雄之助は真面目で頼りになる息子だった。

雄之助の下には長女の美和《みわ》、次女のりさ、次男の介次郎《かいじろう》と四人の子供に恵まれたが、美和とりさは、すでに嫁ぎ、後は介次郎の身の振り方を考えればよかった。

雄之助が奉行所に霜降家の家督相続の届けを出すと、間もなく、介次郎に同じ北町奉行所の臨時廻りを務める垂水《たるみ》松次郎《まつじろう》の養子となる話が持ち上がった。垂水家では男子に恵まれず、三人の娘がいた。松次郎自身も養子に入った男なので、介次郎については肩身の狭い思いをさせないと、うめに言ってくれた。うめは涙が出るほど嬉しかった。無事に養子縁組を済ませ、介次郎が見習い同心として奉行所に上がると、うめは、これで自分の役割を果たしたと思った。

その後は、いよいよ独り暮らしに向けて行動を起こすのみだった。

とはいえ、四十八の女が独り暮らしなど、おいそれと始められるものではない。暮らしの掛かりは、うめの父親が亡くなった時、百両ほどの金を貰っている。父親の多平は他家に嫁いでいるとはいえ、うめにも幾らか残してやりたいと考えていたのだ。

その金は市助の女房のおつねに預けた。

もしも商売が思うように行かなかった場合、幾らか遣っていいと言っていた。まあ、百両の半分の五十両もあれば、当分、暮らせることだろう。

しかし、万一、洗いざらい遣ってしまったと言われたら、また別の方法も考えなければならない。そのことでおつねを責めることはするまいと心に決めていた。

久しぶりに馬喰町の市助の見世を訪ねると、市助は仕事に出ていたが、おつねはいつものように笑顔でうめを迎えてくれた。

「雄之助さんがめでたく家督相続なされ、また介次郎さんも養子縁組が纏《まと》まり、お義姉さん、改めてお祝い申し上げます」

おつねは畏まってそう言った。

「いえいえ、その節は過分なご祝儀をいただき、こっちこそ恐縮ですよ」

「これでお義姉さんの肩の荷も、すっかり下りましたね」

おつねは茶を出しながら、うめの気持ちを慮った。

「本当に」

「でも、気のせいでしょうか。なんだか気が抜けたようなお顔をなさっておりますよ」

おつねは、笑顔を消し、真顔になって言った。美人とは言い難いが、明るい人柄である。一膳めし屋の娘で、市助と一緒になるまで見世を手伝っていた。そのせいで愛想がいいのだ。市助は外に用事に出た折におつねの見世で昼めしを食べ、口を利くようになったらしい。

真面目で働き者のおつねを市助が見初《みそ》めたのだ。あの娘と一緒になりたい、と市助は兄の佐平よりも先にうめに打ち明けた。

ちょうど、父親の多平から出店を出すことを許されて間もない頃だ。その時、市助は二十歳、おつねは十八歳だった。

うめは市助のためにひと肌脱いだ。渋る市助を急《せ》かせて、その見世「ひさご」に一緒に行き、おつねの両親に、これこれこういう訳なので、おたくの娘さんに異存がなければ、どうぞ一緒にさせてやってほしいと言った。

突然のことに、おつねの両親はあんぐり口を開けたまま、しばらく言葉もなかった。

おつねは五人きょうだいの長女で、まだ幼い弟妹がいた。おつねが見世を手伝わなければ、家業にも影響が出るというものだった。案の定、両親は、今は困ると、ようやく言った。

話を聞いていたおつねの表情が、みるみる曇った。おつねも市助のことは憎からず思っていたのだ。しかし、おつねの後ろから、そっとこちらを覗《のぞ》いていた弟妹達を見ると、おつねの両親の言うことも無理はないと、うめは思った。弟妹達はまだ、見世を手伝うには幼過ぎる。かと言って、小女《こおんな》を雇うほどの余裕はなさそうだ。やはり、当分の間は、おつねが見世を手伝うしかないのかも知れなかった。

「いい娘だったんだけどねえ」

ひさごからの帰り道、うめはため息交じりに言った。結局、うめがどれほど頼んでも、おつねの両親は承知しなかったのだ。

「弟や妹が見世を手伝うまで待っていたら、おつねちゃん、いい年になっちまう。あその親はそこんところを考えているんだろうか。二十四、五になったら、後添《のちぞ》えの口しかねェだろうよ」

市助は、がっかりした表情で言った。

「お前はそれまで待てないかえ」

「あのよ、おいらはこれから親父や兄貴の力を借りずに商売を始めるんだ。当分は奉公人も雇えねェ。しかし、何も彼《か》も一人でやるのは無理があるよ。そこは女房の力がものを言うんだ。駄目だと言われりゃ、諦めるしかねェさ」

「他に当てはないのかえ」

「ねェよ」

「うまく行かないねェ。せっかくの機会だったのに」

「よし、こうなったら、意地でも一人でやってやらァ」

「商売に目鼻がつくまで、留守番の小僧を回して貰うように、兄さんに頼んでやるよ」

「だから、兄貴の力は借りたくねェんだって」

市助は声を荒らげた。おつねの両親に断られたせいもあり、市助は不機嫌になる一方だった。

「意地を張るのはおよし。商人はへいへいと頭を下げることも肝腎《かんじん》なんだよ。うそでも兄さんのお蔭で商売ができますと持ち上げていれば、向こうだって悪いようにはしないはずだよ」

うめがそう言うと、市助はそれもそうだと思ったのだろう。黙って肯《うなず》いた。

ところが、それから間もなく、馬喰町の市助の見世におつねが風呂敷包みをひとつ持ったきりでやって来たという。

どうやら、家出して来たらしい。もちろん、市助は快くおつねを迎え入れたが、そのことは、しばらくうめは知らなかった。

市助も体裁《ていさい》が悪く、うめに言い出せなかったらしい。うめが事情を知ったのは霜降家で使う酢と醬油を運んで貰うように市助の見世を訪れた時だった。

おつねは、かいがいしく見世を手伝っていた。頭も丸髷に結い、すっかり商家の女房だった。あいにく市助は出かけていた。

うめは、もちろん心底驚いた。いったい、どういう訳なのかと、訊かずにはいられなかった。

「あたし、お父っつぁんと喧嘩しちまったんです。弟や妹が一人前になるまで長女のお前が見世を手伝うのは当たり前だって言うから腹が立って」

おつねはその時のことを思い出して涙ぐんだ。それからぽつぽつと話を続けた。

「親は大事です。弟や妹のことも大事。でも、そのために自分の倖《しあわ》せを無にしたくないんです。市助さんは、こんなあたしを初めて女房にしたいと言ってくれた人です。ありがたくてありがたくて、あたしは市助さんの傍にいられるなら、他には何もいらないと思っています。だから決心して家を飛び出したんです」

おつねはうめが考えていたより、はるかに意地のある娘だった。しかし、これからのことは気になった。

「それで向こうのお見世はどうなっているの？　あんたがいなけりゃ商売ができないのじゃないかえ」

「なんとかやってるみたいです。でも、あたしは勘当同然だから、家には戻れないんです。もう、ここでがんばるしかありません」

「わかりました。後はあたしに任せて。本店《ほんだな》のお父っつぁんに話を通して、ご実家に納得して貰うようにしますから」

「本当ですか」

「あんたはこれから伏見屋の出店のお内儀さんだ。市助を助けて倖せになっておくれ。そうでなきゃ、家出した意味がなくなる」

うめは笑顔で応えた。

案ずるより生むが易《やす》い、という諺があるが本当だった。ものごとは皆が心配した割には存外、うまく運んだ。うめの父親の多平と兄の佐平が柔らかい口調でおつねの両親を懇々と諭すと、ついに父親は折れた。

まあ、結納金を差し出したことも相手方の気持ちを和《やわ》らげる理由ではあったが。

それから遅ればせながら市助とおつねは祝言を挙げ、晴れて夫婦となったのである。

おつねは長男の和助《わすけ》を産むと、立て続けにそれから三人の子供を産んだ。次男の清助《せいすけ》、三男の幸吉《こうきち》、一番下は長女のおさとだった。息子が三人もいれば市助の見世は当分、安泰だった。

多平とおいとが病に倒れた時は、おつねは毎日のように大伝馬町の本店に通って看病した。本当におつねは、よい女房だと、うめはつくづく思ったものだ。だから、多平が残してくれたものをおつねに預けたのも、おつねを心底信頼していたゆえでもあった。

「今日は折り入って話があって来たのだけれど」

うめは改まった口調で切り出した。

「まあ、なんでしょうか」

おつねは真顔になってうめを見た。

「うちの人は亡くなったし、雄之助も女房と子供がいる。娘達もそれぞれ嫁に出し、介次郎は養子に出した。霜降の家でのあたしの役目は終わったと思っているんだよ」

「そうですねえ。でも孫の雪乃ちゃんは、まだまだ手が掛かりますでしょう」

「それは親がいるから、別にあたしがいなくてもなんとかなるよ」

そう言うと、おつねはつかの間、黙った。あたしがいなくても、と言ったうめの言葉の意味を考えている表情だった。

「どうなさると?」

おつねは、おそるおそる訊いた。

「前々から考えていたことなんだけど、独り暮らしをしたいと思っているんだよ」

おつねは呆気に取られた様子で、また黙った。

「それでね、あんたに預けてあるお金は幾らか残っているだろうか」

うめが言い難《にく》そうに訊くと、おつねは二、三度、眼をしばたたいた。仕入れや何かで遣ってしまったのだろうかとも思えた。

「お金は伏見屋の檀那寺《だんなでら》に預けてあります。もう、利子もかなりついていると思いますよ」

だが、おつねはそう応えた。

「全部で幾らぐらいだろうね。五十両もあれば、御《おん》の字なんだが」

「何をおっしゃいます。百両以上ありますよ」

それにはうめが驚いた。

「あんた、手を付けていないのかえ。あたしは、困った時は遣っていいと言ったはずだが」

「うちの人が一生懸命に働いてくれたので、お客様も増えました。お義姉さんのお金を遣うまでもありませんでしたよ」

三太夫の妹の光江と大違いである。やはりおつねは市助が見初めただけのことはある女房だった。

「独り暮らし……」

「ありがたいねえ。ありがたくて涙が出るよ」

うめは手巾を取り出して洟《はな》を啜《すす》った。

「でも、お義姉さん。独り暮らしをして、それでどうなさるおつもりですか」

「それはまだ決めていないの。寝たい時に寝て、食べたいものを食べる。誰にも遠慮することなく気儘《きまま》に暮らしたいのさ」

「それほど霜降様の暮らしはご苦労があったのでしょうか」

おつねは、うめの来し方を慮る。

「いささかは苦労しましたよ。でも、それは世間様から見たら苦労の内に入らないでしょうよ。伏見屋の娘が八丁堀の同心の家に嫁ぎ、四人の子供を産み、大姑《おおしゅうとめ》、舅《しゅうと》、姑、連れ合いを看取《みと》った。子供を無事に大きくし、孫もできた。あたしはもう、自分の役目は果たしたと思っているんですよ」

「そうですねえ……」

おつねは歯切れの悪い相槌《あいづち》を打った。

「もう、好きにしたっていいじゃないか」

「雄之助さんが承知するでしょうか」

おつねは家督を継いだ雄之助の出方を心配しているようだ。

「それはなんとか了解して貰いますよ。それでね、手ごろな住まいに心当たりはないだきて半畳、寝て一畳、めしを食べても二合半という言葉があるじゃないか」

おつねは賛成できないと言いたげな表情で応えた。

「八丁堀の旦那の奥様だった人が裏店住まいなんて……」

「いいんだよ。この際、裏店だろうが、掘っ立て小屋だろうが。起
ろうか。裏店でも構わないんだけど」


贅沢《ぜいたく》をしようという気持ちは元よりなかった。うめは、ただ、気儘に過ごしたいだけなのだ。

「やはり、雄之助さんは得心《とくしん》しないと思いますよ。お義姉さんが意地を通せば親子喧嘩になる恐れもあります。ここは手順を踏まないと」

「手順？」

「ええ。いきなり、家を出るのではなく、その前に、お友達の家に泊まり掛けで遊びにいらしたり、旅を楽しんだりして、お義姉さんがお家にいらっしゃらないことに慣れさせるのですよ」

おつねの言うことは一理あった。それもそうだ。これから独り暮らしをしたいので、この家を出て行くと言っても、雄之助はまともに取り合わないだろう。この家の家長は自分である、家長として、それを許す訳には行かない、と応えるはずだ。しかし、仲のよい友達と言われても、うめは心当たりがなかった。

「ほら、大伝馬町の仏具屋のお内儀さんは、お義姉さんの幼なじみですよね」

思案顔になったうめに、おつねは、ふと思い出したように続けた。仏具屋「仏光堂《ぶっこうどう》」のおみさは手習いや茶の湯を一緒にした同い年の女だった。おみさは一人娘だったので、婿養子を迎えて親の商売を継いだのだ。

線香や蠟燭《ろうそく》はこれまでもおみさの見世から買っていた。見世に行けば、おみさは気さくに内所《ないしょ》（経営者の居室）へ招じ入れ、茶など振る舞ってくれた。昔のことを思い出して、あれこれとお喋りすることはあったが、通り一遍の付き合いで、友達という言葉を遣うほど親しくないと思っている。

「あそこのお内儀さんにお義姉さんの気持ちを打ち明けてみたらいかがですか。よい案が浮かぶかも知れませんよ。あたしはうちの人と相談して、手ごろな家を探しておきますから」

おつねは笑顔でそう言った。気がはやっているうめを少し落ち着かせようとしたのかも知れない。

一刻《いっとき》（約二時間）ほどして、うめは暇乞《いとまご》いをした。外では下男の安蔵が、待ちくたびれて、うんざりした表情をしていた。

「すまないねえ。ちょっと込み入った話をしていたものだから」

「いえ、別に構いやせんが」

うめと同い年の安蔵は、そう応えた。安蔵はうめが霜降家に嫁いだ時からいる男で、独り者だった。うめが外出する時は、いつも、この安蔵が伴《とも》をする。女は一人歩きもできないのだ。

浜町堀《はまちょうぼり》の緑橋《みどりばし》を渡ると、大伝馬町に通じる大通りに出る。伏見屋の本店《ほんだな》の前を通ると、見世《みせ》は奉公人や客が入れ替わり、立ち替わり出入りしていて、相変わらず繁昌の様子を見せていた。

本店に用事はないので、そのまま通り過ぎると、仏光堂《ぶっこうどう》の藍の暖簾《のれん》が眼《め》についた。

商売柄、派手な見世構えではない。土間口前の戸も古びて年季を感じさせるが、掃除

は行き届いている。ふと、お内儀《かみ》のおみさの顔が浮かんだ。おつねに話をしてみたらど
うかと勧められたせいだ。

「安蔵、ちょっとここのお内儀さんにご挨拶しておきたいの」

そう言うと、安蔵は顔をしかめ、若奥様に用事を頼まれているんですがねえ、と言っ
た。

「ちょっとだけよ」

うめは構わず、仏光堂の戸を開けた。

「はあい、ただ今」

元気のよいおみさの声がした。

「まあ、おうめちゃん」

おみさは、満面の笑みになった。

「ご無沙汰しております。皆様、お変わりなくお過ごしですか」

「お変わりなく？　お変わりだらけですよ。ささ、上がって下さいましな」

「いえ、本日は、ちょっと前を通り掛かっただけなので、この次にゆっくりと」

「この次とお化けには、遭ったためしはありませんよ」

「でも、うちの下男が外で待っているんですよ」

そう言うと、おみさは下駄《げた》を突っ掛けた。

おみさは外に出て来ると、安蔵に、お前さんは急ぎの用事があるのかえ、と訊《き》いた。そのもの言いには仏具屋のお内儀としての貫禄《かんろく》があった。おみさは女にしては背丈があり、目方も相当ありそうだ。頬《ほお》もはち切れそうなほど肉がついている。

「へい、これから若奥様に用事を頼まれておりやすんで」

安蔵はおずおずと応えた。

「そいじゃ、お前さんは先にお帰りよ。おうめちゃんは駕籠《かご》に乗せて帰すから心配いらないよ」

「ですが……」

「おうめちゃんがいなけりゃ、霜降様のお家で何か困ることがあるのかえ」

「困ることはありやせんが」

「なら、いいじゃないか。あたしは久しぶりにおうめちゃんに会ったんで、積もる話があるんだよ」

おみさは安蔵に有無《うむ》を言わせなかった。

安蔵は渋々、帰って行った。

「さあ、邪魔者はいなくなった。これでいいだろ?」

おみさは悪戯《いたずら》っぽい表情で言った。

「相変わらずなんだから」

うめも娘時代の口調で応えた。おみさに手を取られて内所に行くと、嫁らしいのが「お越しなさいまし」と三つ指を突いて挨拶した。二十四、五の大層可愛《かわい》らしい女房だった。

「道助《みちすけ》ちゃんのお嫁さん？」

うめはおみさの長男の名前を出した。

「そう。おつるという名前さ。道助と添えなければ生きるの死ぬのと大騒ぎで、仕方なく一緒にさせたんだ」

おみさは、ずけずけと言う。おつるは恥ずかしそうに顔を赤らめた。

「仕方なくだなんて、失礼ですよ。可愛らしいお嫁さんで、道助ちゃんは倖《しあわ》せですよ」

うめはおつるの肩を持つように言った。

「霜降様がお亡くなりになって、本当にご愁傷様です。おうめちゃん、どうぞお力を落とさないようにね」

おみさは茶の用意を嫁に言いつけると、改まった顔で悔やみを述べた。

「いえいえ。その節はお心遣いをいただき、ありがとう存じます」

うめも畏《かしこ》まって返礼した。

「まあ、あたしは亭主を二度も亡くしているから、おうめちゃんの気持ちはよくわかりますよ」

「二度？」

「あら、話してなかったかしら。先の亭主は、うちのてて親が勧めてくれた人で、そいつとの間に三人の子供を拵《こしら》えたんですよ」

「ええ。わかっていますよ。おみさちゃんは仏光堂の一人娘だから婿養子を迎えなければならなかった。確か、同業のお見世の次男さんでしたよね」

「そう。てて親が生きている内は真面目に商売に励んでいたのだけれど、てて親が亡くなると、途端に遊びの虫にとり憑《つ》かれてしまったの」

「まあ、大変だったのね。ちっとも知らなくてごめんなさい」

「ううん。家の恥になるから、それは誰にも言わなかったのよ。おまけに外に女を囲って、見世の金を持ち出すようになったのさ。今だから言うけど、一時は見世を畳むところまで追い込まれたのよ」

「でもなんとか持ちこたえたのね」

「てて親の弟がいい人だったから、親身に力になってくれたの。叔父さんは亭主の養子縁組を取り消してくれた。それからお金の心配はなくなったけど、亭主は女にも捨てられ、最期《さいご》は野垂《のた》れ死《じ》に同然だった。もう赤の他人だし、知らん顔するつもりだったけど、子供達が、お父っつぁんが可哀想《かわいそう》だから、どうぞ葬式を出してやってくれって。それで、うちの墓にも入れてあげてくれって」

おみさは、その時のことを思い出して涙ぐんだ。うめも子供達の気持ちがいじらしくて貰《もら》い泣きした。

「で、そこまでが十五年。それから、時々、蠟燭《ろうそく》と線香を買いに来てくれる町医者がいてね、その町医者は女房を亡くして寂しがっていたんですよ」

町医者の大平道寿《おおひらどうじゅ》は四十二歳で、まだ男盛りだった。おみさの子供達が風邪を引いて熱を出すと、いつ何刻《なんどき》でも駆けつけてくれたという。その内におみさも道寿の優しさにほだされ、一緒になりたいと思うようになった。

おみさの子供達も大いに賛成してくれたという。とはいえ、道寿には大伝馬町にほど近い堀留町《ほりどめちょう》に家と医院があり、息子の寿庵《じゅあん》と一緒に医業を行なっていた。道寿は、おみさの見世から堀留町に通い、日中は患者の面倒を見て、夕方になると戻って来るという暮らしになった。

「あたし、心底、倖せでしたよ。先生は優しかったしね。でも、医者といえども寄る年波には勝てず、とうとう亡くなっちまったの。ちょうど十五年で。なんなんだろう、おうめちゃん。あたしは十五年で亭主を亡くす宿命《さだめ》なのかしらね」

「それはたまたまですよ」

「そう思ってくれるのなら、あたしも気が楽になるけど」

「それで、この次のご亭主は？」

「おうめちゃん、悪い冗談はやめて。あたし達、もう四十八よ。独り寝が寂しい年でもないでしょうに」

「本当に」

うめは含み笑いを堪《こら》える顔で応えた。そんな話は、八丁堀の奥様同士の間ですることはない。おみさだから話題にできるのだ。

「それでね、先生は死ぬ前に、あたしにしみじみ話したのよ。おみさ、これからは商売を息子に任せて、お前は楽しみなさい、って。苦労続きで死ぬのはつまらないって」

道寿のことを、うちの人と呼ばず、先生で通しているおみさが微笑《ほほえ》ましかった。

「先生こそ、病人の世話ばかりで苦労したでしょうに、と言うと、いや、わしはお前がいたから楽しかったって」

「おみさちゃん、泣かせないで」

うめは手巾《しゅきん》で眼頭《めがしら》を押さえた。

「楽しむことは先生の遺言だと思うのよ。向こうの息子も、親父《おやじ》は倖せだったと言ってくれて、亡くなった時、少し纏《まと》まったものを下さったのさ」

「よかったわね」

「あたしはそのお金で芝居見物や、お寺のご開帳に行ったり、花見、月見などをさせて貰っているの。もう、楽しくて、楽しくて。友達も増えて、秋にはお伊勢《いせ》参《まい》りにも行くつもりなのよ」

　おみさは眼を輝かせてうめに語った。

「おうめちゃんもどう？　一緒に行かない？」

　おみさはお愛想でもなく誘った。

「お伊勢参りかあ……いいわねえ」

　うめは遠くを眺めるような眼で応えた。

　おつねにも友達と旅にでも行けと勧められたから、それはよい案かも知れなかった。しかし、秋となると、まだまだ先だ。

　うめは独り暮らしを今すぐにでも始めたいのだ。秋まで待っていられない。

　思い悩んだ様子のうめを見て、おみさは、道中の掛かりが心配なのかと訊いた。なんなら、うめの分を自分が持ってもいいと、太っ腹に続けた。

「お金は大丈夫よ。実家のてて親が死んだ時、あたしも幾らか貰っているのよ」

「じゃあ、何？　霜降様は、おうめちゃんがお伊勢参りに行くことも許さないほど厳しいお家なの？」

「そうじゃないのよ。実はねえ」

　うめは吐息をついて、独り暮らしをしようかと考えているのよ、と思い切って打ち明けた。おみさは鳩《はと》が豆鉄砲を喰《く》らったような表情になった。

「本気なの？」

「ええ。元々、うちの人に嫁ぐ気持ちは、さらさらなかったのよ。いやだ、いやだと、ずっと言っていたのだけれど、どうしてもお嫁入りせざるを得ない事情になって、あたしは渋々、承知したんですよ。実家のてて親は、我慢できないのだったら出戻ってもいいと言ってくれたせいもあるけど」

「でも、おうめちゃんは出戻らなかった。霜降様はよいご亭主だったのね」

「とんでもない」

うめは慌ててかぶりを振った。そして、ここぞとばかり、気が短く、すぐに怒鳴り散らす三太夫の機嫌を取るのが大変だったことや、小姑《こじゅうと》の光江の仕打ち、挙句に毎日食べるめしのまずさまで、洗いざらい語った。不思議に、それでうめの胸のつかえが取れたような気持ちになった。

「それで独り暮らしなのか。おうめちゃんらしい」

「市助の嫁が、おみさちゃんに打ち明けたらどうかと言ってくれたんですよ。あの人の言う通りだった。こうやっておみさちゃんに話をしただけで、ずい分、気が楽になりましたよ」

うめは笑顔で、そう言った。

「そう言って貰うと、あたしも嬉《うれ》しいけど、いったい、何をするつもりなの？」

　おみさは、うめが気まぐれでものを言っていると思っているようだ。

「まだ決めていないの。とり敢《あ》えず、独り暮らしを始めて、気儘《きまま》にしたいのよ。市助の嫁に家探しを頼んでいるの」

「はあ……」

　おみさは大袈裟《おおげさ》なため息をついた。

「お伊勢参りも悪くないけど、秋まで待っていられないのよ」

「やるしかないってこと？」

「ええ」

「じゃあ、おやりなさいよ」

「賛成してくれるの？」

「本当は賛成じゃないよ。五十近い婆ァ《ばば》が独り暮らしをするんじゃ、色々と物騒なこともあるよ。覚悟はあるのかえ」

「もちろん」

「お金のある振りをしちゃ駄目よ。そうねえ、倅《せがれ》の嫁と折り合いが悪くて、とかなんとか周りに言っておくことね」

　おみさは知恵をつけた。雄之助の妻のゆめには悪いが、そういうことにしておくのが無難だろう。

「お伊勢参りは行かない？」

おみさは上目遣いで続けた。

「そうねえ、その時の気分ね。掛かりはすぐに用意できるから、その時に一人ぐらい交《ま》ぜて貰っても構わないでしょう？」

「ええ、大丈夫よ」

「これから何かとお世話になると思うから、おみさちゃん、よろしくね」

うめは殊勝に頭を下げた。結局、その日はおみさのところで晩めしをご馳走《ちそう》になり、泊まって行けと勧めるのをようやく断って、仏光堂の出入りの駕籠屋《かごや》に頼んだ駕籠に乗って、うめは八丁堀の家に戻った。

家に戻り、勝手口から中に入ると、雄之助が怖い顔をして台所の板敷に立っていた。

「今、何刻《なんどき》とお思いですか。父上が亡くなったのをいいことに、遊び歩くとは、もってのほか。少しはわきまえた行動をなされませ」

時刻はまだ夜の五つ（午後八時頃）前だった。三太夫の小言から解放されたかと思っていたら、今度は息子が代わりにそれをする。

まことに女三界に家なし、である。

「別に遊び歩いた覚えはありませんよ。市助の見世に行った帰り、たまたまお友達の家が近くだったものですから、ちょっと顔を出しただけですよ」

うめはさり気なく躱《かわ》そうとした。しかし、雄之助は、ちょっと顔を出すのがこの時刻まで掛かるのですか、と小意地悪く言った。

「しかも、駕籠でお帰りとは無駄遣いにもほどがありまする」

雄之助は、そう続ける。うめは、むっと腹が立った。

「あたしのお金をどう遣おうと、あたしの勝手ですよ。あなたに四《し》の五《ご》の言われる覚えはありません」

「母上のお金ですと？　そのようなものが、この霜降の家のどこにござる。これまでは父上が奉行所からいただくもので生計を立てていたではありませんか。そしてこれからは、それがしがいただくお手当で母上は暮らして行くのですぞ。妙なことはおっしゃらないでいただきたい」

「妙なことをおっしゃるのはお前ですよ」

「お前……」

うめにお前呼ばわりされ、雄之助は面喰らった表情になった。

「はばかりながら、あたしは伏見屋の娘だ。てて親が輿入《こしい》れする時、不自由しないようにと、それなりのものを持たせてくれたんだ。そのお金、どう遣ったのか知りたいかえ？　皆、霜降のお家の不足を補うために遣《あつら》ったんじゃないか。お前が見習い同心として奉行所に上がる時の着物や羽織は誰が誂えたと思っているんだ。それだけじゃないよ。

美和やりさが輿入れする時の用意もあたしがしたんだ。お前はまさか、亡きお父上の器量で何も彼《か》もできたと思っているのかえ。お人のよい。それだけじゃないよ。大お祖母《ばあ》様が病に倒れた時、この家で炊く米の粥《かゆ》をいやがったから、あたしはこっそり、おいしいお米を買って粥を炊いたんだよ。大お祖母様は涙をこぼして喜んでいたよ。おまけに宇佐美様のお前の叔母さんだよ。あたしはあの人に花嫁衣装もよそゆきの着物もすっかり取られてしまった。文句を言えば、お前のお父上は妹可愛さに庇《かば》い、悪いのはすべてあたしになった。冗談じゃないっつうの！」

うめは今までのうっぷんを晴らすかのようにまくし立てた。呆気《あっけ》に取られた雄之助の顔が間抜けに見えた。

「伏見屋のお祖父《じい》様からいただいたお金は、まだ相当、あるのですか」

雄之助は声音を弱めて訊いた。おっと危ない。うめは身構えた。うっかり喋《しゃべ》ってしまっては、雄之助にいいように無心される。

「そんなことはお前に話すつもりはありませんよ」

「なぜですか。それがしはこの家の家長です。家長には正直にすべてを答えて下さい」

「いやです」

「家長の言うことが聞けないとおっしゃるのか」

雄之助は眉を吊《つ》り上げてうめを睨《にら》んだ。

「これぱかりは聞けませんね」

「ならば……」

そこで雄之助は、ごくりと唾を呑《の》み込んだ。うめがぐうの音《ね》も出せない台詞《せりふ》を言うつもりなのだ。さあ来い。そら来い。

「この家を出て行っていただきましょう。母上がご自分のお金をお持ちなら、別にそれがしの世話にならずともよろしいではありませんか」

雄之助の言葉に、うめは思わず、にんまりと笑った。何が可笑《おか》しい、と雄之助は声を荒らげた。

「本気でおっしゃっているの？」

「当たり前です。誰が冗談でこんなことを言えますか」

「お前があたしに出て行けと言うのだね？　その言葉、うそではないのね」

「……………」

雄之助がつかの間、黙ったのは、うめが殊勝に謝るものと踏んでいたからだろう。うめがびくともしないので、雄之助は当てが外れたと思っているのだ。

「あたしはこれでこの家を出る決心がつきました。やれ、嬉しい。近々、あたしは出て行きます。長い間、お世話になりました」

うめは三つ指を突いて雄之助に頭を下げて、そそくさと自分の部屋に戻った。これでなんの憂いもない。自分はこれから気儘《きまま》に暮らす。望みを叶《かな》えるのだ。喉許《のどもと》からさざなみのように笑いが込み上げた。それを抑えるのが、うめは少し大変だった。

翌日の午前《ひるまえ》に市助が慌ててやって来た。おつねから話を聞いて、じっとしていられなかったのだろう。うめは台所の板敷に市助を上げ、茶を淹《い》れてやった。実の弟でも相手は町人である。武家の客間に招じ入れるのは憚《はばか》られる。市助もそこは承知していた。

「びっくりしたぜ」

開口一番、市助はそう言った。雄之助はすでに奉行所に出かけていたし、女中のおさくも買い物に出ていた。雄之助の妻のゆめは夫から話を聞いたらしく、市助と話をするうめを気にしていた。

「ゆめさん、立ち聞きはしないでね」

うめは釘《くぎ》を刺した。

「わたくしは別に……」

取り繕《つくろ》うように応えて、渋々、茶の間に引き上げた。間もなく、孫の雪乃に絵本を読み聞かせる声が聞こえた。

「姉ちゃんは、とんでもねェことを考えるもんだ」

「そうかしら。あたしはもう四十八だ。このまま隠居部屋に押し込まれて老いさらばえて行くのがたまらないんだよ」

「姉ちゃんの気持ちはわかるけどよ。雄之助さんは、うんと言わねェだろう」

「承知したよ」

うめはあっさりと応えた。

「なんと言って承知させたのよ」

「まあ、あたしのお金があるから、お前の世話にはならないってね」

「それだけかい」

「幾らあるかと訊いたから、それは応えたくないと言ったのさ。そしたら、自分は霜降家の家長だから、家長の言うことを聞けないのなら出て行けと言ったよ」

「そいつは姉ちゃんの術中にまんまと嵌《はま》ったんじゃねェか」

「そ、所詮、まだまだ餓鬼《がき》さ。それで、お前もこの話に反対するつもりで来たのかえ」

うめが独り暮らしを始めたいと言っても、実の弟なら素直に賛成するとは思えなかった。

「いや、それがよ、たまたま見世に来た客が瓢簞新道《ひょうたんしんみち》に空き家が出たという話をしていたのよ。客はその空き家の家主なのさ」

市助は渋茶を啜《すす》りながら言った。

瓢簞新道は大伝馬町の大通りを南へ一本入った界隈《かいわい》である。堀留町の二丁目になる。

「おいらは、うんうんと適当に相槌を打っていたが、うちの奴が、そこはどんな感じの家なのかと、やけに熱心に訊いた。おいらは、うちの奴が倅《せがれ》のために見世を拡《ひろ》げるつもりかと焦《あせ》った。ほれ、見世と屛風《びょうぶ》は拡げると倒れると言うじゃねェか」

市助が妙なたとえを持ち出したので、うめはくすりと笑った。

「客は、元は年寄り夫婦が小間物屋をやっていたと言った。まあ、仕舞屋《しもたや》という造りだな。店賃《たなちん》は裏店並《うらだな》でいいらしい。店子《たなこ》が伏見屋の知り合いなら、この際、樽代《たるだい》（酒代・祝儀）もいらないと言ったよ。ただし、畳や建具は相当古びているから、手直しは店子がしてくれってさ。うちの奴は、すぐにその空き家を見に行って、借りることにした。おいらは、どうすんだよ、そんなものと言ったさ。すると、姉ちゃんが住む家だと、ようやく応えた。姉ちゃん、それでいいのか？　おいら、ちょいと信じられなくて確かめに来たんだ」

「おつねちゃんに世話を掛けたね。いいんだよ、それで」

ほっと安堵《あんど》する思いでうめは言った。

「独り暮らしがしたかったんだってな」

「うん」

「姉ちゃんらしい考えだ」

「先はどうなるかわからないけど、ちょっとの間だけでも独り暮らしがしたいんだよ。それで、どうしても無理だったら、悔しいけれど雄之助に頭を下げて、この家に戻るよ」

　そういう事態にならないとも限らない。

　うめが正直に言ったので、市助は素直に肯《うなず》いた。何がなんでもやってやると鼻息荒く言って、後でそら見たことかと笑われる事態にならないとも限らない。

「よし。そういうことなら、これから知り合いの大工に頼むよ。大工なら畳屋や建具屋に顔が利《き》く。ついでに家の手直しもやって貰うつもりだ」

「ありがとよ」

　礼を言うと、市助は、なあに、と意に介するふうもなく笑った。

　その家を見に行くかと市助は訊いたが、おつねがいいと判断したのだから、それには及ばないと、うめは応えた。引っ越しの時に荷物を運ぶのを手伝って貰えば、それでいい。

　市助が帰ると、うめは嫁のゆめを呼んだ。

　自分がいなくなった後のことを、しっかり伝えておかなければならないからだ。

「お姑《かあ》様。やはり、うちの旦那様の言ったことは本当なんですか」

改まった表情のうめを見て、ゆめはもはや半泣きの態《てい》だった。

「ごめんなさいね。あたしの我儘《わがまま》を許しておくれ。雄之助が憎い訳ではないのですよ。あたしが産んだ息子だ。四角四面な男でも可愛いのさ」

ゆめは、よよと泣き崩れる。孫の雪乃がそんな母親の背中を撫《な》でた。

「雪乃。お前は優しくていい子だ。これからも母上を助けておくれ」

うめは眼を細めて雪乃に言った。

「雪乃はまだ子供だから、助けることはできません」

雪乃は上目遣いでうめを見ながら応えた。

なんと利口な子供だろう。

「いえいえ、お前に何をしろと言っているんじゃないのよ。お前の母上が泣いていたら、それそのように背中を撫でてやることも助ける内に入るんだよ」

「それならできます！」

雪乃は小鼻を膨《ふく》らませて応えた。

「さて、ゆめさん。あたしがこの家を出て行くのは、思いつきじゃないのですよ。前々から考えていたことなの。短い間でも独りで暮らしてみたかったの。でも、子供達の身の振り方が決まらない内は無理だし、うちの人が息災でいる内も、また無理。霜降家の嫁として、やらなければならないことが多々ありました。子供達はそれぞれに片づき、長男の雄之助にはゆめさんという妻ができたし、雪乃もいる。もはや、あたしがいてもいなくても、この家は続いて行くと思います」

「わたくしは、まだまだお姑様に教えていただきたいことがたくさんございます」

ゆめは泣きながら言った。

「そう言っていただけると、ありがたくて涙が出ますよ」

うめも水洟《みずばな》を啜《すす》って応えた。

「でもね、何事も潮時があるものです。これからはゆめさんなりに、この家を束ねて下さいな」

うめは、そう続けた。

「このまま、ずっとお戻りにならないつもりですか」

永久《とわ》の別れのようにゆめの顔は悲しみに歪《ゆが》んでいる。いい嫁だと、うめはしみじみ思った。

「何も彼も自分一人でやって行くと言っても、どうしても無理な時が訪れるでしょう。勝手だけれど、その時は雄之助とあなたのお世話になるしかありませんよ」

「本当ですね。その時は意地を張らないと約束していただけますか」

「もちろん。これで縁を切る訳ではないのよ。雪乃があたしに会いたいと言ったら、いつでもいらして」

「居所はもう決まっているのですか」

「ええ。あたしの実家の近くに瓢簞新道がありますが、そこの仕舞屋になると思います」

「何かご商売でも始めるつもりですか」

「今のところは、そのつもりはありませんけど」

「そうですか……」

「あたしは気懸《きがか》りがひとつあるんですよ」

「なんでしょう」

「宇佐美の叔母さんのこと」

「………」

「あの方は、霜降の家に何かあるとしゃしゃり出て来る。それでふた言目《こと》には、うめさんは町家《ちょうか》の出でいらっしゃるから、武家のお仕来《しき》たりには疎《うと》い、ここはわたくしに任せて、とおっしゃるのですよ。どれほど悔しい思いをしたことか。まあ、当分、祝儀不祝儀はないでしょうから、それは大丈夫と思いますが、でも、盆暮の時季になると、到来《とうらい》物《もの》をせしめる魂胆でいらっしゃるはず。その時には、すぐには差し上げず、雄之助に伺いを立ててからになさってね」

「お姑様、わたくしにできそうもありません」

　ゆめは自信なさそうに応えた。

「できなくてもやるしかありませんよ。宇佐美の叔母さんに、この家をいいように引っ掻《か》き回されてもいいのかえ」

「それは……」

「いやでしょう？　だったらあたしの言うことを聞いておくれ。到来物はあなたのご実家やごきょうだいにも分けてあげて。今まで遠慮なさっていたでしょう？」

「そんな。わたくしは霜降家の人間になったのですから、実家やきょうだいに情けは無用と肝《きも》に銘《めい》じておりました」

「まあ、なんと健気《けなげ》なこと。でも、宇佐美の叔母さんに差し上げるより、ご実家やごきょうだいにお持ちなさい。きっと喜んで下さいますよ」

「ありがとうございます。お姑様のお指図なら、その通りに致します」

　ゆめはようやく笑顔を見せた。

「それで、世間様はあたしが出て行った理由をあれこれと詮索すると思います。あなたにはすまないけれど、あたしと折り合いが悪いことにして」

「………」

「そうじゃないことは、あたしとあなたがよく知っているはず。でも、世間様は理由もなくあたしが独り暮らしをすることには得心《とくしん》しないはずですから」

「宇佐美の叔母様にも？」

「ええ。きっと、ここぞとばかりあたしの悪口を並べ立てるでしょうよ。おもしろいから、教えに来てね。それであの方に文句を言うつもりはありませんから」

「承知致しました」

「それから、あなたに預けたいものがあるのですよ。ちょっとお待ちになって」

うめは自分の部屋に戻り、箪笥《たんす》の奥にしまっていた巾着《きんちゃく》袋を取り出した。ずい分、減ってしまったが、中にはまだ十両ばかりのお金が残っている。うめは父親が新たに残してくれたものがあるので、それを遣えばいい。

「はい、これ」

持ち重りのする巾着をゆめに差し出した。

ゆめは怪訝《けげん》な表情でうめを見た。

「雄之助に言っては駄目よ。本当に困った時にお遣いなさい」

「お金ですか」

ゆめはおずおずと訊いた。

「そ。輿入れした時は百両近くあったのだけど、色々と物入りで遣ってしまいましたよ。もう、それより残っていないのよ。でも、ないよりましでしょう？」

「伏見屋さんは思っていたより、よほどお金持ちだったのですねえ」

　ゆめは感心して言った。

「まあ、実家のてて親がいなかったら、あたしはまだまだ惨《みじ》めな思いで暮らしていたでしょうね」

「世の中、お金ですね」

「そういう考えもありますけど、あたしはそう思わない。と言うより、思いたくない。普段は爪に灯《ひ》をともすような暮らしをしていても、必要な時には遣うのが人の道ですよ。特にお弔《とむら》いの香典は、出し渋ってはいけませんよ。僅《わず》かな香典でも、相手方は、あそこからはいただいていないと、いつまでも覚えているものですから。義理を欠くことは控えて下さい」

「生き金を遣えということですね」

　ゆめはようやくわかってくれたようだ。

「そうです、そうです。ちなみに、その反対の死に金はどんなものかおわかり？」

「贅沢《ぜいたく》のためのお金でしょうか。博打《ばくち》もその類《たぐい》かしら」

「はい、お利口さん。雪乃のお祝いに不足があったら、その足しにしてもいいと思いますよ」

「承知致しました」

　うめが出て行くことは心細いだろうが、自分のお金を持っていることはゆめの安心になると思った。これで、霜降家の気懸りはなくなった。奉公人の給金やお仕着《しき》せのことは今まで通りでいいから、ゆめもとまどうことはないだろう。

それから半月ばかり経《た》って、市助から瓢簞新道の家の手直しが済んだと知らせが来た。その時点で、三十両ほどの掛かりになったらしい。それは仕方がないだろう。市助の女房のおつねは寺に預けてあった金を五十両引き出したそうだ。うめの手許には二十両残ったが、引っ越し先の近所に配る手拭いやら、引っ越し蕎麦《そば》の支払いを差し引いたら、さらに残りは少なくなるだろう。

おまけに蒲団《ふとん》も新調したので、さらに手持ちは心細くなった。その年の暮まで持つだろうかと、うめは漠然とした不安に駆られた。寺に行って、金を引き出してと、おつねに言う自分が見えるようだ。いい年になっても、自分は相変わらず世間知らずの娘のままだと、自嘲気味に思っていた。

いよいよ引っ越しする時は、梅雨《つゆ》の季節を控えていたせいもあるのか、どんよりとした曇り空だった。うめのこれからを暗示するかのように重苦しく感じられた。

雄之助とは、ろくに話らしい話もしなかった。うめと雄之助の板挟みとなっているゆめが気の毒でならなかった。

市助が声を掛けた鳶《とび》の男達が大八車《だいはちぐるま》を引いて現れ、うめの簞笥や長持、はさみ箱、鏡台を積んで瓢箪新道に運んで行った。おつねは向こうで待ち構えているはずだ。

うめは身の周りの物を入れた風呂敷《ふろしき》包みを手にして、ゆめに別れの挨拶をした。女中のおさくも、奥様、と悲鳴のような声を上げて、泣いていた。

下男の安蔵は、不満顔だった。どうしてもうめが出て行く理由が納得できないのだ。戻りたい時は、すぐにあっしに知らせて下せェ、すぐに駆けつけますんで、と言った。

「ありがとう。これからもこの家のことはよろしくね」

うめはわざと明るい声で応えた。

組屋敷の外に出た時、うめは思わず振り返った。振り返らずにはいられなかった。そこで三十年も過ごしたのだ。実家にいた時よりもはるかに長い年月だ。改めてそれに気づいた。しかし、今を逃《のが》したら、うめは自分の思いを実行に移せなかっただろう。

これでいいのだ、これでいい。

後ろ髪を引かれる気持ちをうめは振り払った。うめの旅立ちの日でもあった。

「お祖母《ばあ》様！」

雪乃が大声を上げて自分を呼んだ。そのまま、こちらへ駆けて来そうだ。うめは家に戻れと、手の甲で押しやる仕種《しぐさ》をした。雪乃はたまらず声を上げて泣いた。胸が苦しい。涙が込み上げる。うめも泣きながら八丁堀を後にした。空が濡《ぬ》れて来た。開いた蛇の目傘に雨の雫《しずく》が落ちる。豆を撒《ま》いたような音だった。

うめの住まいは瓢箪新道の中ほどにある所だった。鳶の男達に手伝わせて、家具や調度品を収めると、がらんとしていた住まいは人心地がついた。手拭いをあねさん被《かぶ》りにしたおつねが、手早く掃除した後、近所の蕎麦屋に引っ越し蕎麦を頼んだ。ついでに鳶の男達を引き留め、蕎麦を食べて貰った。

広い土間口のある住まいだった。土間口と続いて台所があり、流しと水瓶《みずがめ》、竈《かまど》がついている。台所の奥の壁には根来塗《ねごろぬ》りの戸棚があり、それは先の住人が置いて行ったものだそうだ。そればかりでなく、茶の間の長火鉢も、その後ろの山王権現を祀《まつ》っている神棚もそのままにされていた。

茶の間の奥に襖《ふすま》を隔《へだ》てて床の間つきの八畳間があり、障子を開ければ縁側になる。縁側の突き当りに厠《かわや》があった。縁側の前の庭は手入れをしていないので草ぼうぼうだったが、塀際に大きな梅の樹《き》が植わっていた。

庭の塀の先は民家の壁で、窓もないので、そちらから覗《のぞ》かれる心配はなかった。こそ泥が忍び込むような隙間はなさそうだが、用心はしなければならない。また、庭は生垣《いけがき》の境があるが、東側の隣家の庭と続いている。西側は商家の土蔵になっていて、そちらは滅多に人が訪れることはないという。

茶の間の箱階段を上れば、二階の部屋に通じている。六畳間がふたつ。独り住まいのうめには、その部屋を使う必要は当分ないだろう。だが、箱階段は気に入った。小間物や薬の類を入れておける。

　蕎麦を食べ終えた男達が引き上げると、おつねは茶を淹《い》れ替えた。

「この家、お気に召しました？」

　うめの顔色を窺《うかが》いながら訊く。

「もちろん。広くてもったいないほどですよ」

「よかった。お義姉《ねえ》さんに気に入って貰えて」

　おつねはほっとしたように笑顔を見せる。

「お昼からは、どうなさいますか」

「ご近所に手拭いを配って歩くよ。それはあたしだけでやるから、あんたはお見世に帰っていいよ」

「でも、お米も炭も頼まなきゃなりませんよ。お味噌《みそ》や醤油《しょうゆ》もないでしょうし」

　おつねはあれこれと心配する。

「市助に醤油と酢を一升ずつ届けるように言っておくれ」

「ついでに塩とお味噌もご用意致しますね。それから、あと使うものは何かしら」

「それは、おいおいにあたしが用意するよ」

「そうですか。晩ごはんはどうなさいます」

「もう、おつねちゃん。あんたにいちいち世話になっていたら、独り暮らしの意味がないじゃないか。引っ越しの手伝いをして貰っただけでもありがたいのに」

「本当に大丈夫ですか」

「ああ」

そう応えると、おつねは頭の手拭いと前垂れ、襷《たすき》を外し、着物の袖に入れた。

「それじゃ、これでお暇《いとま》致します」

おつねは頭を下げて腰を上げた。土間口で下駄を履《は》くと、おつねは振り向き、まじまじとうめを見た。

「なんだえ」

そう訊くと、おつねは握り拳《こぶし》を突き上げ、お義姉さん、がんばって、と言った。その仕種が可笑しくて、うめは声を上げて笑った。おつねは恥ずかしそうに、足早に去って行った。

蕎麦の笊《ざる》や猪口《ちょこ》を片づけ、上がり框《かまち》の横に置いた。あとで蕎麦屋が取りに来るだろう。うめは買い物籠に熨斗《のし》を掛けた手拭いを十本ばかり放り込んだ。熨斗の上書きはうめが書いた。

「粗品　ほりどめ丁　うめ」

我ながらうまく書けたと思う。向こう三軒、両隣りが、ご近所さんである。用心のためにも、さらに先の家にも挨拶しておきたいとうめは考えた。

近所の住人は知らない顔が多かったものの、中にはうめが子供の頃からいた人もいて、懐かしがってくれた。配りものは遠くから始めるというのが伏見屋の仕来たりだった。だから、最後はうめの隣りの家になった。

「ごめん下さいまし」

声を掛けると、仄暗《ほのぐら》い茶の間から低い返答があり、六十絡《がら》みの女が顔を出した。

「あたしは今日、引っ越して参りましたうめと申す者です。これから色々とお世話になりますが、どうぞよろしくお願い致します」

うめは手拭いを差し出して言った。女はひょいと頭を下げ、ご丁寧にありがとうございます、また、先ほどはお蕎麦も頂戴して、重ね重ねありがとうございます、と応えた。女の顔はどこかで見たような気もしたが、うめは、すぐには思い出せなかった。

しかし、女はおそるおそるという感じで、お人違いでしたら、ごめんなさいね、おたく様は、もしや伏見屋のお嬢さんではありませんか、と訊いた。

「ええ、そうですけど」

「ああ、やっぱりそうだ。おうめちゃんなのね。あたしは指物師《さしものし》の徳三《とくぞう》の女房ですよ」

「徳さんのおかみさん！」

うめは甲高い声を上げた。徳三は伏見屋の出入りの指物師で、徳三が若い頃に拵《こしら》えた長火鉢は今も伏見屋で使われている。不足が出れば、徳三はいつでも駆けつけて手直ししていた。真面目な徳三を父親の多平は贔屓《ひいき》にしていたのだ。

「徳さんはお元気？」

「ああ、なんとかね。もう仕事はしていないけど」

「幾つになったのかしら」

「もう七十ですよ。三年前に中風《ちゅうぶ》になって、それから仕事ができなくなったんですよ」

「徳さん、一生懸命働いて来たんですもの、もう、それはいいじゃありませんか」

うめは慰めるように言った。だが、徳三と女房のおつたの間に生まれた長男は、つまらない喧嘩《けんか》に巻き込まれて命を落としていた。跡継ぎを失った徳三夫婦は、それからめっきり元気がなくなったと聞いている。

長男の義助《ぎすけ》の下には娘が二人いるが、とうに嫁に行き、今は夫婦二人だけの暮らしだった。上の娘は本所《ほんじょ》の青物問屋に嫁いだので、夫婦は娘の援助で暮らしているという。

「ちょっと、上がって。うちの人も喜ぶから」

おつたはうめに勧めた。さして用事がないので、うめも快く、その言葉に甘えた。

徳三の家は一軒家だが、平屋で、部屋数も少ない。茶の間と奥の間があるだけだった。

徳三は縁側で庭を眺めながら所在なげに座っていた。縞《しま》の着物の上に女物の着物を縫い直した半纏《はんてん》を羽織っていた。臙脂《えんじ》色《いろ》に白い百合《ゆり》の花の柄が入っている。娘が若い頃に着たものだろうか。徳三はずい分、老けた。落ち窪《くぼ》んだ眼がぼんやりとうめを見ていた。

「徳さん、ご無沙汰しておりました。伏見屋のうめですよ」

うめは明るい声で呼び掛けた。その拍子に、ぼんやりした徳三の表情に動きが感じられた。

「お嬢さん……」

徳三は確かめるようにまじまじと、うめを見る。

「今さらお嬢さんでもありませんけれどね」

「お前さん、お隣りに引っ越していらした方がおうめちゃんなんですよ」

おつたは茶の用意をしながら口を挟んだ。

「なんで引っ越しされたんで？　まさか離縁された訳じゃねェでしょうね」

徳三は心配そうに訊く。

「お前さん、そんなことを言っちゃ、おうめちゃんに失礼ですよ」

おつたは慌てて制した。

「徳さんの心配は無理もありませんけど、そうじゃないの。うちの人が死んで、子供達も一人前になったから、あたしは独り暮らしがしたくなったんですよ」

うめは、さばさばした口調で応えた。

「確かおうめちゃんは八丁堀のお役人の家に嫁いだんですよね」

おつたは茶の入った湯呑《ゆのみ》を差し出して言う。

「ええ、そう。でも、あたしは、お武家の暮らしにはなじめなかったの。それでも子供を一人前にするまでは勝手なことはできないから、我慢していたんですよ。実家のお父っつぁんが亡くなった時、あたしにも幾らかお金を残してくれたので、そのお金で当分、暮らすつもりなのよ」

「一人娘のお嬢さんを旦那は可愛がっていなさったからなあ。いい親を持って、お嬢さんは倖せだ」

徳三は多平を思い出して言った。

「でも、今さら独り暮らしをして大丈夫なんですか」

おつたは心配そうだ。

「それは、これからやってみなきゃわからないよ」

「うちはねえ、娘達のお蔭《かげ》でなんとか暮らしているんですよ。あたし達も年だから、何かあっては困ると、この家を畳んで本所に来いと再三言われているんですけど、この人が承知しないんですよ」

「住めば都と言いますからね」

うめには徳三の気持ちがわかる。年寄りは長年住み慣れた所がいいに決まっている。

「その通りですよ。できるだけ二人で暮らして、もしもどちらかが欠けたら、その時は覚悟を決めて向こうへ行こうって、二人で話し合っているんですよ」

「そうそう。今から向こうに行っても勝手が違うから落ち着かないでしょうし。せっかくあたしが引っ越して来たんですもの、もうしばらくここにいてね」

うめは二人を励ますように言った。徳三は嬉しそうに笑った。徳三の家の庭は雑草が引き抜かれ、大層きれいだった。あやめの花が小雨に濡れて、小さく揺れていた。

「お庭、きれいにしているのね。あたしの所は草ぼうぼうだから、これから草取りをしなきゃならないよ」

うめは眉根を寄せて言った。

「あすこに梅の樹がありやすでしょう？　毎年、実をつけるんですよ。小ぶりの実だが梅干しにできますぜ。前に住んでいた人は、ほしけりゃ採っていいと言ってくれたが、こいつは、手が届かないから無理だと、言う通りにしねェんですよ」

「梅干しかあ……暇だから、あたし、拵えようかな。でも、もう実をもいでもいいのかしら」

徳三は、ふと思いついたように言った。

うめは、ふとその気になった。

「梅雨の頃の梅がいいと聞いてやすよ。まだ梅雨の走りだが、実は結構、ついておりやすよ」

「背が高いから梯子《はしご》がなきゃ無理ですよ。それに梯子から落ちて怪我《けが》でもしたら大変ですよ」

おつたは心配なのか止めた。

「伏見屋の小僧を連れて来て、もいで貰うよ。梯子も物置にあったはずだから」

うめは張り切って言った。霜降家でも梅干しは作っていたが、梅は出入りの青物屋から買っていた。質のよい梅は大層、高直《こうじき》だから、一升か二升しか買えなかった。

庭の梅なら只《ただ》だ。

「そういうことなら、おやんなさい。うまく行ったら、喰わせておくんなさいよ。ああ、草取りはあっしも手伝いやすから」

徳三は嬉しそうに言った。

「まあ、この人ったら。今まで草取りなんて、皆、あたしにやらせていたくせに」

おつたは口を尖《とが》らせる。

「お嬢さんのためならなんだってやるさ。あっしもいい暇潰しになるし」

徳三の表情がみるみる明るくなった。うめもそれを見て嬉しかった。

お茶を二杯ご馳走になり、煎餅《せんべい》と煮物の丼《どんぶり》を抱えて家に戻った時は、早や夕方になっていた。蕎麦屋はまだ食器を引き取りに来ていなかった。やれやれ、朝までこのままかと、うめはうんざりした。さて、米を研いで、晩めしの仕度をしなければならない。そう思って、台所の米櫃《こめびつ》の蓋《ふた》を開け、うめは愕然《がくぜん》とした。米を買っていなかったのだ。今から米屋に頼んでも、すぐには来ない。明日まで待つしかなかった。

引っ越して最初の晩めしは、おつたから貰った煮物と煎餅になった。情けなくて涙が出た。今頃、霜降の家では雄之助がゆめと雪乃と一緒に晩めしを食べているだろう。

魚の骨を取って雪乃に食べさせるのは、うめの役目だった。もう、それをすることもないのだ。独り暮らしとは、こういう寂しさを伴うものだと、うめはようやく合点した。好きなように、気儘に暮らすことばかりに気を取られていた自分は愚かだった。

だが、うめは煎餅と煮物を茶で飲み込むと、きッと顎を上げた。明日は実家に行って小僧と梯子を借り、梅をもぐのだ。それから、梅を水に浸《つ》け、へたを取る。そうそう、梅を漬ける瓶《かめ》も用意しなければならない。やることは幾らでもある。うめは自分を奮い立たせて思った。

うめの梅

翌朝目覚めると、外はよい天気だった。

雨戸を開けると、徳三はすでに着物の裾を尻絡《しりから》げして、草取りを始めていた。

「徳さん、お早う。やけに早いのね」

「早くねェですよ。もはや五つ（午前八時頃）近くにもなりやすよ」

徳三は皮肉な口調で言った。

「あら、大変。昨日は、ばたばたしていたから、ちょいと疲れてしまったみたい。明日は早く起きますから」

早口でそう言うと、うめは身仕度を調《ととの》え、口を漱《すす》ぎ、顔を洗った。伏見屋の本店《ほんだな》へ行く前に米屋に米を頼まなければならない。

きょうはなんとしてもめしを炊かなければならない。煎餅と煮物の晩めしは、こりごりだった。

「徳さん、あたし、これからお米屋さんに行って、その後で兄さんの見世《みせ》に寄るつもり。

草取りはその後でもいいかしら」

「いいですよ。お嬢さんはまだ何かと野暮用もあるはずだ。草取りはあっしがやっておきやすよ」

徳三は悪い顔もせずに言ってくれた。

「ありがとう。そいじゃ、お願いね」

うめは紙入れを帯に挟んで、外に出た。

米屋は伏見屋の並びにある。二升も頼もうか。うめの食べる分だけなら一日二合でたくさんだ。しかし、二合を大きな釜で炊く訳には行かない。小さな釜が必要だ。物入りだなあと、うめはため息が出た。

米屋に米を届けるように言ってから、炭屋に寄り、それから行灯《あんどん》の灯《あか》り油も買った。

伏見屋に着いた時は、四つ（午前十時頃）近くになっていた。米屋と炭屋のおかみさんとお喋《しゃべ》りして刻《とき》を喰《く》ってしまったのだ。

伏見屋に行くと、幸い、佐平がいた。佐平はうめを見るなり、渋い表情をした。

「とうとう、霜降様の所をおん出たようだな」

「そ。いよいよ、独り暮らしよ。兄さん、よろしくね」

「お前の面倒を見るのはごめんだ」

佐平は冷たく言い放った。

「誰も兄さんに面倒を見て貰《もら》うつもりなんてないよ。変なこと言わないで」

うめも少し顔色を変えた。

「じゃあ、今日は何しに来た」

「あたしの家の庭に梅の樹《き》があるのよ。実をもいで梅干しを拵《こしら》えようと思うの。それで小僧さんと梯子《はしご》を借りに来たのよ」

「もはや、人を当てにしているのか」

佐平のもの言いは小意地が悪かった。

「当てにするつもりはないけど、あたしも年だし、梯子に上って怪我《けが》をしたら大変だからって、徳さんのおかみさんが言ったので頼みに来たんじゃない」

「黙って霜降様の家でおとなしくしていればいいものを。うちの奴も、これからお前が何かと伏見屋を当てにするんじゃないかと心配して具合を悪くしているんだ」

「ひどいことを言うのね。あたしが兄さんの見世の近くに越して来たのは、兄さんを当てにするつもりじゃないのよ。おつねちゃんが、そこがいいと決めたからなのよ」

「あの女、余計なことを」

「兄さん、あたしに喧嘩《けんか》を売っているの？　やけに尖《とが》ったもの言いをするじゃないの」

むっと、腹が立った。

「とにかく、お前はもう、伏見屋の人間じゃない。この見世に大きな顔で出入りして貰たのだろう。

佐平の女房のおきよが毎度愚痴をこぼしているから、その言葉が佐平の耳に残ってい

「それ、全部、義姉《ねえ》さんが言ったことなのね」

いたくないんだ」

「うちの奴は関係ない」

「そうかしら。今までだって、あたし、こっちには用事がない限り、来たことないじゃ

ない。市助の見世が近所だったら市助に頼むよ。だけど、あたしは兄さんともきょうだ

いよ。無心に来た訳でもないのに、何よ、その態度。わかりました。もう、頼みません。

お邪魔しました」

うめはぷりぷりして、内所を出た。見世では広い土間に、簀子《すのこ》を敷き、醬油樽《しょうゆだる》が並ん

でいた。大八車《だいはちぐるま》が見世の前に横づけされ、次々と品物が運ばれて行く。その中で、帳面

を見て品物の改めをしていた男が、ふと、うめに気づいて声を掛けて来た。

「叔母《おば》さん」

その男は佐平の長男の鉄平《てっぺい》だった。佐平譲りの長身で、笑顔がいい。

「やけにおもしろくねェ面《つら》をしているぜ。うちの親父《おやじ》となんかあったのか」

鉄平は笑顔のままで訊く。

「兄さんは、あたしが伏見屋の世話になるつもりで、この近所に越して来たと思ってい

るのよ」

「親父は心配性の男だからよ、あまり気にしなくていいぜ」

鉄平は若い頃の佐平とよく似ている。優しくて大らかだった兄。女房を持つと変わってしまうものなのだろうか。それがうめには寂しかった。

「あたしの家の庭に梅の樹があるのよ。それをもいで梅干しを拵えようと思ったのだけど、何しろあたしも年だし、伏見屋の小僧さんと梯子を借りに来たのよ。でも、兄さん、ぐちぐち小言を言うから、こっちだって、もう頼まないと言ってやったの」

「なんだよ、いい年してきょうだい喧嘩かい」

「だって、わからず屋なんだもの」

「よし、そういうことなら、おれがやってやるよ」

鉄平は番頭を呼んで帳面を預け、ついでに小僧の今朝松《けさまつ》に梯子を持って来るよう言いつけた。

「梅をもいだら水に浸《つ》けるんだろ？」

「ええ」

「空き樽と笊《ざる》もいるな」

「ありがとう。恩に着るよ」

「なあに」

鉄平は梯子を持ち、今朝松は両手に空き樽を持って鉄平の後に続いた。うめは女中から借りた大笊を持った。

家に着くと、鉄平はすぐさま庭に回り、梅の樹に梯子を立て掛け、今朝松に笊を持たせた。梅をもいで、すぐさま、その笊に入れるつもりのようだ。

「若旦那」

草取りをしていた徳三が嬉《うれ》しそうに声を掛けた。

「おう、徳さん、しばらくだったな。元気にしていたかい？」

鉄平は如才なく訊《き》く。

「お蔭《かげ》様で」

「叔母さんが隣りに引っ越して来たからよう、徳さん、よろしく頼むぜ」

何気ない鉄平の言葉がうめには嬉しい。

鉄平はうめに甥《おい》として情を感じているのだ。徳三も久しぶりにおつた以外と話ができて嬉しそうだ。草取りする手に力がこもっているように感じられた。

うめは鉄平が梅をもいでいる間、空き樽を洗って水を張った。上水を溜める井戸は庭の縁側の傍《そば》にある。神田上水から引いている水道なので、水の質はさほどよくないが、食器を洗ったり、洗濯をする分には間に合う。茶を飲んだり、めしを炊く水は水売りから買うのだ。

一刻《いっとき》（約二時間）ほどで、大笊に山盛りふたつの梅が採れた。陽《ひ》当たりのよい所にあった梅は実が存外、大きかった。

「叔母さん、これを梅干しにするにゃ、ちょいと骨だぜ」

思った以上に大量の梅に鉄平は心配そうだ。

「あたし、他に仕事がないから、大丈夫よ」

「塩は買ってあるのか？」

「これから買いに行くよ」

「今朝松、お前、買って来い」

鉄平はすぐに命じた。

「今日は水に浸けて、ごみを取るだけだから、それは明日にでもあたしが買って来るから心配しないで」

うめは慌てて今朝松を止めた。佐平に知られたら、ほらみろ、やっぱり当てにしやがってと言うに決まっている。

「ささ、ご苦労さんだったねえ。お茶でも飲んで、ひと息、入れて」

うめは徳三にも声を掛けて、縁側で茶を飲んで貰った。茶うけにおつたから貰った煎餅と、おつねが気を利かせて用意してくれた羊羹《ようかん》を出した。十歳の前髪頭《まえがみあたま》の今朝松はよい音をさせて煎餅を齧《かじ》った。

「ここは、元は小間物屋だったな」

鉄平は思い出して言った。

「小間物屋の旦那とおかみさんは亡くなったのかい？」

「さあ、詳しいことは知らないのよ」

「去年の夏に旦那が亡くなり、おかみさんも足が弱って娘さんの家に身を寄せているんでさァ。あっしらも、早晩、同じようなことになりまさァ」

徳三が寂しそうに言った。何言ってる、と鉄平は徳三を叱った。先のことなんざ考えて、どうするのよ、と続けた。

徳三は、てへへと苦笑いしたが、眼《め》が赤く潤んでいた。鉄平の言葉がよほど嬉しかったらしい。

「徳さんは腕のいい指物師《さしものし》だ。仕事ができなくなっても指物師の親方として堂々としてほしいのさ。へなへなになった徳さんを見るのは、おれァ、いやだ」

「てっちゃんの言う通りよ。誰でも年を取るのよ。でも、ただ老いぼれて行くのはつまらない。自分ができることを見つけ、楽しく暮らさなきゃ。それで、本当に死ぬ時は、ああおもしろかった、楽しかったと言って死ぬのよ」

うめも力んだ声で言った。

「叔母さんもそのつもりで独り暮らしを始めたのかい」

鉄平は悪戯《いたずら》っぽい眼になって訊く。

「そうよ。でも、何から始めたらいいのかわからなかったの。でも、梅干し作りの仕事が見つかった。とり敢《あ》えず、これから始めることにするよ」

「うめさんの梅……なんちゃって」

今朝松が冗談を言ったので、あとの三人は声を上げて笑った。

「さて、今朝松。引けようか。あまり長居すると親父にどやされるからな」

鉄平はそう言って今朝松を促した。樽と笊はまだ使うので、鉄平は梯子だけを抱えた。帰りしな、叔母さんにちょいと話があるんだが、と低い声で言った。

「なあに？」

「いや、今度にするわ」

「今度とお化けには遭ったためしがないと言うよ」

うめは仏光堂《ぶっこうどう》のおみさが言ったことを真似《まね》て言った。

「近い内に酒でも飲みに来るわ。その時に」

「わかった。お酒とおいしいものでも用意しておくね」

「楽しみにしてるぜ」

鉄平は、にッと笑って引き上げて行った。

「いい男だよなあ、若旦那は」

徳三は心底感心した様子で言った。

「本当ね。あの子が跡継ぎなら伏見屋も安泰だよ」

「早くかみさんを持てばいいのによう」

徳三はそれだけが残念そうだ。

鉄平はうめの息子の雄之助より八つほど年上だから、とうに三十を過ぎている。当たり前なら子供の二人や三人いてもおかしくない。鉄平が十八歳の時、女房にしたい人がいると、伏見屋に連れて来たことがあったそうだ。それは弟の市助から聞いた。だが、相手は鉄平より五つも年上で、両国広小路の水茶屋の茶酌女《ちゃくみむすめ》をしていた。佐平より女房のおきよが強く反対した。

何が哀《かな》しくて、年上の水茶屋の女を嫁にしなければならないのかと。おきよは野田《のだ》の醬油造り屋の娘だった。伏見屋の身代の大きさに惚《ほ》れこんで嫁になったのだ。見識高い女でもある。おきよは伏見屋に見合う家から鉄平の女房を迎えたかったのだ。

鉄平の相手はおきよの剣幕《けんまく》に畏れ入って、泣く泣く諦めたと市助は言っていた。

当時、うめもおきよの言うことは無理もないと思っていたが、いつまで経《た》っても鉄平が女房を持たないとすれば、これは百歩譲って、一緒にさせるべきだったのではないかと思うようになった。

鉄平も意地になっているのか、それ以後、どんな縁談にも耳を貸そうとしないらしい。

瓢箪新道に越して来て、鉄平と間近に話をすると、俄《にわか》に鉄平の今後のことが、うめは気になった。

徳三はまた草むしりを始めた。昼になっておつたが徳三を呼びに来たついでに、収穫した梅の様子を見た。

「まあ、五升ほどもあるんじゃないかしらね。実もだいぶ熟れている」

「いい梅でしょう？　これから水に浸けて、へたを取ったら、さっそく漬けるつもり。お昼から塩を買いに行くよ」

うめは得意そうに言った。

「漬けるのは、その樽で？」

「ええ。ちょうど手頃な大きさだから。徳さんに木の蓋を作って貰おうと思っているの」

「それは駄目！」

おつたは、ぴしりと言った。徳三に草むしりをさせるだけでなく、蓋も作らせるのが癇《かん》に障ったのだろうかと思った。だが、そうではなかった。

「木の樽なんぞで漬けたら黴《かび》が生えますよ。やはり瀬戸物の瓶《かめ》じゃなければ。八丁堀のお屋敷でも梅干しは拵えていたんでしょう？」

おつたは少し呆《あき》れ顔をして訊く。

「ええ。でも、毎年、一升か二升を青物屋さんから買っていたので、こんなにたくさん漬けることはなかったのよ」

「瓶に漬けたのでしょう？」

「ええ」

「梅干しは樽で漬けては駄目。木の蓋も駄目」

おつたは勝ち誇ったように言う。

「でも、大きな瓶なんて、前に住んでいた人が置いて行ったものがふたつほどあるだけ」

うめは流しの下の瓶をおつたに眼で促す。

「足りないね。あたしの所にないか探してみますよ。蓋は皿でいいと思いますよ。重しもいるわね。おうめちゃん、塩を買うついでに酒屋に寄って焼酎も買って来て」

「焼酎？」

「それも黴を防ぐためよ。梅干しを作る時、梅酢もできるから、大事に取っとかなきゃ」

黴が生えるのを、おつたはやけに警戒していた。うるさいなあと思ったが、先輩の言うことは聞くべきだろうと、うめは黙って肯《うなず》いた。

「でも、水に浸けるのは樽でもいいのでしょう？」

確かめるために訊くと、おつたは笊の梅をくんくんと嗅いで、もう熟れているから、それほど水に浸けなくてもいい、と応えた。竹串で梅のへたを取ってから、ざっと洗ってごみや埃《ほこり》を取るだけでいいらしい。

「わかった。とり敢えず、塩と焼酎を買って来る」

「梅一升に塩三合だよ。一升五合ぐらいいるよ」

「焼酎は？」

「二合ぐらいでいいと思う」

すっかりおつたに梅干し作りを仕切られてしまった。しかし、おいしい梅干しを作るためだ。我慢、我慢と、うめは自分に言い聞かせた。

塩は見世の者に届けさせることにしたが、その後に寄った酒屋で焼酎を二合買い、ついでに鉄平が来た時のために酒を一升買うと、ずっしり重い荷物になった。

おまけに晩めしのお菜《さい》にするつもりで、煮売り屋からきんぴらごぼうを買ったものだから、家に着いた時、うめは大汗をかいていた。

家に着くと、台所におおぶりの瓶が五つ並んでいた。ふたつは家にあったものだが、あとの三つはおつたが探してくれたようだ。常滑焼《とこなめやき》のどこにでも見掛ける瓶だった。家にあったのは信楽焼《しがらきやき》のくすんだ灰色をしたものである。梅を一升ずつ分けて漬けろということだ。瓶の傍に漬物石も用意されていた。これで準備は調った。昼から梅のへたを取ろうと思ったが、その時になって、うめの腹の虫がぐうっと鳴った。気がついたら、朝から何も食べていなかったのだ。めしを炊くのが億劫《おっくう》だった。うめはまた外に出て、引っ越し蕎麦《そば》を頼んだ蕎麦屋に向かった。もり蕎麦で腹ごしらえをするつもりだった。

女一人で蕎麦屋に入るのは気後れを覚えるが、独り暮らしで、そんなことを気にしていては始まらない。案の定、客は好奇の眼でうめを見ていたが、うめは気づかない振りをして、もり蕎麦をたぐった。

蕎麦をたぐりながら、ふと、亡き夫も蕎麦好きだったことを思い出した。二人で蕎麦屋に入ったのは何度もなかったが、うまそうに啜《すす》る三太夫の顔が浮かんだ。

仏壇の世話は、すっかりゆめに任せてしまった。四十九日が済んだ途端、うめは霜降家を飛び出した形になった。三太夫の妹の光江は、さぞかしうめを苦々しく思っていることだろう。しかし、どうせ、光江にこれからの法要も仕切られてしまうのだから、自分がいてもいなくても同じことだ。うめはそう考えて余計な心配を振り払った。もり蕎麦は大層おいしかった。

家に戻り、さてこれから梅のへたを取ろうと思った矢先、来客があった。

「手前、霜降の旦那にひとかたならぬお世話になりやした権蔵《ごんぞう》と申す者です。奥様がこちらにおいでになったとお聞きして、ご挨拶に参じやした」

四十絡《がら》みの男はそう言って頭を下げた。権蔵は堀留町界隈《かいわい》を縄張にする御用聞き（岡っ引き）のようだ。縞《しま》の着物に対《つい》の羽織を重ね、着物の裾を絡げ、縹色《はなだいろ》（薄い水色）の股引《ももひ》きに雪駄《せった》履きという出《い》で立ちだった。

「親分さんですか。お初にお目に掛かります」

うめも小腰を屈《かが》めて挨拶した。

「若旦那はずい分、ご心配なすっておりやした」

権蔵は心配そうな表情で言った。渋紙色に陽灼《ひや》けした顔をしている。ぎょろりとした眼に濃い眉毛、見事な胡坐《あぐら》鼻の男である。

「それで様子を見にいらしたんですか」

「ええ、まあ」

応えながら、上がり框《かまち》にそっと腰を下ろした。愛想なしという訳には行かないので、うめは仕方なく、茶を淹《い》れた。構わねェで下せェ、と権蔵は慌てて言った。

「ほんの粗茶でございますので」

うめは笑っていなした。

「奥様は大伝馬町の伏見屋さんがご実家だそうですね」

権蔵は腰の莨《たばこ》入れから煙管《きせる》を取り出しながら訊く。火種を探していたので、うめは長火鉢の炭が熾《お》きておりますよ、と促した。

権蔵は少したためらう表情をしたが、遠慮がちに茶の間へ上がり、煙管に火を点《つ》けると、また上がり框に戻った。

「伏見屋のことは息子からでもお聞きになったのですか」

うめは権蔵の前に茶の入った湯呑《ゆのみ》を差し出して訊いた。

「いえ、亡き旦那から聞いておりやした」

「そうですか」

「酔った拍子に惚れて迎えた奥様だと、のろけたこともございやした」

「恥ずかしい」

本当に恥ずかしかった。三太夫が酔っていたとはいえ、よそでそんなことを言っていたとは思いも寄らなかった。

「さぞかし、ご苦労なすったんでげしょう?」

「あたし?　別に苦労なんて」

「ですが、旦那が亡くなった途端、奥様はお家を飛び出された。他に理由は考えられやせん」

「まるでお取り調べね」

うめは皮肉な口調で言った。

「そんなつもりはありやせんが」

権蔵は首の後ろに掌《て》を当てた。それから煙管の灰を土間に落として莨入れにしまった。

「おなごの独り暮らしは何かと物騒だ。手前も気をつけて見廻《みまわ》りするつもりですが、奥様も用心して下せェ」

権蔵はうめに注意を促して帰って行った。

ようやく梅のへたを取る作業を始めると、市助が酢と醬油、それに塩と味噌《みそ》を運んで来た。

「落ち着いたかい？」

荷物を上がり框に下ろして市助は訊いた。

「まだ足りないことだらけよ。でも、その前に梅を漬けなきゃならないのよ」

「どうした、この梅」

市助は大笊に山盛りになっている梅を見て驚いた顔になった。

「庭になっていたの。てっちゃんと小僧さんがもいでくれたのよ」

「へたを取るだけでも骨だなあ。どれ、少し手伝うわ」

「お見世はいいの？」

「なあに、うちの奴と倅《せがれ》がいるから大丈夫だ」

市助に竹串を渡すと、存外、器用な手つきでへたを取り、水を張った樽に放り込む。

「へたが取れるってことは、もう熟れているってことだな」

市助は独り言のように呟《つぶや》いた。

「そうなの？」

「姉ちゃん、何も知らねェで梅干しを拵えるつもりなのかい」

市助は呆れ顔でうめを見る。

「隣りに指物師の徳さんが住んでいるの。おかみさんが親切に教えてくれるのよ」

「それなら安心だ。梅を漬けると梅酢が出るよな。見世に来る客が時々、梅酢はねェかと訊くのよ。梅味の蕗《ふき》や芋がらを拵えてェらしい。あいにく、うちの見世にはねェから断っていたのよ。梅酢が余ったら分けてくんな」

「合点《がってん》、承知」

「お、久しぶりに聞いたぜ、姉ちゃんの合点、承知を」

「そうお？」

「ところで、鉄平の奴、そろそろ女房を持つ話でもしていなかったかい？」

「いいえ、特には。徳さんが心配しているのよ。いつまでもてっちゃんが独《ひと》り身《み》でいることを」

「誰だって心配しているわな」

市助はため息交じりに言った。

「そうよねえ。誰だって心配よね。もう三十を過ぎているんじゃ。でも、義姉さんがそれなりの家の娘じゃなきゃ駄目だと言っているんでしょ？」

「ああ。鉄平が三十を過ぎているのに、十六、七の娘の話ばかり持って来るのよ。二十歳を過ぎてても いいじゃねェかと兄貴が言っても、行き遅れの娘をこの伏見屋の嫁にする訳には行かねェと、頑固なのよ」

「なんだろう、その考えは。あたしにはよくわからない」

「おいらだってわからねェよ」

「ほら、てっちゃんが好きだと言って連れて来た水茶屋の娘さんは、どうなったの?」

「さあ、とっくに鉄平を諦めてよその男と一緒になったんじゃねェかな」

「あの時、一緒にしておけばよかったのにと、あたし、この頃、思うのよ」

「済んだことを今さら言っても始まらねェわな」

「だけど、てっちゃんが今でも独り身を通しているのは、まだ未練があるからじゃないの?」

「どうかなあ。このままずっと独りでいるかも知れねェよ。独り身は気楽だから、その内に女房を持つのも面倒臭くなって来る。兄貴は、おいらの二番目か三番目の倅を養子に迎えてェと、冗談なんだか本気なんだか言っているぜ」

「てっちゃんの下に弟でもいたらよかったんだけど」

「義姉さんは鉄平を産む時、ひどい難産で、産婆から、もう子供は諦めたほうがいいと言われたらしい。結局、子供は鉄平だけになっちまった。兄貴はおいらが羨《うらや》ましいと酒が入ると泣くんだぜ」

「ああ、いらいらする。皆、義姉さんが頑固なせいよ。見栄《みえ》を捨てて、てっちゃんの好きなようにさせたらいいのよ」

「おいらもそう思う」

「そう言えば、てっちゃん、あたしに話があると言っていたけど……」

うめは、ふと思い出して市助に言った。

「目当ての娘が見つかったのかな。それで姉ちゃんに口添えしてほしいんじゃねェか」

「そうだといいけど。もしも義姉さんが反対したら、そん時はがつんと言ってやる」

「おっかねェ」

市助はおもしろそうに笑った。

二升ほどの梅のへたを市助は取ってくれたが、まだまだ仕事は終わらなかった。すべての梅のへたを取った時、早や暮六《くれむ》つ（午後六時頃）の鐘が鳴っていた。うめは疲れて、口も利きたくないほどだった。

晩めしの仕度もしたくない。茶の間に、仰向けになって、切ない吐息を洩《も》らした。

「あらあら、行灯《あんどん》も点けずに」

庭先からおつたが声を掛けた。

「梅のへたを取ったら、疲れちまって」

うめは蓮っ葉《はすっぱ》な口調で応えた。

「ごはんは食べました？」

「まだ。炊いてもいない」

「もう！」

おつたは焦《じ》れた声を上げ、自分の家から丼《どんぶり》めしと沢庵《たくあん》を切ったものを運んで来た。

「おつたさん、恩に着るよ」

うめは心底ありがたくて礼を言った。

うめが晩めしを食べている間に、おつたは梅を洗い、笊に上げた。

「ついでに漬けちゃいましょうね。塩と焼酎は？」

「そこ」

うめは戸棚の前を眼で促した。

「晒《さらし》か何かありますか」

「ないけど、配った手拭いの残りがあるよ」

「まあ、それでもいいですけど」

おつたは戸棚から大ぶりの丼を出して焼酎を注《つ》ぎ、そこに梅の実をくぐらせてから手拭いで水気を取り、瓶にひとつずつ丁寧に並べ入れた。

「梅干しって思ったより手間が掛かるのね」

「これはまだ序の口ですよ。これから赤紫蘇《あかじそ》が出回る頃まで漬けて、赤紫蘇を塩で揉《も》んで、その汁を瓶に入れるんですよ。するとね、ぱあっときれいな紅色に染まるんですよ。あたしは、その時が一番好き」

おつたは夢見るような表情で言った。

「それから、しなしなになった赤紫蘇も一緒に漬けて、梅雨があけたらお天道さんの様子を見ながら土用干しをするんです。雨でも降ったら、今までの苦労が台なしだから、うっかり外になんて出かけないで下さいよ」

おつたは口酸《くちす》っぱく注意を促した。やれやれ、これほど面倒だとは思いもしなかった。やはり、自分は考えが甘い女だったのかも知れないと、うめは反省しきりだった。

どうにか梅を漬け終えたのは、それから一刻も経ってからだった。隣りから徳三が、おつた、何してる、おれはもう寝るぜ、と呼ぶ声が聞こえた。

「あら、大変」

おつたも慌てて腰を上げた。

「すっかりおつたさんにやらせちまって、申し訳ありません」

うめは頭を下げて言った。

「いいんですよ。おうめちゃんが梅干しを作ると言わなきゃ、あたしは何もしなかったから。でき上がりを楽しみにしていますよ。ああ、赤紫蘇は娘に頼んでおきますから」

おつたの娘は本所の青物問屋に嫁いでいるから、赤紫蘇が出回れば、すぐに届けてくれるという。

おつたが帰り、梅が入った瓶が並んでいるのを見ると、にんまり笑みがこぼれた。

「うめの梅」

伏見屋の小僧の今朝松が言った言葉が思い出された。

梅のけりがついたので、翌日からは普通に家の中の仕事をしようと、うめは心積もりしていた。魚屋でおいしい干物でも買い、大根の味噌汁を拵えよう。伏見屋の樽は冬になって沢庵を漬ける時にまた借りようと思った。

え? 沢庵も漬けるつもり?

うめは自分で自分に問い掛けた。一人では何もできないのに、あれこれやりたいことを頭に描く自分が可笑《おか》しかった。

縁側の雨戸を閉め、表戸も閉めた。さあこれから蒲団《ふとん》を敷いて、ぐっすり休もうかと思っていた時、勝手口の戸を叩《たた》く音がした。勝手口はうめの家と左隣りの土蔵の間の路地を入った奥にある。右隣りは徳三の家だった。こんな時間に誰だろうと、訝《いぶか》しい思いで、誰ですかと訊いた。

「叔母さん、おれ」

鉄平の声がした。

「まあ、てっちゃん」

慌ててしんばり棒を外した。

「すまねェ、こんな遅くに。うちの女中が笊がいると騒いでいるんで取りに来たのよ」

鉄平は気後れした表情で言った。

「ごめんなさいね。こっちから返しに行かなきゃならないのに、わざわざ取りに来て貰って」

「なあに。そいで笊はもういいのかい」

「お蔭様で漬け終わったのよ」

「早えェな」

「市助もへたを取るのを手伝ってくれたし、おつたさんがほとんど一人で漬けてくれたようなものよ」

「へえ」

「ちょっと上がらない？　梅の瓶を見て行ってよ」

「そ、そうかい。それじゃ、邪魔するよ」

鉄平は下駄《げた》を脱いで上がると、さっそく台所に並んでいる瓶を見た。

「てェしたもんじゃねェか。これだけありゃ、売り物にできるぜ」

鉄平は感心して言った。

「まさか。梅干し売りをするつもりはないけど。ああ、てっちゃん、お酒を買って来たのよ。一杯飲む？」

「いいのかい？」

「ええ。遠慮する人もこの家にはいないから」

うめはそう言って、手早く箱膳を出し、煮売り屋から買ったきんぴらごぼうを小皿に入れた。湯呑を鉄平に持たせて、大ぶりの徳利から酒を注いだ。

「叔母さんは飲まねェのかい？」

「あたし？　そうねえ、少しつき合おうかな」

うめは、いける口ではないが、猪口《ちょこ》にふたつぐらいは飲める。だが、飲むと足がほてり、痒《かゆ》くなる。今日もそうだった。

「今日、市助とてっちゃんの話をしていたのよ。いつまで独りでいるんだかってね」

鉄平は黙って湯呑を口に運ぶ。それは、さんざん人に言われて耳に胼胝《たこ》ができているという表情だった。

「ずっと独りでいるつもり？」

「………」

「あら、だんまりになって。義姉さんが持って来る縁談は気に入らないみたいね」

「だってよう、お袋が持って来るのは十六、七の小娘ばかりなんだぜ。うっかりすりゃ、手前《てめ》ェの娘に間違われそうだよ。おれ、三十三だぜ」

ようやく鉄平が口を開いた。そうか、三十三だったのかと、うめは思った。雄之助は八つ下だから二十五か。所帯持ちと独り者の違いが感じられた。雄之助は鉄平よりはるかに大人びていた。

「水茶屋にいた人を忘れられないの？」

そう訊くと、鉄平はまた、だんまりになった。図星のようだ。

「てっちゃん、どうしたいの？　あたし、力になるよ。だから、なんでも打ち明けて」

うめがそう言うと、鉄平は苦い顔で湯呑の中身を喉《のど》に流し入れた。うめはまた、徳利の酒を注いだ。

「実は……」

言おうか言うまいか、鉄平は悩んでいる様子だった。無理にどうした、どうしたと急《せ》かさず、鉄平が言い出すまで、うめは辛抱強く待った。

「おひでと最初に会った時、おれは十七だった。遊び盛りで仲間とつるみ、水茶屋の女をひやかしたり、夜は居酒見世《いざかみせ》でおだを上げていたりした。岡場所にも通っていたよ。絵に描いたような道楽息子をやっていたわな。おひでは両国広小路の『寿屋《ことぶきや》』という水茶屋で茶酌女をしていた。他の茶酌女は愛想がいいのに、おひでだけはおれにつんけんした態度をするのよ。それが気に入らなかった。ちょいと悪さをするつもりで、おひでが茶を運ぶ時、足を引っ掛けて転ばしてやったのよ。おひでは地べたに顔をぶつけ、唇の端を切った。何しやがると怒鳴って、おれに平手打ちを喰らわせた。見世の主《あるじ》は伏見屋の若旦那になんてことをすると、おひでを叱ったが、おひでは主の言うことなんて聞く女じゃなかった。伏見屋の若旦那だから何をしてもいいのか、母親を抱えて奉公している女を苛《いじ》めて、そんなにおもしろいのかと吼《ほ》えたのよ」

「すごい人ね。近頃、そんな意地のある娘にはお目に掛かったことないよ」

「本当にそう思ってくれるのかい？」

鉄平は嬉しそうだった。どうやら、水茶屋の娘との仲は続いているようだ。いや、おひでという女は、もはや娘とは言えない。鉄平より五つ年上だとすれば、三十八の大年増である。うめと比べても十歳より年下でしかない。自分が三十八の頃、どのようにしていたか、ふと思い出された。

雄之助は十五歳で、奉行所の見習い同心として、ようやく落ち着いてお務めができるようになった頃だ。美和とりさも、年頃を迎えつつあり、うめにとっては気忙《きぜわ》しい日々だった。そういう自分とおひでを一緒に考えることはできない。向こうは生計のために、少しでもお金を稼ぐのに必死でいただろうし、先の見えない鉄平との仲に悩んでもいたはずだ。立場が変われば、女の生き方も様々だ。年齢で推《お》し量ることはできないと、うめは思う。

「あの時、一緒にいた仲間もおひでに腹を立て、茶酌女のくせに生意気を言うなと怒鳴ったのよ。だが、おれは止めた。悪いのはおれだ。それはよくわかっていたし、おひでが眼をひん剝《む》き、すごい形相でおれに喰って掛かるのを見て、なんだか憐《あわ》れになっちまったのよ」

鉄平はしみじみした口調で続けた。

「そんな人、今までいなかったからでしょう？」

「ああ。おれがどれほど女に無体《むたい》なことをしても、皆、強く詰《なじ》ることはなかったのよ。おれはそれを当たり前のように思っていた。だから、おひでの態度には正直、驚いた。あいつはおれが伏見屋の倅だからと言って、へいこらするつもりは最初《はな》っからなかったのさ」

「でも、水茶屋奉公をしているのなら、お客さんに愛想よくしたほうが得だと思うけど」

「それができねェ女なのよ。親の金で遊び歩いているおれが、たまらなくいやだったらしい」

「いやだったんだ。そうなんだ」

そういう気持ちでいた女が鉄平に靡《なび》いた理由がよくわからなかった。

「その時は、傷の手当てをしてくれって、茶代の他に祝儀をつけて引き上げたのよ。だが、おれはそれからおひでが気になって仕方がなくなった」

鉄平は照れ臭そうに言った。

「それからどうなったの？」

うめはさり気なく、話の続きを促した。

「二、三日してから、おれは一人で寿屋に行き、改めておひでに、この間は悪かったと謝ったさ。おひでは、もう済んだことだから気にしないでと言った。根に持たない女だったんで、おれはほっとした。だけど、なんでおれにつんけんした態度をしていたのよ、と訊いてみた。そしたら、金に苦労していないおれを見るのがいやだったと応えやがった。むっとして睨《にら》むと、羨ましかったのさ、と笑顔を見せた。とびきりの笑顔だったよ」

「それで、ころりと参ったのね」

「叔母さん、はっきり言うなあ」

「だってそうなんでしょう？」

「まあ、その通りなんだが……寿屋にも通っていたが、その内、おひでの家にも行くようになった。米沢町《よねざわちょう》の裏店《うらだな》よ」

「両国広小路の近くにある町ね」

「ああ。あすこは薬種屋が多い所で、お袋さんは薬種を薬研《やげん》で砕く内職をしていた。おひでには弟が一人いて、そいつは振り売りの青物屋をしていた。毎朝、本所のやっちゃ場《ば》（青物市場）で仕入れた品物を売っていたのよ。三人で稼いでも、喰うだけのかつかつの暮らしみてェだった」

「弟さんは幾つ？」

「おひでより二つ下」

「いやだ、年上の弟になるんじゃない」

「おひでと一緒になれば、そういうことになるな。いいじゃねェか、年のことは」

「まあ、そうだけど」

「弟は足が悪いんで、毎朝、仕入れに行くのがてェへんみたいだった。だからおれは親父に口を利いて、弟を伏見屋の手代にして貰ったのよ」

「それ、初めて聞いたよ」

「いや、おひでの弟ということは伏せてある。親父も馬喰町の叔父さんも知らない」

「弟はなんという名前？」

「房吉《ふさきち》。すげェ真面目で、誰よりも早く見世に出て掃除をして、見世が終わっても最後まで残っている。いい手代を見つけて来たと、珍しく親父はおれを褒《ほ》めた」

「てっちゃんは、いいことをしたのね」

「そう思ってくれるかい？　弟はうちの見世の女中と所帯を持った。今は近所の裏店から通っているよ」

鉄平は嬉しそうに言って、鼻の下を人差し指で擦《こす》った。

「で、おひでさんは相変わらず、米沢町の裏店で母親と暮らしているのね」

「ああ」

「てっちゃんがおひでさんと一緒になりたいと言った時、兄さんより義姉さんが反対したんでしょう？　とんでもないって。その後、あたしも市助も二人が別れたものと思っていたのよ。でも、ずっと続いていたのね」

うめは酌《しゃく》をしながら訊いた。もう三杯目だ。鉄平は顔色ひとつ変えていない。かなり酒は強いようだ。

「続いていたことは続いていたんだが、五年ぐらい経つと、おひでは別れ話を口にするようになった。もう、いいってね。お袋さんも若旦那は親が勧める娘さんと一緒になったほうがいいと言うのよ。そうなっても自分達は決して恨まないからって」

「可哀想《かわいそう》で泣けて来るよ」

うめは襦袢《じゆばん》の袖で眼を押さえた。

「五年もなじんだ女をあっさり袖にするほど、おれは薄情な男じゃねェよ」

「わかるけど、伏見屋のことを考えると、おひでさんと母親の言うことも無理はないと思うよ。てっちゃんは伏見屋を飛び出すこともできなかっただろうし」

「おれが飛び出したら、商売に差し障りが出らァ。おれの顔で伏見屋を贔屓《ひいき》にする客も増えたし」

「そうよね」

「で、これからが本題なんだが……」

鉄平は改まった表情で座り直した。なに本題って。他に何があると言うのだろうか。

「五年前に、そのう、子供が生まれたのよ」

「え、ええっ？」

うめは思わず色気のない声を上げた。叔母さん、落ち着けと鉄平はいなした。五歳年上の女とつき合い始め、一緒になることを反対され、別れ話をするようになったのが、その五年後。で、五年前におひでが子を産んだという。うめは頭がこんがらがった。胸に掌を押し当て、頭を整理して考え直せば、子供が生まれたのは鉄平が二十八歳の時のことだ。すると、おひでは三十三歳だ。結局、別れ話をしながらも、二人の仲は十年以上も続いた計算になる。

「女の子？」

「いや、男だ」

その子は紛《まぎ》れもなく伏見屋の跡取りだ。

もはや、四《し》の五《ご》の言っている場合ではない。鉄平は今や六歳の子の父親なのだ。

「今はおひでさんと母親がその子の面倒を見ているのね」

「ああ」

「あんた、何してるのよ」

うめは思わず、きつい言葉が出た。

「何してるって、毎月、餓鬼《がき》の喰い扶持《ぶち》を届けているわな」

「まあ、呑気《のんき》な顔で、よく言うこと。その子の人別《にんべつ》(戸籍)は、てなし子になるのよ。大事な伏見屋の跡取りをそんな目に遭わせて」

「だってよう、おひでは、おれに迷惑は掛けたくないと言ってる。本当は産んじゃまずい餓鬼だが、おひでもいい年だ。その機会を逃すと、一生、子供を持つことはできないから無理をしたのよ」

「女の厄年の子かあ……」

うめは煤《すす》けた天井を見上げて呟いた。

「縁起がよくねェんだろ?」

「そんなことないよ。厄年に生まれた男の子は親孝行だと聞いたことがあるもの」

「本当かい?」

「ええ」

「餓鬼ってのは、こっちがうろちょろしている内に勝手にでかくなるもんだな。今じゃ一丁前の口を利いているぜ。おれが米沢町の家に顔を出すと、おっ母しゃん、間夫《まぶ》（恋人）が来たぜ、と言うのよ」

「やだ、笑わせないで」

その場面を想像すると可笑しくてたまらなかった。

「ちゃんなんて呼んでくれたこともねェ。それに妙に理屈っぽくて、おひでもお袋さんも往生しているわな」

「早くなんとかしなきゃ」

うめは真顔になって言った。

「しかし、親父はいいとして、うちのお袋が……」

鉄平は弱った顔で俯《うつむ》いた。いい年になっても母親が怖いらしい。

「とり敢えず、兄さんに打ち明けるよ」

「叔母さん、やめてくれ」

鉄平は情けない声で言った。

「じゃあ、なんであたしに話をしたのよ」

「手前ェの胸に秘めているのが苦しくてならねェからよ」

「房吉さんは、このこと知っているの？」

「もちろん、知っているさ。おひでの弟だからな」

「房吉さんは子供のことを……名前はなんだっけ？」
「鉄蔵《てつぞう》」
鉄平はぶっきらぼうに応えた。
「房吉さんは鉄蔵のことをどんなふうに考えているの?」
「鉄蔵が一人前になるまで面倒を見てくれたら、別にてて親だって名乗りを上げること
もねェと言った。どう考えてもおひでとおれは釣り合わねェってね。うちのお袋の気に
入った娘を嫁にしろと」
「義姉さんの気に入った娘なんているものか。その内に嫁の愚痴が始まるに決まってい
る。おまけにてっちゃんに隠し子がいると知れたら、伏見屋は、てんやわんやよ」
「叔母さん、脅かさねェでくれ」
「だから」
うめは語気を強めた。今の内に手を打たなきゃ駄目よ、と。
「わかった。おれなりに考えるから、叔母さん、少し時間をくれ」
当分、内緒にしておいて、ということなのだろう。弱気な鉄平が歯痒《はがゆ》かったが、うめ
がお節介なことをしても、今は伏見屋が混乱するだけだ。よい機会が訪れるのを待つし
かないのかも知れない。
それでも鉄平はうめに打ち明けたことで少し気が楽になったのか、帰る時は笑顔も見

せた。笊を携《たずさ》えて伏見屋へ戻る鉄平の後ろ姿を見ながら、うめは深いため息が出た。たった二日で目まぐるしい変化だ。八丁堀にいたなら、昨日と同じような今日があるばかりだ。だが、これが町家《ちょうか》の暮らしだ。

うめは胸で独りごちた。

それから三日ほど経つと、漬けた梅から梅酢が上がって来た。塩加減を間違うと、なかなか梅酢が上がらないそうだから、おつたのやり方はよかったらしい。おつたは梅酢が上がったことを確かめると、重しを半分に減らした。それも梅干し作りのコツのようだ。そのまま、赤紫蘇が出回るのを待てばよい。

「うまく行きそうね、おつたさん」

うめは弾んだ声で言った。

「楽しみですねえ」

おつたも嬉しそうに応える。

「半分はおつたさんに上げるよ」

うめは太っ腹に言った。

「そんなにいただけませんよ。そうですねえ、よろしかったら瓶の半分ほどいただきますよ」

「おやすいご用よ」

「八丁堀のお家にもお持ちなさいましな。きっと喜んで下さいますよ」

「そうねえ」

そんな話をしていると、ごめん下さいまし、と土間口から訪《おとな》いを告げる声が聞こえた。

雄之助の妻のゆめだと、すぐに気づいた。

「ゆめさんね。遠慮しないで入って」

うめは気軽に言った。おつたは客が来たと知ると、そそくさと家に帰って行った。

しかし、ゆめはなかなか入って来る様子がない。

「どうしたのよ」

下駄を突っ掛けて出て行くと、ゆめの後ろに、大袈裟《おおげさ》でもなく鬼の形相をした光江が立っていた。

「まあ、光江さん。こんな所までわざわざ」

うめは恐縮して光江に言った。

「あなたいったい、どういうおつもり？」

開口一番、光江は怒気を孕《はら》ませた声でうめに言った。

「別にあたしは……」

光江を前にすると、いつもの癖で、うめはしどろもどろになる。傍《そば》でゆめが心配顔で二人のやり取りを見ていた。

「これから百ヶ日法要や、新盆《にいぼん》が控えているというのに、あなたは何もなさらないおつもり？」

「それはゆめさんにお任せしておりますので」

「まあ、呆れた。大事な夫のことをないがしろにして、それで世間が通るとでも思っているのですか」

鬼の首でも取ったように光江はうめを詰り続けた。

「あたしのすることは光江さんにはわからないと思います。どうぞ、放っといて下さいまし」

「そういう訳には参りません。同心の妻としてふさわしい振る舞いをなさって下さい。本日は、それを申し上げに参ったのです」

「あたしは同心の妻としてふさわしい女ではありません。ですから、霜降の家を出たのです。老い先短いあたしの気持ちを察して下さいませ」

「やはり、あなたは町家の出ね。武士の妻の覚悟を持ち合わせていない」

「叔母様、何もそこまで……」

ゆめが慌てて取りなそうとしても、光江は聞く耳を持たなかった。これほど言われては、うめも中に招じ入れるつもりになれない。

「おっしゃりたいことはそれだけですか？　あたしは色々仕事がありますので、これでご無礼致します」

玄関払いを決め込んだ。だが光江は怯《ひる》まない。

「ゆめさん、あたし、梅干しを漬けているのよ。仕事などとご大層に、と皮肉に言った。うまく行ったら差し上げますよ。その時は安蔵を取りに来させてね」

うめは光江でなく、ゆめに笑顔で言った。

「まあ、梅干しですか」

「ええ。庭になっていたものを漬けたのよ。結構、大変でした」

「それはご苦労様でした」

「それに、こっちへ来た途端、実家絡みのごたごたもありましてね、とても仏壇の世話をする余裕もないのですよ。お世話を掛けますけど、あとをよろしくね」

「承知致しました」

ゆめは素直に応えたが、光江は罰当たりな、と声を荒らげた。

「ええ。あたしは罰当たりな女です。所詮、町家の出ですから」

うめは光江に当てつけるように言った。

「まっ！」

光江のこめかみに青筋《あおすじ》が立った。この女に今まで頭を押さえつけられていたのかと思えば、改めて悔しさが込み上げた。

「あなたがどうでも意地を通すとおっしゃるのなら、わかりました。雄之助さんにお話しして、霜降家と縁を切っていただきます」

光江は決めの台詞《せりふ》を言った。

「光江さんに指図される覚えはありません。あなたはもう、霜降家の人間ではないのですよ。いつまでもわが家のことに首を突っ込まないで下さいまし」

「あなたが勝手なことをなさるから、わたくしも黙っていられないのじゃありませんか」

通りを行く人が何事かと、こちらの様子を窺《うかが》っていた。それほど二人の剣幕は凄《すさ》まじいものだったのだろう。構うものかとうめは思った。

「ゆめさん、なぜ光江さんをお連れしたのですか」

嫁を詰る言葉にもなった。

「それは叔母様がどうしてもお姑《かあ》様にお会いして、お話がしたいとおっしゃったものですから」

「これはお話じゃありません。文句です。ここぞとばかりあたしに文句をおっしゃりたいだけなのですよ。それはわかっていらっしゃるじゃありませんか」

「申し訳ありません」

ゆめは困った表情で頭を下げた。

「おやおや、ご自分のことを棚に上げて、ゆめさんを叱っていらっしゃる。あなたは何様のおつもり？」

「これ以上、お話ししても無駄です。どうぞお引き取りを」

うめは奥歯を嚙《か》み締めてから言った。

「無礼な。わたくしをなんだと思っていらっしゃるのかしら。ゆめさん、帰りましょう。玄関払いをされてしまいましたから」

光江はゆめを引き立てた。

「でも、叔母様。茶会のための掛け軸のことはお姑様に了解をいただかなければ」

ゆめはうめの知らない話をした。

「了解など、取る必要はありません。うめさんが勝手をなさるのですから、わたくしも勝手にさせていただきます」

「なんのことですか」

うめは吞《の》み込めない顔でゆめに訊いた。

「叔母様が年番方《ねんばんかた》の奥様達と茶会を開くことになったのです。それで大お祖母《ばあ》様がご実家からお持ちになった山水画の掛け軸をお借りしたいとおっしゃっております」

「それはいけません。あれは霜降家の家宝です。人に貸し出すことはおやめになって」

「でも……」

ゆめは上目遣いで光江を見た。

「わたくしが借りることがそれほどお気に召さないのですか」

光江は悔しそうに言った。

「光江さん、今後、わが家の物は何一つお持ちにならないで。お貸しして返って来たためしはございませんから」

「妙なことをおっしゃるのね。わたくしが借りたものを返さなかったことがあったかしら」

「ございました。あたしの花嫁衣装、よそ行きの着物と帯、銀細工の簪《かんざし》は戻って来ておりません」

「あれは後で母上にお返ししました。母上がどうにかなさったのでしょう。わたくしは存じません」

光江はしゃらりと応えた。盗人猛々《ぬすつとたけだけ》しいとはこのことだ。

「実の母親を悪者になさるなんて、ひどい方ですね。ゆめさん、あたしの言うことは聞いて下さいね」

うめは念を押すように言った。ゆめは肯いたが、後で聞くと、やはり光江は山水画の掛け軸を借りて行き、返す様子はないという。ゆめはそれから、うめの言いつけを守っているようだ。ゆめにすべてを任せるのは心許《こころもと》ないが、いつまでも光江の言いなりになっていては、ゆめのためにもよくない。

夫の三太夫の新盆には八丁堀の家に顔を出し、とり敢えず、菩提《ぼだい》を弔うことだけはしようと思った。

それよりも、うめにはしなければならないことがある。鉄平の息子の鉄蔵を伏見屋の跡取りとして認めさせなければならないのだ。死んだ者より生きている者が大事。うめは自分に言い聞かせて、三太夫の妻として責任を果たしていない言い訳としていた。

うめ、悪態をつかれる

その年の梅雨《つゆ》は、それほど長く続かなかった。粉糠《こぬか》のような雨は毎日のように降ったが、うんざりするほどでもなかった。そして、陽《ひ》の光が盛大に降り注いだと思った途端、江戸はいきなり夏の陽気になった。その間に、瓢箪新道《ひょうたんしんみち》の家には来客が続いた。嫁に行った長女の美和、次女のりさ、それに次男の介次郎まで様子を見に来た。

美和とりさは一緒に来て、母上がいなければ宇佐美の叔母様に霜降家をいいようにされると心配していた。やはり実の娘である。うめの気持ちがよくわかっていた。ゆめさんにくれぐれも気をつけるように言ったから、それは大丈夫だと応えた。二人の娘は時々、実家の様子を見るつもりだと頼もしいことを言ってくれた。

介次郎は娘達に比べて、呆気《あっけ》ないほどさばさばしていた。

「独り暮らしは、まあ、気楽でいいですね」

呑気《のんき》なことを言う。養子先が気詰りではないかと訊《き》くと、あんなもんだろう、とさして愚痴をこぼすでもなかった。非番の日は泊まりに来てもいいかと嬉《うれ》しそうに訊く。

うめはこの介次郎が十歳近くになるまで一緒の蒲団《ふとん》で寝ていた。友達にからかわれて、ようやくやめたのだ。どちらかと言えば、雄之助より介次郎が可愛《かわい》かった。介次郎が訪れると、近所の蕎麦屋《そばや》に連れて行ったり、そっと小遣いを渡したりした。介次郎は嬉しそうだった。

「おうめちゃん、赤紫蘇《あかじそ》、赤紫蘇」

隣家のおつたがある日、張り切ってやって来た。手にした笊《ざる》に赤紫蘇が山盛りになっていた。

「もう、赤紫蘇が出たの？　早いのね」

うめも弾んだ声で応えた。

おつたはさっそく、桶《おけ》に赤紫蘇を入れ、塩で揉《も》んだ。濁った汁が出た。

「いいかえ。よっく見て下さいよ」

おつたは梅の瓶《かめ》のひとつを引き寄せ、重しをどけると、赤紫蘇の汁を掛け回した。梅酢はたちまち薄紅色に染まった。

「おつたさん、きれい」

うめは感歎《かんたん》の声を上げた。

「だろう？　それで、この絞った赤紫蘇も一緒に漬けるのさ」

うめもおつたの手順通り、赤紫蘇を塩で揉んで、出た汁をそれぞれの瓶に回し掛けた。本当に汁を入れた途端、梅が紅色に染まるのが不思議だった。梅と赤紫蘇は天然自然の理に適《かな》ったものなのだろう。

「おつたさん、赤紫蘇のお代は幾らかしら」

うめは赤紫蘇の始末をつけると、帯に挟んだ紙入れを取り出しながら訊いた。

「お代は結構ですよ」

おつたは太っ腹に応える。

「それは駄目。娘さんが仕入れて、わざわざ届けてくれたのだから、只《ただ》でいただく訳には行きませんよ」

「赤紫蘇なんて、その気になりゃ、道端に幾らでも生えているものですよ」

「でも、虫喰《むしく》いもないきれいな赤紫蘇を何十枚も用意するのは、やっぱり大変よ。これからも何かあればお世話になるから、お金のことはきっちりしましょうよ」

「そうですか？　それじゃあ、十枚ひと束で四文ということで、二十文いただきますか」

「いいの？　そんなにお安くて」

「青物屋で買っても、そんなもんですよ」

おつたは笑顔で言った。おつたは赤紫蘇の代金を受け取ると、土用の日まで、そのままにしておいて、と言って帰った。

うめは赤紫蘇を入れた瓶を覗《のぞ》かずにはいられなかった。紅色に染まった梅が愛《いと》おしい。何やら、やり遂げた気持ちにもなり、晴々とした気分だった。

夏の土用の頃には天気の様子を見ながら三日三晩の土用干し（天日干し）をするのだ。丸い梅が適当に縮んで来たら、でき上がりである。

保存は梅を漬けた瓶でよい。梅酢がたくさん出た時は、おたまで掬《すく》って別の容器に入れる。市助が梅酢をほしがっていたので、忘れずに持って行こうと思った。

梅の仕込みを終えたその日は、うきうきとした気分が続いた。ひと息つく度に梅の瓶に眼《め》を向け、うめは、にんまりとほくそ笑《え》んでいたものである。

だが、夕方から雨になり、雨脚は結構、強かった。梅雨の名残りだろうかと、うめは外の雨音に耳を傾けながら、晩めしを食べていた。

土間口の外から、男達の怒鳴るような声が聞こえた。その合間に子供の泣き声もする。うめは何かあったのだろうかと思ったが、雨のせいもあり、外へ様子を見に行く気にはなれなかった。

しかし、いきなり戸が開き、叔母さん、いるか、と鉄平の声が聞こえ、うめは食後の茶を飲んでいたが、首をねじ曲げて、いるよう、と応えた。鉄平ならば、黙って上がって来るから、出迎えもしなかった。だが、子供の泣き声がひと際《きわ》、高くなった。

どうしたことかと、ようやく腰を上げると、ずぶ濡《ぬ》れになった鉄平が小さな子供を抱えて土間口に立っていた。鉄平は盛んに、泣くな、と子供を制していた。

鉄平はうめの顔を見ると、事情を話す前に、駕籠《かご》舁《か》きの野郎、法外な酒手《さかて》を取りやがって、といまいましそうに吐き捨てた。

「どうしたのさ」

「坊主が濡れちまった。手拭いを貸してくれ」

鉄平はうめの問い掛けに応えず、早口でうめに言った。

「あいよ」

うめは慌てて簞笥《たんす》の抽斗《ひきだし》から手拭いを取り出し、鉄平に渡した。鉄平はそれを使って子供の頭や濡れた着物を拭く。子供は泣きながら、それでも小脇に抱えた絵本を離さない。

前髪頭で、鼠色《ねずみいろ》の単衣《ひとえ》に青い三尺帯を締めている。陽に灼《や》けているが、存外、整った顔立ちをした五、六歳ぐらいの子供だった。

「てっちゃんの子供かえ」

「ああ」

鉄平は手を動かしながら応え、それが終わると、自分の顔と頭をざっと拭いた。

「ひとまず上がっておくれ。話はそれからだ」

何か仔細《しさい》がありそうだ。土間口で聞く話でもないと思った。

「今日、たまたま米沢町に行くと、こいつの母親と祖母《ばあ》さんが、熱を出して二人とも寝込んでいたのよ。医者を呼びに行ったり、粥《かゆ》を拵《こしら》えたりして、えらい目に遭わされたわな」

鉄平は茶の間に座ると渋い表情で言った。

「それは大変だったね。悪い風邪でも引き込んだのだろうか」

「医者は寝ていれば、その内に熱が下がると言っていた。近所のおかみさんが来てくれて、面倒を見てくれると言ったんで、ほっとしたが、医者は坊主にうつる恐れがあるから、二、三日、よそに泊めたほうがいいと言ったのよ」

「それでこの子を連れ帰ったということか。まあ、兄さんと義姉《ねえ》さんがびっくりするだろうけど、いい機会だから、顔を見せたらいいんだ。いずれは打ち明けなければならないからね」

うめはそう言って鉄平を諭した。内心では伏見屋に帰る前に、うめの所でひと息つき、決心を固めるつもりだろうと思っていた。だが、鉄平は唇を引き結び、俯《うつむ》いて、しばらく黙った。ぴかっと稲妻が走り、雷が鳴ると、子供は恐ろしそうに鉄平に縋《すが》りついた。

確か鉄蔵という名前の子供だった。

「でェじょうぶだ。心配すんな」

鉄平は鉄蔵を宥《なだ》める。そういうところは父親らしかった。

「おれはまだ、気持ちが固まらねェのよ。お袋と修羅場になるかと思や、気が滅入って仕方がねェのよ」

鉄平はため息交じりに続ける。

「何言ってるのよ。生まれた子供に罪はないでしょうに。今さらこの子を母親のおなかに戻す訳には行かないのよ」

「出て来た餓鬼《がき》はしょうがねェってか」

「そうよ」

意気込んでうめが言うと、鉄蔵が何かぼそぼそと鉄平に言った。何を言ったのか、うめには聞き取れなかった。

「こんな時、ばかなことは喋《しゃべ》るな」

だが、鉄平は少し声を荒らげた。

「なんて言ったの？　あたし、よく聞こえなかったよ。もう一度言っておくれ」

笑顔で鉄蔵を促すと、鉄蔵はそっと鉄平を見た。顔色を窺《うかが》っているような感じがした。

その拍子に鉄平は、ぷッと噴き出した。それで安心したのか、鉄蔵は、出た小便は引っ込まねェって言ったのよ、と小鼻を膨《ふく》らませて応えた。

「あらあら」

「どうも躾《しつけ》がなってなくて面目ねェ。いつもこの調子なんだよ。悪い言葉ばかり覚えやがる」

鉄平は情けない顔で言った。

「おもしろい子ね」

うめの孫の雪乃も鉄蔵と同い年だが、全く違っていた。男の子と女の子の差でもあるのだろう。

「で、てっちゃんはこの子をすぐには伏見屋に連れて行けないの？」

「すまねェ。二、三日、預かって貰《もら》いてェのよ」

「そんな」

うめはそう言った切り、つかの間、黙った。せっかく独り暮らしを始めたばかりなのに、子供の世話をするのは正直、気が重かった。

「他に頼る人もいねェのよ」

「あたし、あんたがこれほど思い切りの悪い男とは思っていなかったよ。なんなのよ、いったい。三十を過ぎているのに母親を怖がるなんて。あんたがぐずぐずしている間に子供は大きくなる一方なのよ。男だったら、覚悟を決めなさいよ」

「ハハ、叱られてやがら」

鉄蔵はおもしろそうに口を挟《はさ》む。鉄平はそんな鉄蔵の頭を加減もなく張った。鉄蔵はまた泣き声を上げた。うめは鉄蔵の身体を引き寄せ、膝に抱えた。

「あんたはよそにお泊まりしたことがあるかえ」

「ねェ」

「初めて会ったおばさんの家に泊まるなんてできないよね」

「おばさん？」

「あたしはねェ、このてっちゃんの叔母さんなのよ」

「婆《ばば》じゃなくて？」

「こらっ！」

鉄平は鉄蔵のもの言いを叱った。

「そうだよねえ。あんたから見たら、あたしは立派に婆だ。米沢町のお祖母さんも婆と呼んでいるのかえ」

「ああ」

「そうか。婆が二人じゃ、こんがらがるね。堀留町の婆か、うめ婆《ばあ》と呼んでおくれ」

「うめ婆！」

鉄蔵は声を張り上げた。

「いいよ、それで」

うめは仕方なく応えた。本当はもう一人、婆と呼ぶ女がいると思った。それは鉄平の母親のおきよだ。おきよが鉄蔵に振り回されて、右往左往する姿が早く見たいものだと、うめは思った。

「叔母さん、頼まれてくれるか?」

鉄平は切羽詰まった表情で訊く。

「仕方がないだろう。あんたが伏見屋に連れて行けないと言うんじゃ」

「すまねェ」

「二、三日だよ。向こうが落ち着いたら、すぐに迎えに来ておくれね」

「わかった」

鉄平は心底安堵《あんど》した様子で、うめ婆の言うことはよく聞くんだぜ、と念を押して帰って行った。

鉄平が帰ると、鉄蔵は寂しくなったのか泣いた。

「お腹空《す》いていないかえ」

鉄蔵の気を逸《そ》らすようにうめは訊いた。

「腹減った」

「何もないから、おむすびを拵えてやろうか」

「うん。梅は入れねェでくんな。おいら、梅がいっち嫌れェだ」

「わかったよ。おかかにしよう」

鰹節《かつおぶし》を掻《か》き、醤油《しょうゆ》を交ぜたおかかを拵え、小さめの握りめしを二個作った。大根の味《み》噌汁《そしる》が残っていたので、それも椀《わん》に入れた。温め直すのが面倒なので、そのまま飲ませた。鉄蔵は冷たい味噌汁をうまそうにごくごくと飲んだ。

「さてと、顔を洗って、ねんねしようか」

「うめ婆、絵本読んでくれ。おいら、寝る前は絵本を読んで貰うのがお決まりだ」

「あいよ。おやすいご用だ」

気軽に請け合い、蒲団を敷いてから、鉄蔵の顔と手足を拭いた。寝間着を持って来なかったので、単衣を脱がせ、腹掛けと下帯一丁で蒲団に寝かせた。寒い時季でないのが幸いだった。鉄蔵は雨に濡れたのに風邪を引いた様子もない。存外、丈夫な子供らしかった。

うめが鉄蔵に読み聞かせたのは「浦島太郎《うらしまたろう》」だった。それは孫の雪乃にも読んでやったことがあった。うめは芝居掛かった声色《こわいろ》まで遣って読んだ。鉄蔵はおとなしく聞いていたが、浦島太郎が玉手箱を開けてお爺《じい》さんになりました、と最後を読み終えると、ひでェ話だとため息を洩《も》らした。

「何がひどい話なのよ」

絵本を閉じて、夏掛けの蒲団を鉄蔵の肩まで引き上げてうめは訊いた。

「浦島太郎はよう、苛《いじ》められていた亀を助けたんだろう?」

「そうだよ」

「亀は恩返しのつもりで龍宮城《りゅうぐうじょう》に連れて行き、乙姫様《おとひめ》に会わせて、ご馳走《ちそう》した。そんで帰る時に乙姫様は玉手箱を渡して、決して開けちゃならねェと言った。だが、浦島太郎は開けてしまった。そしたら爺ィ《じじ》になった。訳、わかんねェ」

「浦島太郎は龍宮城でおもしろおかしく過ごしたけど、自分が考えているよりははるかに長い年月だったのさ。龍宮城では年を取らないらしいから」

「国に帰ったら、いきなり年を取ったのか」

「そういうことみたいだよ」

「亀はなんも言わなかったのか」

「亀は言葉が喋られないからね」

「浦島太郎は黙って龍宮城にいたらよかったんだ」

「そうだねえ。そうすりゃ、お爺さんにならずに済んだかも知れない」

「乙姫様は浦島太郎を騙《だま》しやがった」

「そんなことはないだろう。ご馳走を食べて、おもしろおかしく過ごしても、いずれ飽きが来る。浦島太郎は働きたくなったのさ」

「玉手箱を開けて爺ィになったんじゃ、働けねェだろうが」

「それもそうだね。でも、これを書いた人の考えがあるから、あたしらは四《し》の五《ご》の言えないよ。黙って読むしかないのさ」

「下らねェ」

「はいはい。あんたの理屈はわかったから、おとなしく寝てちょうだい」

うめはそう言って、無理やり、鉄蔵を寝かせた。翌朝、鉄蔵はおねしょをして、うめの手を煩《わずら》わせた。

二日経《た》っても、三日経っても、鉄平は鉄蔵を迎えに来なかった。米沢町に住む鉄蔵の母親と祖母の快復が遅れているのだろうかと、うめは心配だった。万が一、二人にもしものことがあった場合、鉄蔵をどうすればよいのだろうか。いらぬことばかりがうめの頭の中を駆け巡った。

鉄蔵は、すっかりうめになつき、母親が傍《そば》にいなくてもめそめそしないのが不幸中の幸いだった。しかし、毎晩浦島太郎の絵本を読んでやると、ひでェ話だ、下らねェと言うのは変わらなかった。絵本はその一冊しか持って来なかったので、読み聞かせるうめも、いささか飽きて来た。

「別の絵本を買いに行こうか」

鉄蔵が来てから四日目、朝めしを食べた後に、うめは鉄蔵に言った。

「買ってくれるのけェ？」

「ああ。浦島太郎ばかりじゃ、つまらないからね」

確か、市助の見世《みせ》の近くに絵草紙屋《えぞうしや》があったはずだ。そこへ行けば、子供が喜びそうな絵本もあると思った。

鉄蔵の手を引き、うめは馬喰町に向かった。

絵草紙屋で「桃太郎《ももたろう》」の絵本を買い、それから、ついでに青物屋と魚屋に寄って、晩めしの買い物も済ませた。昼は面倒だから、いつもの蕎麦屋へ行こうと思っていた。

帰りに市助の見世の前を通った時、うめは悪いことをしていないのに、胸がひやひやした。どこの子かと訊《たず》ねられたら、うまい言い訳ができそうになかった。幸い、その日は市助も女房のおつねも外へ顔を出すこともなく、うめはほっとして見世の前を通り過ぎた。

堀留町の蕎麦屋「弁天屋《べんてんや》」とは、すっかり顔なじみである。小女《こおんな》のおよしは、あら、今日はお孫さんとご一緒ですか、と訊いた。

およしは十七、八の頰《ほお》の赤い娘だった。

「いえ、ちょっと知り合いの子を預かっているの。ここのお蕎麦はおいしいから食べさせたいと思いましてね」

「ありがとうございます。坊や、何がいいかな?」

およしは笑顔で鉄蔵に訊いた。

「おいら、もり蕎麦」

鉄蔵は、ぶっきらぼうに応える。買ったばかりの絵本に夢中で、ろくにおよしの顔も見ない。

「じゃあ、もり蕎麦二枚ね」

うめが注文すると、お客さん、多くないですか、この子、食べ切れるかしら、とおよしは親切に言ってくれた。

「そう言えばそうね。大もり一枚にして、蕎麦猪口《ちょこ》をふたつ出して下さいな」

うめは思い直してそう言った。

「大もり一丁！」

およしはびっくりするような声で板場の主《あるじ》に告げた。あいよ、と塩辛声の返答があった。うめは「お蕎麦は好きかえ」と鉄蔵に訊いた。

「うん」

「うどんより？」

「どっちも好き」

鉄蔵は面倒臭そうに応える。本を読む邪魔をしないでくれという表情だった。

弁天屋は間口二間の狭い見世で、板場を囲うように鉤形《かぎがた》の飯台《はんだい》があり、その前に醬油樽《だる》の腰掛けを置いている。土間を挟んで畳敷きの座敷もあり、衝立《ついたて》を三つほど置いて仕切りとしている。十五人も客が入ればいっぱいになる見世だ。昼刻《ひるどき》には少し早かったので、客はうめの他にお店者《たなもの》ふうの男が二人いるだけだった。

うめと鉄蔵は座敷の壁際に席を取った。無心に絵本を見ている鉄蔵を眺めながら、いったい、いつになったら鉄平は迎えに来るのだろうかと、ぼんやり考えていた。

鉄蔵の世話にかまけていると、さっぱり自分の仕事がはかどらない。着物の洗い張りや襦袢《じゅばん》の襟《えり》つけなど、やりたいことが山ほどあるのに。それに、鉄蔵の着替えのことも気になる。下帯は晒《さらし》で何枚か縫ってやったが、単衣は連れて来られた時のままだ。

なんにつけても気が揉《も》めた。

「いらっしゃい」

新たな客が入って来て、およしは声を張り上げた。何気なく客を見た途端、うめはぎくりとなった。鉄平の父親の佐平だった。

佐平はすぐに、うめに気づき、こちらへやって来る。知らん顔して別の席に座ればいいのに、そうしなかった。

「昼めしは蕎麦か」

佐平はうめの前に座って訊いた。口喧嘩《げんか》したことなど、とうに忘れているようだいである。

「ええ。兄さんも？」

「午後から得意先に行かなきゃならないんで、その前に腹ごしらえをしておこうと思ってね。この子はどこの子だい？」

佐平は何も知らずに鉄蔵を見て訊いた。

「ちょっと、知り合いの子を預かったのよ。母親が風邪を引いて寝込んでしまったものだから」

「本が好きなんだな。利口そうな面をしているよ」

「そう思う？」

「ああ。鉄平にもこのぐらいの倅《せがれ》がいてもおかしくない。仲間うちで孫がいないのはおれぐらいのものさ。おれは孫なし爺ィよ」

自嘲気味に佐平が言うと、鉄蔵はけらけらと笑った。

「孫なし爺ィがそれほど受けたか」

佐平は嬉しそうに顔をほころばせた。

「うめ婆、この人は誰よ」

「あたしの兄さんなんだよ」

「うめ婆の兄さんは孫なし爺か。そいつはいい」

「おもしろい子だな」

「おもしろ過ぎて精が切れるの」

うめは弱った表情で応えた。そこへ蕎麦が運ばれて来た。うめは蕎麦猪口につゆを注《つ》ぎ、蕎麦を少し入れて鉄蔵の前に置いた。

「こぼさずに食べるのよ」

「わかってるって、くでェなあ」

生意気な口を利いて、鉄蔵は蕎麦をたぐる。佐平はその様子をじっと見ていた。

「鉄平も子供の頃から蕎麦が好きだった。子供でも、ちゃんと蕎麦の味がわかるんだな」

佐平の口から鉄平の名が何度も出て来て、うめは気が気じゃなかった。おいら、鉄平を知っている、と鉄蔵が言い出さないかと恐れてもいた。だが、鉄蔵は珍しく余計なことは喋らなかった。佐平ももり蕎麦をたぐり、うめの分の代金を一緒に払ってくれた。

「そいじゃ、おれはこれで引けるわ。またな」

佐平は、そう言って見世を出て行った。

鉄蔵は佐平が帰って、しばらくしてから、もう腹いっぱいだ、と箸を置いた。うめは蕎麦湯を注《す》いで、お飲みよ、と勧めた。

「蕎麦湯は好かねェ」

「そう。じゃ、あたしは残りを食べるからね」

「あの孫なし爺、鉄平のてて親か？」

突然、鉄蔵は訊いた。

「あんた、気がついていたの？」

うめは驚いて鉄蔵を見た。

「おいらのことを、どこの子だと訊いていたから、知らねェんだなと思って黙っていた」

「鉄蔵は利口な子だね。ちゃんと大人の事情がわかっているなんて」

「おっ母しゃん、鉄平をちゃんと呼んじゃならねェと言った」

「………」

「仕方ねェから、鉄平と呼んだり、間夫《まぶ》と呼んだりしてるけど、面倒臭ェよ」

「ほんとだね。面倒臭いね」

「うめ婆。早く帰《け》ェろ？　絵本、読んでくれよ」

「読むのは寝る前」

うめはぴしりと言った。鉄蔵はちッと舌打ちした。その仕種《しぐさ》は大人のようだった。

ひと回り（一週間）ほど過ぎた夜、鉄平がようやくうめの家に顔を出した。しかし、浮かない表情だった。

「まだ、向こうの家は落ち着かないのかえ」

「それがよう……」

鉄平は言葉尻を濁した。

「どうしたって言うのさ」

「叔母さんに鉄蔵を預けた翌日、米沢町へ行くと、おひでと祖母さんは、ようやく起き上がっていた。もう、一日おとなしくしていれば元通りになるだろうと言っていた。鉄蔵のことを気にしていたから、おれの叔母さんが近くに住んでいるから預けたと言うと、ほっとしたような顔をしていた。ところが、そのまた翌日に行くと、ヤサ（家）はもぬけの殻《から》で、誰もいなかったのよ」

「ええっ？」

「前の晩に家財道具を積んで、どこかに行っちまったらしい。あちこちに聞いて廻《まわ》ったが、行方が知れねェのよ」

「子供を置き去りにしたってこと？」

うめは眼をみはった。傍で鉄蔵が不安そうな表情で二人を見ていた。

「どうしてそんなことになったんだろう」

うめはおひでと母親の気持ちがわからなかった。

「うちのお袋が性懲《しょうこ》りもなく縁談を持って来たのよ。これが最後だってね。おれはいつもの調子で、おひでに、お袋の悪い虫が起きたぜと冗談交じりに言ったのよ。おひでも笑って、お前さんも大変だねとねぎらってくれたんだ。それなのに……」

「だから言わないことじゃない」

うめはようやく納得が行った。

「何がよ」

鉄平は怪訝《けげん》そうにうめを見た。

「おひでさん、とうとうあんたに愛想尽《あいそづ》かしをしたんだよ」

「………」

「本当は鉄蔵も連れて行きたかったけど、この子は伏見屋の血を引く子供だ。とてもそれはできなかったのさ」

「今まで、ずっとうまく行っていたんだ。今さら愛想尽かしと言われたって……」

「子供まで作ったんだから、あんたが決心を固めてくれるものと、おひでさんは心のどこかで信じていたんだ。だが、あんたは相変わらずだった。親に子供のことを打ち明けようともしない。誰がそんな男にいつまでも縋りつくもんか。おひでさんは新たな道を行こうと決心したんだ。熱を出して倒れたのはたまたまのことだとしても、床《とこ》に就《つ》いている間、おひでさんは母親とこれからのことを色々と話し合ったと思うよ。その結果がこれさ。この業晒《ごうさら》し！」

うめはいっきにまくし立てた。鉄平は膝頭を摑《つか》んで俯《うつむ》いた。しゅんと水洟《みずばな》も啜《すす》る。

「やめろ、うめ婆。鉄平を苛めるな」

鉄蔵がうめの肩をどやした。勢いがよかったために、うめは後ろに引っ繰り返った。

「鉄蔵、うめ婆は悪かねェ。悪いのはこのおれだ」

しかし、鉄蔵は素直に言うことを聞かなかった。

「くそ、くそ、くそ婆ァ！」

鉄蔵は泣きながらうめに悪態をついた。

うめは、初めて、人からくそ婆ァと呼ばれた。

うめは鉄蔵に悪態をつかれても、腹は立たなかった。頼りない男でも鉄蔵は鉄平に父親としての情を感じているのだ。それがよくわかったからだ。

「くそ婆ァとばかにするんじゃないよ。お前だって年寄りになりゃ、くそ爺ィになるんだからね」

だが、うめは鉄蔵にそう言った。

「おいら、くそ爺ィにはならねェ」

「ほう、お前の場合、寝小便爺ィか」

そう言うと、鉄蔵は慌てて小さな掌《て》でうめの口を塞《ふさ》いだ。

「お前《め》ェ、寝小便したのか？」

鉄平は呆《あき》れた顔で鉄蔵を見た。違《ちが》わい、と鉄蔵はかぶりを振った。

「うそをつくな。うめ婆に面倒を掛けやがって」

「その話はもういいよ。それより、これからどうするつもりだえ？」

うめは髪を撫《な》で上げる仕種をしてから低い声で鉄平に訊いた。

「こいつを伏見屋に連れて行く。おれも男だ。お袋と修羅場になろうが構わねェ」

「よく言った。それでこそ鉄蔵のてて親だ。だけど、おきよさんが驚きのあまり、心《しん》ノ臓《ぞう》にぐっと来ても大変だ。ここは手順を踏むことだ」

「手順？　どんな手順よ」

「ひとまず、兄さんをここへ連れて来てよ。兄さん、弁天屋でこの子を見ているんだよ」

「え？　叔母さん、親父《おやじ》に打ち明けたのか？」

「そんなことはしないよ。知り合いの子を預かっていると言っただけだ」

「親父は鉄蔵を見てなんか言っていたか？」

「おもしろい子だと言っていた。利口そうな顔をしているって」

「…………」

「だからさ、兄さんは鉄蔵があんたの子だとわかっても、邪険にしないと思うよ。いや、むしろ大喜びするはずだ。友達や同業の仲間で孫がいないのは自分だけだと、寂しそうにしていたからね」

「…………」

「早く兄さんを連れて来て」

うめは強く言った。

「わ、わかった」

鉄平は慌てて外へ出て行った。

「孫なし爺ィが来るのか？」

鉄蔵は不安そうな顔でうめに訊いた。

「ああ。だが、もう孫なしじゃないよ。あんたという孫がいるんだから」

「だけど、鉄平は怒られるんだろ？」

「そりゃ、少しはね。だが、あんたが心配することはないよ。あんたは悪くないから」

「おいら、うめ婆のこと、くそ婆ァと言った。勘弁してくんな」

鉄蔵は殊勝に謝った。

「いい子だねえ。ちゃんと謝ってくれて。気にしてないよ。売り言葉に買い言葉っても
のだから」

「なんだよ、それ」

「うるさいねえ。話の流れで、つい口からぽろりと出たってことさ」

「なある」

「わかったのかえ」

「いや、わからねェ」

とぼけた表情で応える鉄蔵に、うめは思わず苦笑が込み上げた。

外から下駄《げた》がかつかつ鳴る音が聞こえた。

そう思った途端、油障子が勢いよく開けられ、おうめ、おうめ、と佐平の昂《たか》ぶった声が聞こえた。

「お疲れのところ、すまないねえ」

うめは上がり框《かまち》に出て、佐平にそう言った。佐平はもどかしい様子で下駄を脱ぎ、上がろうとしたが、慌てていたせいか、躓《つまず》いて、ばったり前に転んだ。

「兄さん、大丈夫かえ」

「だ、大丈夫だ。孫は、おれの孫はどこにいる」

その声を聞き、鉄蔵が茶の間から顔を出した。

「おう」

鉄蔵は顎をしゃくる。大人びた仕種だ。

佐平の後ろにいた鉄平はなんとも言えない複雑な表情をしていた。

「これが、これがおれの孫か？」

佐平は鉄蔵の両肩を摑み、確かめるように声を張り上げた。

「そうだよ、兄さん。鉄蔵という名だ。てっちゃんの名前を一字いただいたんだよ」

「おうめ、恩に着る。おうめ、ありがとう」

佐平は何度もうめに礼を言い、嬉し涙に咽《むせ》んだ。

「お礼はいいから、とにかく、これからのことを考えようよ」

うめは興奮した佐平を宥《なだ》めるように言った。

「これからのことってなんだ。鉄蔵は正真正銘、伏見屋の跡取りだ。家に連れて行って大事に育てるさ」

わかり切ったことを言うなという表情で佐平は応える。

「ことはそう簡単じゃないんだよ。この子の母親とお祖母さんの行方が知れないのさ」

「そんな者は放っておけ。おれは鉄蔵がいれば、それでいい」

「義姉さんを説得できるのかえ。義姉さんはてっちゃんの縁談を諦めていないよ。いい所からお嫁さんを迎えようとしている。だけど、子持ちの男じゃ、相手も二の足を踏むんじゃないのかえ」

「それならそれでいい。鉄平が一生、独り者で通したとしても、おれは構わん」

息子も息子なら、父親も父親だ。目先のことしか考えていない。いや、佐平は鉄蔵に夢中で、他のことは考えられないのだ。

ため息が出た。

「叔母さん、おれ、どうしたらいいのよ」

鉄平は心細い顔でうめに縋った。

「それはこっちの台詞《せりふ》だよ。あんた、おひでさんのことは、もうどうでもいいのかえ」

「どうでもいい訳じゃねェが、お袋がなんと言うかわからねェし」

「兄さん、この子の母親を伏見屋の嫁にするのは、どうしても駄目なのかえ」

「おれは、駄目とは言ってない。しかし、鉄蔵を置いて雲隠れしたんだから、今さらどうすることもできないじゃないか」

「おひでさんは、てっちゃんを諦めようと、おっ母さんと相談して決めたんだよ。だけど鉄蔵は伏見屋の血を引く子供だ。連れて行くことはできなかったのさ。その気持ちをわかっておやりよ」

「どうすれば丸く収まる」

佐平はまた、うめに訊く。手前《てめ》ェで考えられないのかと、うめは内心で呆れていた。

「おひでさんと母親の行方を捜すのが先だ。堀留町にうちの人が懇意にしていた岡っ引きの親分がいる。その人に相談するよ」

うめは、ふと権蔵のことが頭に浮かんだ。

「それから？」

佐平は話の続きを促した。

「見つかったら義姉さんを交じえて、今後のことを話し合うのさ。でも、義姉さんがどうしてもてっちゃんとおひでさんが一緒になることに反対するとすれば、まあ、そこでてっちゃんとおひでさんの縁も切れることになる。それでいいのか、どうか、てっちゃん、ようく考えることだ」

「わかった」

鉄平は殊勝に応えた。

「兄さんは義姉さんの得心《とくしん》が行くように説得しておくれ」

「さて、それは……」

佐平は俯いて、色よい返事をしなかった。

「だったら、あたしが出て行くよ。あたし一人が悪者になればいいんでしょう？　それで丸く収まるなら、喜んで悪者になりますよ」

「うめ婆は悪者じゃねェ。うめ婆はおいらに本も買ってくれたし、めしも作ってくれた。悪者なんかじゃねェ」

鉄蔵は声を張り上げた。その言葉にうめは、ぐっと来た。

「そうだ、そうだ。うめ婆は悪者じゃないな」

佐平は鉄蔵が何を言っても感激する。

「兄さんまであたしのこと、うめ婆って呼ばないでよ」

うめは情けない顔で言った。佐平はもはや、鉄蔵と離れられず、どうでも伏見屋に連れて行くと言って聞かなかった。おきよとの修羅場より、孫に対する情がまさっていたようだ。うめは桃太郎の絵本を持たせて三人を送り出した。後は野となれ、山となれ、という気持ちだった。

鉄蔵のいなくなった家は、やけにがらんとして寂しかった。明日は権蔵の詰めている自身番に行って、おひでと母親の行方を捜して貰おうと思った。仔細《しさい》を訊ねられるだろうが、もうこうなっては正直に話すしかない。鉄蔵がまだ幼いからよかったと思う。これが生意気盛りの十二、三にでもなっていたら、母親を日陰の身にしている薄情な男だと鉄平を恨むに違いない。挙句にぐれたら眼も当てられない。今でよかったのだと、うめは無理やり思っていた。

翌日、うめは久しぶりにのんびりした朝を迎えた。いつもなら鉄蔵のおねしょの蒲団を干したり、着替えや朝めしを食べさせたりで忙しい思いをしなければならないのだ。ほっとする一方、何やら地に足のつかない、ふわふわした気分でもあった。

鉄蔵がいたことで、うめも気を張って過ごしていたのだろう。気の張りも失《う》せたようだ。あれから伏見屋はどうなったかと気になったが、佐平がいるから、それほど心配することもあるまいと思った。

納豆で朝めしを済ませると、うめは外出した。堀留町の自身番へ行き、権蔵に会うためだった。

堀留町の自身番は道浄橋《どうじょうばし》の近くにある。道浄橋は日本橋川が脇に注いで、堀留となっている所に架かった橋である。堀留町の由来もそこら辺りにあるのだろう。

自身番は表戸が開け放たれていた。表戸の前に玉砂利が敷き詰められている。中には差配《さはい》（裏店《うらだな》の大家）と書役《かきやく》に交じり、権蔵が煙管《きせる》を使っている姿も見えた。

「ごめん下さいまし」

遠慮がちに声を掛けると、三人の男達がこちらを見た。

「これはこれは奥様」

権蔵はすぐに気づき、笑顔も見せた。

「朝からごめんなさい。ちょっとお願いがありましたもので」

そう言うと、権蔵は、つかの間、渋い表情になった。何か厄介事《やっかいごと》が持ち上がったのかと思ったのだろう。その通り、厄介事ではあったが。

「狭苦しい所ですが、どうぞ上がっておくんなさい」

だが、権蔵は如才なく中へ招じ入れた。

五十絡《がら》みの差配と書役も慌てて茶の用意を始めた。

「どうぞお構いなく」

うめは二人にそう言ったが、差配らしい恰幅《かっぷく》のよい男は、ほんの粗茶でございますので、と応えた。権蔵はうめが三太夫の妻であると二人に紹介した。

「霜降様があれほど早く亡くなるとは思ってもおりませんでした。申し遅れましたが、わたしは差配の忠兵衛《ちゅうべえ》でございます。こちらは書役の安次《やすじ》さんですよ」

「うめと申します。よろしくお願い致します。生前、夫がお世話になりました」

うめも頭を下げて挨拶した。

「奥様は今、堀留町の仕舞屋《しもたや》にお住まいなんだよ」

権蔵は、さり気なくうめのことを説明した。

「おや、それはまた、どうして」

忠兵衛は怪訝な表情で訊く。

「奥様のご実家は伏見屋なんだよ。旦那が亡くなって、しばらくはご実家の近くで暮したくなったんでしょうよ」

権蔵は訳知り顔で言う。うめはあれこれ説明するのが面倒で、権蔵に言わせるままにしていた。

江戸には、三百ほどの自身番があった。

武家地では角《かど》に辻《つじ》番所を置いて警護に当たっているが、町人地の各町に置かれているのが自身番である。自身番の負担は各町がしている。軽犯罪者はこの自身番に連行して、奥の板の間に繋《つな》ぎ、同心が現れるのを待つのだ。自身番には纏《まとい》や鳶口《とびぐち》、刺股《さすまた》などの道具も用意されている。堀留町の自身番は間口九尺、奥行き二間と、裏店と同じぐらいの造りであるが、もっと広い所や、逆に狭いものもある。自身番は当番制で家主が二人、番人が一人、店番《たなばん》が二人詰めて運営しているが、うめが訪れた時は三人だけだった。実は、うめが自身番を訪れるのは、それが初めてだった。

「それで奥様。お願いとはどのようなことでござんしょう」

「人捜しをお願いしたいのですよ」

「人捜しですかい？」

「ええ。米沢町の裏店にいたおひでさんという人と、その母親を捜していただきたいのですよ」

「米沢町ですかい。それなら向こうの親分にお願いしたほうがよござんす。島違いになりやすんで」

縄張《なわば》りがあるから引き受けられないと権蔵は言っていた。

「でも、あたし、向こうの親分さんに知った方はいないのですよ。権蔵さんは夫と懇意になさっていたとお聞きしましたから、こうして伺った次第で」

「弱ったなあ」

権蔵は首の後ろに掌を当てて言った。

「その、おひでさんという方は奥様とどのような関わりがあるのですか」

忠兵衛は横から口を挟んだ。

「これが話せば長いことになりまして」

「場合によっちゃ、親分もお力になりますよ」

忠兵衛は鷹揚《おうよう》に言った。おいおい、大家さん、と権蔵は慌てて制した。

「身内の恥を申し上げるのは、正直、気が重いのですが、どうしても放っておくことができないのですよ」

うめは、吐息をついてから、これまでの事情を話した。

話を聞き終えた権蔵は、すぐには二の句が継げないようだった。

「そいつァ……」

「伏見屋の若旦那がねえ……いえね、若旦那は男ぶりがいいだけでなく、商売熱心な人だ。どうして独《ひと》り身《み》でいるのか、わたしらも不思議だったんですよ。そんな事情があったんですか。でもまあ、息子さんが伏見屋に引き取られたなら、ひとまず安心なさったでしょう」

忠兵衛はうめをねぎらうように言った。

「兄は、母親が息子を置き去りにして雲隠れしたのは覚悟の上のことだから放っておけと言っております。伏見屋の跡取りができたのだから、この先、鉄平が独り身を通しても構わないとまで言うのですよ。でも、あたしはおひでさんの気持ちを考えると、どうしても放っておけないのですよ。きっと後悔するはずです。物陰から、そっと置き去りにした息子の様子を窺うなんて、たまらないじゃないですか」

「伏見屋のお内儀《かみ》さんはどういう考えでいらっしゃるのでしょうか」

忠兵衛はおきよを気にした。

「さあ、昨日の今日のことですから、向こうがどうなっているか、あたしには見当もつかないのですよ。子供に罪はないと快く迎えてくれたのならよろしいのですが」

「親分、奥様は伏見屋の若旦那のことを心底案じておいでですよ。知らん顔もできないじゃないですか」

忠兵衛が権蔵に強く言ってくれた。

「わかりやした。米沢町界隈《かいわい》を縄張にする御用聞き（岡っ引き）に話を通して、そのおひでという女と母親を捜しまさァ」

権蔵は、うめの熱意にほだされ、とうとう引き受けると言ってくれた。

「恩に着ます」

うめは心底安堵して頭を下げた。

「しかし、二人を見つけ出し、伏見屋がおひでを引き取ることができたとしても、母親はどうするおつもりで？」

母親も一緒に伏見屋に引き取る訳には行くまいと、権蔵は言いたいようだ。それもそうだろう。

「伏見屋にはおひでさんの弟が奉公しております。今は所帯を持って、近くの裏店から通っております。その裏店に空きがあれば、そこで暮らしていただければと、あたしは思っています。店賃《たなちん》ぐらいは伏見屋が持ってくれるはずです」

「その裏店はどこですか？」

　忠兵衛がぐっと首を伸ばして訊いた。

「さあ、そこまでは存じません。でも、おひでさんの弟は、確か房吉さんという名前でした」

「房吉なら、うちの長屋の店子《たなこ》だ」

　忠兵衛は声を張り上げた。

「本当ですか、大家さん」

　うめは驚いて忠兵衛を見た。こんな偶然は滅多にあるものではない。うめは大袈裟《おおげさ》でもなく、神仏の加護を感じた。房吉は忠兵衛が管理を任されている瓢簞長屋の店子だったのだ。うめの家から、ほど近い所にある裏店だ。

「二人が江戸にいるとすれば、おっつけ、行方は知れるはずです。だが、江戸の外に出てしまったなら、手の打ちようはありやせん。奥様、そこんところは覚えておいて下せエ」

権蔵は期待に胸を膨らませるうめを制するように釘《くぎ》を刺した。

うめは話が済むと、礼を言って自身番を出た。権蔵は見送りながら、もうすぐ盂蘭盆《うらぼん》ですね、とうめに言った。

「ええ。月日が経つのは早いものですよ。この間、夫の葬儀を終えたと思ったら、もう盂蘭盆の季節を迎えるんですから」

うめは感慨深い表情で応えた。

「それでも奥様は、めそめそせず、八丁堀のお屋敷から離れて、独り暮らしをなさっている。強いお人だ」

権蔵は、うめを見ながらしみじみ言った。

「あたしが、強い人？　親分、買い被《かぶ》りですよ。あたしは我儘《わがまま》なだけ。老い先短い月日を好きなようにしたいだけなのですよ」

「そうはおっしゃっても、身内のごたごたが、いやもおうもなく降り掛かって、奥様も当てが外れたと思っているんじゃござんせんか」

「そうね。でも、こうなったら、見て見ぬ振りもできませんし、あたしのような者でも何かお役に立てれば、それはそれで嬉しいですし」

「霜降の旦那は、きっと草葉の陰でお喜びになっておりやすよ」

「そうかしら。仏壇の世話もろくにしないで薄情な妻だと腹を立てているかも知れませんよ」

うめは悪戯《いたずら》っぽい表情で言った。

「奥様は幾つになってもお嬢さん気質が抜けませんね」

「親分、幾つになってもは余計よ」

うめは、きゅっと権蔵を睨《にら》むと、小腰《こごし》を屈《かが》めて暇乞いをした。

うめは、うまく行きそうな予感がした。

いや、きっとうまく行く。万事丸く収まり、おひでが伏見屋の若お内儀として見世を束ね、鉄平はますます張り切って商売に励む。佐平は鉄蔵の手を引き、絵草紙屋や縁日に出かけるのだ。倖《しあわ》せな一家の姿を想像して、うめも倖せな気分だった。

盂蘭盆が終われば、ようやく梅の土用干しができると、張り切ってもいた。

しかし、その気持ちが萎《な》えるのに、さほど時間は掛からなかった。瓢箪新道の家に戻ると、土間口前に、おきよがいらいらした様子でうめを待っていた。

「まあ、お義姉さん」

笑顔で声を掛けたが、おきよの硬い表情を見て、うめも笑顔を消した。

「朝からお出かけですか。独り暮らしはお気楽で結構ですね」

皮肉な調子で言う。鉄蔵のことで腹を立てているのだと、すぐに察した。

「立ち話もなんですから、どうぞ中へ入って下さいまし」

うめは表戸を開けて、中へ促した。

おきよは仏頂面のまま、うめの後から続いた。

茶の間に入ると、うめは慌てて座蒲団を出し、灰を被せていた火鉢の炭を火箸《ひばし》で掻き分けた。幸い、火種は残っていた。鉄瓶の湯は煮立っていなかったが、茶を淹《い》れるには十分な熱さだった。

うめは茶を淹れておきよに差し出した。

しかし、おきよは茶に見向きもせず、いったい、おうめさんはどういうおつもりで余計なことをなさるの、と怒気を孕《はら》ませた声で訊いた。

「鉄蔵のことですか？　あれは兄さんがどうでも伏見屋へ連れて行くと言って聞かなかったからですよ」

「うちの人も鉄平もあの女に騙されているんですよ。よその男との間にできた子を、鉄平の子だと信じ込ませ、あろうことか伏見屋の跡取りに据えようとしている。あの女は伏見屋を乗っ取る魂胆なんだ。それをうかうか信じた鉄平も鉄平なら、後押しするおうめさんも、おうめさんだ」

おきよは興奮して上ずった声でいっきに喋《しゃべ》った。

「あたしは後押しするつもりはありませんでしたよ。鉄蔵の母親とお祖母さんが熱を出したので、てっちゃんは子供にうつることを心配してあたしに預けに来たんですよ。てっちゃんはおきよさんが怖いから、伏見屋に連れて行くことはできなかったようなので」

「あたしが怖いですって？　妙なことをおっしゃる。いい年になった倅が母親のことを怖がるなんて、そんな訳がありませんよ」

「そうでしょうか。本当は、もっと早く鉄蔵を伏見屋に連れて行くべきだったと、あたしは思っていますよ。でも、てっちゃんは、それができなかった。おきよさんと修羅場になるのがいやだったんでしょうね」

「どの道、修羅場ですよ。あたしがあの子のことを孫として認めないと言ったら、うちの人は、それなら伏見屋を出て行けと怒鳴ったんです。こんな情けない話がありますか」

　おきよはそう言って、たまらず襦袢の袖で眼を拭った。

「長年、伏見屋に仕えたあたしより、どこの馬の骨かわからない女の産んだ子供の肩を持つ。あたしの立つ瀬も浮かぶ瀬もありませんよ」

　おきよさんは泣きながら続けた。

「おきよさんは、どうなさりたいの？」

　うめは低い声で訊いた。うめまで興奮して喰って掛かっても始まらないと思った。

「決まっておりますよ。あの子を母親の許《もと》に返したいのです」

「その後は？」

「鉄平に早く身を固めて貰います。そうすれば孫なんて幾らでもできますよ」

「鉄蔵がてっちゃんの子供だとしても？」

「あの子は鉄平の子じゃありません。あたしにはわかります」

「その証拠は？」

「証拠ですって？　あんな子が鉄平の子である訳がありませんよ。妙に生意気な口を利いて、大人の揚げ足を取る。そんな子は伏見屋の血を引く者にはおりませんよ」

「伏見屋の血を引く者にはいないとおっしゃっても、お義姉さんはてっちゃんしか子供がいない。他の誰と比べているのかしら」

うめに痛いところを突かれ、おきよはつかの間、むむっと口ごもった。

「市助さんの子供達だって、皆、いい子じゃないですか」

おきよは、市助の子供達を引き合いに出した。

「ああ、市助の子供達のことね。確かに。おつねちゃんの躾《しつけ》がよかったから、いい子に成長しましたよ。兄さんは、このままてっちゃんが独り身を通すつもりなら、市助の次男か三男を養子にするつもりでもいたようですよ。まあ、冗談半分の話でしょうけど」

「そんな話、あたしは聞いていない！」

おきよは激昂《げっこう》した声を上げた。

「でも、てっちゃんはお義姉さんが持って来る縁談には耳を貸そうとしなかった。だったら、いずれそういうことになるのかも知れませんよ。市助の息子は兄さんの甥っ子になるんだし」

うめは、自分では気づいていなかったが、妙に醒《さ》めたもの言いをしていたらしい。どうでも自分の思い通りにしたいおきよに白けていたせいもある。子供なんて、そうそう親の思い通りになるものかと、うめは内心で思っていた。

「あたしをからかっているの？」

おきよは涙だらけの顔でうめを睨む。

「からかってはおりませんよ。どうしたらいいのかと考えているだけですよ」

「お願い、おうめさん。あたしを助けて。あの子供を母親に返して。そうすれば丸く収まるのよ。鉄平には無理やりでも、この度の縁談を承知して貰いますから」

おきよは、いきなり下手《したて》に出てうめに縋った。

「それは無理」

「あたしがこれほど頼んでも？」

「鉄蔵の母親は行方知れずになっているんですよ。返したくても返せないんです。とり敢《あ》えず、堀留町の権蔵親分に捜して貰うよう頼んでいますけど」

「子供が邪魔になって置き去りにしたんだ。ほら、ごらんなさい。都合が悪いものだから、そういうことをしたんだ」

「そうじゃないと思いますよ。おひでさんは、いつまでもてっちゃんとの仲が進展しないので、見切りをつけたと思います。でも鉄蔵は伏見屋の血を引く子だから、連れて行かなかったのですよ。おひでさんの気持ちをわかってあげて」

「いいえ、あたしにはわからない。そうですか、見切りをつけたのですか。それなら話は早い。あの子を子供のいない夫婦に養子に出し、鉄平の縁談を進めることに致しますよ」

「本気でおっしゃっているの?」

うめは信じられない表情で訊いた。

「ええ、もちろん」

「兄さんが承知しないと思いますよ」

「承知させます、無理やりにでも」

「伏見屋はお義姉さん一人の見世じゃありませんよ。ちゃんと筋が通るようにして下さいな」

「筋が通らないことをしているのはおうめさん、あなたですよ。何様のおつもりで伏見屋を引っ掻き回すのかしら」

おきよの言葉に、うめは反論する気も失《う》せていた。

「お義姉さん、すみませんが、これからお客様がいらっしゃるんですよ。追い立てるようで恐縮ですが、この話はまたこの次ということで」

うめは、そう言って話を結んだつもりだった。だが、おきよはうめを睨んで、逃げるのか、と男のように吼《ほ》えた。ふつふつと、うめに怒りが込み上げた。

「お言葉ですが、あたしは逃げるつもりはありませんよ。だいたい、鉄蔵のことは、そちらが考えたらいいことで、あたしにはなんの関わりもないことですよ。兄さんとてっちゃんと、よく相談して今後のことを決めて下さいな。お義姉さんが、あたしに剣突《けんつく》を喰《く》らわせるのは、正直、迷惑です」

「畜生！」

おきよは傍《そば》にあった湯呑《ゆのみ》を、いきなりうめに投げつけた。ひょいと体を躱《かわ》したので、怪我《けが》はしなかったが、畳に茶が拡がった。

おきよはそれでも気が治まらず、座蒲団やら、莨盆《たばこぼん》を投げつける。茶の間はたちまち野分《のわき》（秋の末に吹く強い風）に遭ったようなありさまになった。

おきよは荒い息をして、ようやく出て行った。うめは、おきよが去って行っても、しばらく、その場に座り込んでいた。あれほど気性の激しい女だとは思ってもいなかった。鉄平が怖がる訳だ。うかうかしていると鉄蔵は養子に出されてしまう。切羽詰まったら、自分が引き取るしかないと思った。

「おうめちゃん、何かあったかえ？　すごい物音がしたけど」

心配そうなおつたの顔を見た途端、うめは、おつたさん、あたし、悔しい、と胸に縋って子供のように泣いた。

「大丈夫だよ、さあ、泣かないどくれ。まあまあ、こんなに散らかして。おうめちゃんがやけを起こしたのかえ」

呑気《のんき》に訊くおつたに、うめは泣きながら噴き出した。

「あたしじゃないよ。伏見屋の義姉さんの仕業《しわざ》さ」

そう言うと、おつたは驚きのあまり、眼を剝《む》いた。

盂蘭盆のうめ

うめは泣きながら、これまでの経緯《いきさつ》をおつたに話した。おつたは驚きのあまり、胸に掌《て》を当てて、自分を落ち着かせながら話を聞いてくれた。

「大変だったねえ、おうめちゃん。いえね、子供の声が聞こえていたから、八丁堀からお孫さんでも来ていたのかと思っていたんですよ。若旦那のお子さんだったんですね」

「そう、鉄蔵という名前なのよ。てっちゃんの名前を一字貰《もら》っているの。それなのに伏見屋の義姉《ねえ》さんは、てっちゃんの子供だと認めないのよ。よその男との間にできた子をてっちゃんの子にしているって」

「お内儀《かみ》さんは意地になっているんですよ」

「そう。挙句に鉄蔵を子供のいない夫婦に養子に出して、てっちゃんには持ち込まれている縁談を無理にでも承知させるとまで言うのよ。黙って聞いているのも限りがあるから、あたしには関係のない話だから帰ってくれと言ったら、このありさまよ」

「ひどい人だねえ、全く」

「あたし、お節介焼いた覚えはないよ。鉄蔵の母親とお祖母《ばあ》さんが熱を出したから、二、三日預かってくれと頼まれたので、その通りにしただけじゃない。恨まれることなんてありゃしない」

「本当だよ。でも、伏見屋の旦那が喜んでいらっしゃるようだから、少しは安心だけど」

「安心なんてできないよ。義姉さんのあの調子じゃ、兄さんもてっちゃんも押し切られてしまいそう。百歩譲って鉄蔵が引き取られたとしても、義姉さんが陰で苛《いじ》めるような気がするの。ここは早く鉄蔵の母親を見つけて、返すしかないと思うの」

「そうだねえ。堀留町の親分は頼りになる人だから、きっと子供の母親の行方は見つかると思うよ」

「そうだといいけど」

「おうめちゃんも、せっかく独り暮らしを始めたのに、次から次と厄介事《やっかいごと》が持ち上がって、これじゃ、八丁堀のお屋敷にいたほうがましだったんじゃないかえ」

「ううん。ここにいるから、鉄蔵がひどい目に遭うのを幾らかでも止めることができるのよ。そうじゃなかったらと考えると、ぞっとする」

幼い鉄蔵が大人の都合で振り回されているのが不憫《ふびん》だった。知らなければよかったとは思わない。知ってよかったのだ。うめは改めてそう思っていた。

「それもそうだね。なんとかうまく行けばいいねえ」

おつたは、そう言うしかなかったのだろう。うめもこの先どうなるのかは、皆目、見当がつかなかった。おつたが片づけを手伝ってくれ、なんとか散らかった部屋の中は元通りにすることができた。

しかし、それから兄の佐平と鉄平はうめの家を訪れては来なかった。気にはなったが、自分が出て行けば、またおきよが興奮して無体《むたい》なことをしでかさないとも限らない。うめはそっとしておこうと思った。


江戸の町々に草市《くさいち》が立った。

七月十五日の盂蘭盆《うらぼん》には、ちょっとした家なら仏壇とは別に精霊棚《しょうりょうだな》を設《しつら》える。精霊棚の台には真菰《まこも》を敷いて前に垂らし、周囲には青杉葉で籬《まがき》を巡らす。さらに四方に葉つきの青竹を立て、菰縄《こもなわ》を張り、ほおずき、ひょうたん、稲穂、素麺《そうめん》などで飾りつけをするのだ。精霊棚ができ上がると、先祖の位牌を安置し、供え物をする。

草市には精霊棚に必要な品のほか、蠟燭《ろうそく》や線香、盆提灯《ぢょうちん》なども売られていた。

隣家の徳三の家でも、庭に精霊棚を設え、盂蘭盆の用意に余念がなかった。

八丁堀の霜降家では、嫁のゆめが下男の安蔵に手伝わせて精霊棚を設えると思うので、瓢簞新道の家では特に何もしなかった。

大伝馬町の仏光堂《ぶつこうどう》で蠟燭と線香、それにこの時季だけ売り出す盆花《ぼんばな》を買い、うめは一人で浅草の誓願寺《せいがんじ》に向かい、早めにお参りを済ませた。

それから、供え物の菓子折を携えて、久しぶりに霜降家に向かった。

組屋敷の中に足を踏み入れると、つい、この間までいた所なのに、うめは懐かしい思いに駆られて胸が詰まった。日傘を閉じて勝手口から声を掛けると、女中のおさくが、奥様、と大きな声を上げた。その声を聞きつけ、孫の雪乃が茶の間から駆け寄って来た。

「お祖母《ばあ》様」

雪乃はうめに抱きついて、泣き出した。

「おやおや、久しぶりに会ったというのに、泣いてお出迎えかえ」

からかうように言うと、雪乃はかぶりを振った。自分がいないことがよほど寂しかったのだろう。すぐにゆめも顔を出し、お姑《かあ》様、ようこそいらっしゃいました、もうすぐ、お寺のお坊様もいらっしゃいますよ、と言った。

ゆめは夏物の喪服に着替えていた。うめは藤色の無紋の着物に、帯だけ白いものを締めて来た。茶の間に入って行くと、雄之助がこくりと頭を下げた。今日は奉行所から休みを取ったようだ。雄之助も白い着物に夏物の羽織を重ね、手には数珠《じゅず》を持っていた。

「暑いですなあ」

雄之助は独り言のように言った。うめがこの家を出て行く前に見せていた固い表情がなかったので、ほっとする。

「本当に」

うめも低い声で応え、手巾《しゅきん》で額の汗を拭った。雪乃はうめの傍《そば》に、ぴったりと張りついている。

「いかがですか、あちらの暮らしは」

雄之助は、たまたま訪れた知り合いの客にでも対するように、うめに訊《き》いた。

「ええ、まあ」

「さぞかし、快適なことでしょうな」

「とんでもない。実家絡《がら》みのごたごたが続いて、気の休まる暇もありませんよ」

「それはまた、どうしたことですかな」

雄之助は怪訝《けげん》そうな眼をして、うめに話を促した。

「堀留町の権蔵さんから何も聞いていないのですか」

権蔵は三太夫の息の掛かった岡っ引きだったから、雄之助もその流れで、権蔵と親しいはずである。

「詳しいことは存じませんが、なんでも母上から人捜しを頼まれたと、ちらりと洩《も》らしておりましたが」

「ええ。その通りですよ。てっちゃんの子供の母親とお祖母さんが行方知れずになったものですから」

「え？ 鉄平さんに子供がいたのですか」

雄之助は心底驚いた表情だった。

「ええ、そうなの。てっちゃんは母親に言い出せず、その子が六歳にもなるのに、内緒にしていたんですよ。あたしが伏見屋の近くに越して来たものだから、ようやくあたしに打ち明け、子供も預かったことがあるんですよ。雪乃と同い年だけど、おねしょはするわ、絵本を読んでやれば文句をつけるわで、手に負えないのよ。ねえ、雪乃はおねしょなんてしないものねえ」

うめはそう言って雪乃の頭を撫《な》でた。雪乃は褒められて、くすくすと笑った。

「今、その子はどこにいるのですか」

雄之助は、それが肝腎《かんじん》とばかり訊いた。

「伏見屋におりますよ。兄さんが連れて行ったの。でも、義姉さんが、あたしが余計なことをすると腹を立て、あたしの家の中をめちゃめちゃにしたんですよ。あたしが何をしたと言うのかしら。全く、あの人には閉口しますよ」

「権蔵が母親の居所を突き留めたら、鉄平さんは伏見屋にその人を迎えるつもりなんですか」

「それがよくわからないのよ。この期《ご》に及んでも、ぐずぐずするばかりで。てっちゃんより雄之助さんのほうが、よほどしっかりしておりますよ」

「子供の頃、伏見屋によく泊めていただきました。鉄平さんは、それがしを弟のように可愛《かわい》がって下さいました。凧揚《たこあ》げや独楽《こま》回しも上手で、それがしはあの人にあこがれていたのですよ。その鉄平さんが、そのようなていたらくとは、正直、呆《あき》れるより悲しくなりまする」

「本当ね。この問題にけりがつくまで、あたしも眼《め》が離せないのですよ。雄之助さん、色々、ご迷惑をお掛けしますが、当分、あたしを向こうに置いて下さいね」

思わぬほど素直な言葉が、うめから出た。

それが自分でも不思議だった。いや、鉄平を間近にして雄之助の長所がわかったせいもあった。

「わざわざおっしゃらなくても、それがしは母上のお気持ちがよくわかっておりまする。どうぞ、ご実家のためにご尽力《じんりょく》下さい。それがしも何かできることがあればお役に立ちたいと存じまする」

雄之助も柔らかい表情でそう応えた。

霜降家の精霊棚は玄関の横に用意されていた。その前で掌を合わせると、三太夫の顔が甦《よみがえ》った。始終、文句ばかり言われ、気の休まる暇もなかったが、仏となってしまえば、何も彼《か》も水に流せるような気がした。

よその女に懸想《けそう》してうめを泣かせたことは、ただの一度もない。権蔵には惚《ほ》れて迎えた妻だと、のろけたこともあったそうだ。

本当に自分はそう思われていたのだろうか。うめには信じられなかった。

うめは霜降家に、ひと晩泊まって、瓢簞新道の家に帰った。しかし、帰ったその夜に、またしても騒ぎが起きてしまった。

ゆめが拵《こしら》えた煮しめを持ち帰り、それで晩めしを食べていると、伏見屋の小僧の今朝松が血相を変えて現れた。

「奥様、大変です。お内儀さんが暴れております。坊ちゃんを縁側から蹴り飛ばして、坊ちゃんは、おでこに、たんこぶができました」

「なんですって!」

口の中のものが途端に味を失った。うめは茶をひと息で飲むと、慌てて下駄《げた》を突っ掛け、伏見屋に急いだ。

伏見屋の奉公人は、見世《みせ》の土間口に固まって、中の様子を窺《うかが》っていた。

「どいて、通して!」

うめは声を張り上げた。だが、奉公人達は止めた。

「奥様、危ないです。お内儀さんは出刃を振り回しておりますから」

「出刃ですって?」

おきよは気がおかしくなったのだと思った。出刃で邪魔な鉄蔵を殺す気だろうか。そんなことはさせるものかと、うめは唇を噛《か》み締めた。おそるおそる茶の間に入って行くと、激しく泣く鉄蔵を抱き締めて、佐平が震えていた。その横で鉄平が必死でおきよを宥《なだ》めていた。おきよの髪はざんばらになり、明らかに常軌を逸していた。

「あたしの言うことを聞くのか、聞かないのか、ここではっきり応えておくれ。場合によっちゃ、あたしは何をするか知れたものではないよ」

脅すように言うおきよが不気味だった。

おきよは、うめの家で暴れた時から普通でなかったのだ。うめはそれに改めて気づいた。自分の思い通りにならない息子に、おきよは他人が考えていた以上に悩み、苦しんでいたようだ。なぜ、それほど悩み、苦しむのだろうか。伏見屋に見合う嫁を迎えるのがそれほど大事なのか。そのために鉄蔵が邪魔でしょうがなかったのか。

おきよの気持ちは、依然としてうめにはわからなかった。

「おきよさん、どうしようと言うの？」

うめは後ろから静かな声で訊いた。

「なにい、このお節介女」

おきよはうめに悪態をついた。その隙に鉄平は出刃を取り上げようとしたが、おきよに振り払われ、鉄平の着物の袖が見事に切れた。奉公人の悲鳴が一斉に聞こえた。出刃の切っ先が鉄平の腕に触れ、血が流れた。うめは懐《ふところ》から手拭いを出して、鉄平に放った。それで血止めをしろということだ。

「あんたの言い分を聞こうじゃないか。あたしは、あんたの亭主の妹だ。てっちゃんの叔母でもある。ちゃんと話をしておくれでないか」

「それは何遍もお前に言ったはずだ。このくそ餓鬼《がき》をよそへ養子に出し、鉄平には伏見屋の嫁にふさわしい娘を迎える」

「それでてっちゃんが本当に倖《しあわ》せになると思うの？」

「いい年して倖せなどと、歯の浮くような台詞《せりふ》をほざくんじゃないよ」

「それじゃ、お義姉さんは今まで倖せだと思ったことはないの？」

「あたしは伏見屋が世間に後ろ指を差されないように、一生懸命がんばって来たんだ。いつだって、自分のことはさておき、亭主のため、息子のためを思ってやって来た。それなのに、このばか息子は、いちいち、あたしの癇《かん》に障るようなことばかりした。堪忍袋の緒も切れるというものだ」

「それはお気の毒でしたねえ。でも、こんな騒ぎを起こしたからには、どこからも嫁になる人など来ませんよ。誰が出刃を振り回す姑《しゅうとめ》のいる家の嫁になるものか」

うめが言った途端、おきよは出刃を握り直して、向かって来た。

やられると思った刹那、うめは渾身《こんしん》の力を振り絞って、おきよの頬《ほお》を打った。手が痺《しび》れた。はずみでおきよの手から離れた出刃は、畳に突き刺さった。奉公人から、また悲鳴が上がった。鉄平がようやく手を伸ばして、出刃を引き抜いた。おきよはその場にへたり込んだ。

「念のため、縄を掛けて」

同心の妻だったうめから、自然にその言葉が出た。手代の一人が荒縄を持って来て、おきよに縄を掛けた。だが、その手代の眼は濡《ぬ》れていた。

「すんません、お内儀さん。皆、手前の姉のせいで」

手代はすまなそうな顔でおきよに詫《わ》びた。おきよの頬はうめの平手打ちのせいで、赤くなっていた。

「房吉さんかえ？」

うめは、その手代に訊いた。へい、と俯《うつむ》きがちに応えた。房吉は小柄で貧相な感じの男だった。

「あんたのせいじゃないよ。あんたは心配しなくていい。だが、母親と姉が見つかったら、姉はともかく、母親のことはあんたに任せるよ。あんたは長男なんだから、それは承知してくれるね」

「へい、もちろん」

「そいじゃ、堀留町の親分を呼んで来ておくれ」

うめはすぐに命じた。

「叔母さん、何も親分を呼ばなくても」

鉄平は、そこまですることはないと言いたいらしい。

「駄目だよ。少し頭を冷やして貰わなきゃ。鉄蔵にまた悪さをしたら、どうするのさ」

うめがそう言うと、鉄平は、心ここにあらずという態《てい》のおきよの両肩を摑《つか》んで揺すった。

「なんで、こんなことするんだよう。しっかりしてくれよ。おっ母さんは伏見屋のお内儀じゃねェか。お内儀が刃傷沙汰《にんじょうざた》を起こしたら、伏見屋の看板に疵《きず》がつくんだぜ」

鉄平がそう言うと、おきよは突然、正気づいたように声を上げて泣いた。

権蔵がやって来たのは、それから間もなくだった。

話を聞いた権蔵は、ひとまず今夜は自身番に泊まっていただきやす、と言った。その後のことは、奉行所の同心と相談すると、権蔵は言い添えた。

「親分、雄之助に話を通して下さいな。他の方でしたら、おおごとにされる恐れがありますから」

うめは早口に言った。

「へい、そのつもりでおりやした。ご心配なく」

権蔵は鷹揚《おうよう》な表情で言ってくれた。これで少しは安心である。だが、権蔵に引き立てられたおきよを見て、佐平は、おれも行く、おきよを独りにさせるのは可哀想《かわいそう》だ、と慌てて言った。

「そうだねえ、自身番でゆっくり話をしたほうがいいね。兄さん、頼んだよ」

うめもそれがいいと思った。佐平は、鉄蔵が寂しがるから、悪いがお前は今晩、こっちに泊まってくれと言った。

「わかった」

そう、うめが応えると、佐平は覚つかない足取りのおきよと一緒に見世を出て行った。

「さあ、取り込みは済んだ。皆んなも安心して、引き上げておくれ。ただし、今夜のことは、あちこちに触れ回らないどくれね。悪い噂《うわさ》が立っては伏見屋の看板に疵がつくから」

うめは奉公人達に釘《くぎ》を刺した。住み込みの奉公人達はようやく晩めしを摂《と》るために台所へ向かった。

うめは女中にとち水を持って来させ、鉄蔵の額の手当をした。とちの実を漬けた汁は打ち身に効果がある。鉄蔵の額には、たんこぶができていたが、さほど心配するものではなかった。

「もう大丈夫だよ。あたしが来たんだから、何も心配することはありゃしない。晩ごはんを食べて、ゆっくりねんねしようね」

うめは優しく鉄蔵に言った。

「ここんちの婆《ばば》は牢屋《ろうや》に入れられるのか？」

鉄蔵はそんなことを訊く。

「大丈夫だよ。あんたの爺《じじ》がついているから、ちょいと叱られるだけさ」

「おいら、くそ婆ァと言ったから、ここんちの婆は頭に血が昇ったのよ」

鉄蔵は悪びれた表情で言った。

「あんた、そんなこと言ったのかえ。それじゃ、義姉さんが怒る訳だ」

「だってよう、お前はよその子だ、この見世の子じゃないと何遍も言うから、肝《きも》が焼けたのよ」

「いや、親父がお袋に出て行けと怒鳴ったんだ。観念しないお袋に腹を立てたんだ。すると、お袋の様子がその拍子に変わったのよ。ふらふらと台所に行き、出刃を持って来て、親父《おやじ》を刺そうとしたんだ。眼の色が違っていたから、本気だったと思うぜ」

鉄平はその時のことを思い出して言う。

「怖いねえ」

おきよの異変は一時的なものなのか、それとも本当に気がおかしくなったのか、うめにはわからなかった。もしも、一時的なものじゃないとすれば、どこかで養生させる必要がある。伏見屋にとっては一大事である。

女中が晩めしを載せた箱膳を運んで来て、うめが鉄蔵に食べさせていると、房吉がやって来て、茶の間に声を掛けた。

「房吉、お前ェ《め》も引けていいぜ」

鉄平はそう言った。だが、房吉は襖《ふすま》の傍でもじもじして、すぐに腰を上げなかった。

「なんだ、まだ話があるのか」

鉄平は房吉に訊いた。

「へい。実はお袋と姉貴は、わたしの所に身を寄せております」

「あん？」

鉄平はあんぐりと口を開けて、まじまじと房吉を見た。

「なぜ早く言わない」

「どうして黙っていたのよ」

鉄平とうめの言葉が重なった。

「へい、申し訳ありやせん。鉄蔵の身の振り方が決まったら、二人は、お袋の実家がある本所の在《ざい》に引っ込んで、そこで野良仕事を手伝うつもりだったんでさァ。ですが、お内儀さんが、どうしても鉄蔵を若旦那の子供とお認めにならないので、わたしもどうしたものかと悩み、もう少し、傍にいてくれと、二人を引き留めていたんですよ」

灯台下暗し《とうだいもとくら》、とはこのことだ。差配の忠兵衛も、そのことには気づいていないようだ。

あるいは、忠兵衛が訪れた時だけ、おひでと母親は隠れていたのかも知れない。

「おひでさんをここへ呼んで来て。きっと鉄蔵に会いたがっていると思うの」

「叔母さん！」

鉄平が甲高い声を上げた。

「おや。何か不服があるのかえ。おきよさんもいないことだし、ゆっくり話ができるじゃないか」

「おひではおれに愛想尽《あいそづ》かししたと、叔母さんは言ったじゃねェか。それなら、今さら話をしても無駄のような気がするのよ」

鉄平はまだ、ぐずぐずと悩んでいる。そんなところは、おきよとよく似ていた。やはり親子だと、うめは思った。

「房吉さん、あんたはおひでさんの弟だ。姉さんの気持ちはわかっているんだろ？」

うめは房吉に水を向けた。

「へい。姉貴は十年以上も若旦那との仲が続いておりました。今さら愛想尽かしでもありませんよ。ですが、お内儀さんが反対とおっしゃるなら、札《ふだ》の切りようがありません。身を引くしかなかったんですよ。姉貴が伏見屋に入るなんざ、できない相談ですからね」

房吉は、とうに諦めていたようだ。

「そうかしら。あたしはおひでさんが伏見屋の若お内儀になれば、それで万事うまく行くと思っていますよ。鉄蔵は紛《まぎ》れもなく、てっちゃんの子だ。兄さんと義姉さんにとっては可愛い孫だ。何を難しく考えることがあるのかしらね」

うめは自分の思っていることを言った。

「ですが、姉貴は若旦那より、五つも年上だ。世間体が悪いと思います」

房吉は、伏見屋のことを考えて言ったのだろう。

「ついでに、てっちゃんとおひでさんが一緒になれば、房吉さんは年上の弟だ。恰好《かっこう》がつかないかえ」

そう言うと、房吉は、てへへと苦笑した。

「じゃあ、これが最後の機会だ。てっちゃん、おひでさんと会って、はっきり別れ話をしたらいいんだ。それで双方、恨みっこなしだ。鉄蔵が邪魔なら、あたしが引き取るよ。それでいいだろ？」

うめは突き放すように鉄平に言った。

うめは房吉におひでを呼んで来るよう言いつけた。房吉は気が進まない様子だったが、渋々従った。うめはそれから今朝松を呼び、瓢簞新道の徳三の家に行き、うめが今晩、伏見屋に泊まるから、戸締りを頼むよう言いつけた。盗られるものはないが、用心のためである。

ほどなく泣き腫《は》らした眼をしたおひでが駆けつけて来た。おひでを見て、うめはなんてきれいな人だろうと思った。色白で鼻筋が通っている。少し厚めの唇も色っぽかった。鉄蔵はすぐに、おっ母しゃんと縋《すが》りつき、堰《せき》が切れたように泣いた。おひでも新たな涙にくれた。鉄平はそんな二人の様子を上目遣いで見ている。

「さあ、泣いてちゃ、話もできない。おひでさん、今日は伏見屋でちょっと取り込みがあったのさ。それもこれも、この頼りない甥がぐずぐずしていたせいだ。堪忍しておくれでないか」

うめは鉄平の代わりに謝った。うめの素性はおひでも心得ていたようで、そんな、奥様、と言葉少なに応えた。

「あんたは鉄平に黙って雲隠れした。もはや鉄平と一緒にいても先が見えないと思ったようだ。なに、それを責めちゃいないよ。事情があって所帯を持つことができない男と女は、この江戸にごまんといるよ。だが、そこに子供がいたら、話は別さ。この子を大きくするまで、親は見守らなきゃならない。あんたは鉄蔵が伏見屋の血を引く子供だから、どうしても連れて行けなかったんだね」

「はい、その通りです」

おひでは鉄蔵を抱き締めたまま応えた。

「だが、鉄平の母親は鉄蔵を孫として認めたくなかったんだよ。てて親は喜んだけどね。

さて、この先、どうしたらいいのか、あんたに考えて貰いたいのさ」

「鉄蔵を連れて行きます。今後、伏見屋さんとは縁もゆかりもない者として育てます」

おひでは決心を固めて言った。

「そうかえ。それじゃ、話は早い。おひでさん、今夜は鉄平と最後の別れとなるんだが、それでもいいかえ」

「仕方がありません」

おひでは鉄平のほうを見ずに言った。

「最初からわかっていたはずなんですよ。それなのにあたしったら、甘い夢ばかり見ていただけ。鉄蔵を産んだら、きっと鉄平さんのご両親も許して下さるものと思っていたんです。でも、そうじゃなかった。おっ母さんが風邪を引いて熱を出し、それがあたしにうつって、あたしも熱を出した。鉄平さんは鉄蔵を心配して連れて行ってくれた。あたしとおっ母さん、きっと伏見屋に行ったものと、心底安心していたんです。でも、鉄蔵は鉄平さんの叔母さんに預けられた。おっ母さんは、それを聞いて、もう潮時だとあたしに言いました。あたしも、そう思った。でも、叔母さんに鉄蔵を預けたのなら、きっと悪いようにはしないと、一縷《いちる》の望みを懸けて引っ越しすることを決めたんです。しばらく房吉の所にいて、鉄蔵が無事に伏見屋に迎えられたら、おっ母さんの実家に行こうと考えておりました。でも、鉄蔵を孫として認めないと言うんじゃ、もう、どうしようもありません。鉄平さん、長い間、お世話になりました。奥様、お手数を掛けました。これでお暇《いとま》致します」

おひではそう続けて、深々と頭を下げた。

鉄平は俯《うつむ》いたきり、何も応えない。その態度にうめは腹が立った。

「この唐変木《とうへんぼく》、なんとかお言いよ。いらいらする」

うめは鉄平の脇腹を肘《ひじ》で突いた。

「痛《いて》ェな、叔母さん。今日はお袋に平手打ちを喰《く》らわせるわ、おれをどつくわで、乱暴過ぎるぜ」

「おや、まだ母親の肩を持つのかえ。呆れたもんだ。そうだ、そうだ、おひでさん。こんな男に縋っても、最後はばかを見る。さっさと縁を切ったほうが身のためだよ。鉄蔵、今夜はおっ母さんに絵本を読んで貰いなさいよ。久しぶりだろ?」

「おいら、うめ婆に読んで貰いてェ」

鉄蔵は振り向いてうめに言う。

「もう、それはできなくなっちまったんだよ。堪忍しておくれ」

込み上げるものを堪《こら》えてうめは言った。

それから、傍にあった桃太郎の絵本を鉄蔵に持たせた。

おひでが腰を上げた途端、鉄平は無理やり鉄蔵をおひでから奪い取った。

「行かせねェ。鉄蔵は行かせねェ」

往生際悪く、鉄平は怒鳴った。おひではどうしてよいかわからず、その場に呆然《ぼうぜん》と突っ立っていた。

「なんで、おれに何も彼《か》も決めさせるのよ。おれがお袋に言い出せねェのを知っていたくせに。だったら、手前ェが伏見屋に乗り込んで、これこれこうだと打ち明けたらよかったじゃねェか。それもできずにおれの顔色ばかり窺ってよ、昔の威勢はどこへ行ったのよ。お前ェはおれのただの情婦《いろ》か？」

鉄平は今までの思いをいっぺんに吐き出すように言った。うめはそこですべてを合点した。鉄平はおひでを心底頼っていたのだ。おひでが、なりふり構わず、佐平とおきよに立ち向かうのを待っていたのだ。

「ばからしいね。あんたら、どれほど無駄な刻《とき》を喰ってしまったんだよ。相手がなんとかしてくれると、お互いに思っていたなんて。なんとかならなかったから、このざまじゃないか。こうなったら、二人、雁首揃《がんくびそろ》えて兄さんと義姉さんに頭を下げるんだよ。おひでさん、あんたのために鉄平の母親は気がおかしくなったんだ。その償いはして貰うよ」

「鉄平さんの母親のお世話をすることですか」

おひではおそるおそる訊く。

「ああ、そうさ。最初は臍《へそ》を曲げて、あんたに邪険にするかも知れない。それを堪え、宥《なだ》めて宥めて、あんたがいなけりゃ夜も明けないというふうにするんだ。できるかえ」

「鉄平さんさえよければ」

「だから、鉄平はあんた次第だと言ってるじゃないか。ものわかりの悪い人だ」

「うめ婆、おっ母しゃんを苛めるな」

鉄蔵が見かねて口を挟んだ。

「苛めているんじゃないんだよ。これはね、景気をつけているのさ」

うめは鉄蔵にそう言った。

「景気をつけるって、そういうことか」

「ばか野郎、違うわ」

鉄平は呆れたように応えた。


翌朝。町木戸が開いて間もなく、佐平とおきよは伏見屋に戻って来た。二人とも憔悴《しょうすい》した表情だった。眠られない夜を過ごしたようだ。伏見屋の奉公人達は、おきよを腫物《はれもの》に触るような眼で見ながら、それでも、お戻りなさいませ、と挨拶した。

「心配掛けたね。だが、もう大丈夫だ。心配しなくていいよ」

佐平は伏見屋の主《あるじ》らしく、奉公人達に言った。おひでは、うめより先に見世に出て二人を迎えた。おきよは、つかの間、ぎくりとした表情を見せた。佐平は笑顔で、おひでさんだね、と優しく言葉を掛けた。

「旦那さん、お内儀さん、息子がご迷惑をお掛け致しました。お詫び申し上げたくて、参りました。どうぞお許し下さいまし」

おひでは深々と頭を下げた。

「兄さん、お義姉さん、お帰りなさい。さぞ、お疲れでしょうね」

うめもおひでの後ろから声を掛けた。

「ああ、くたびれたよ。うちの奴は、ほとんど寝ていないから、蒲団《ふとん》を敷いて寝かせておくれ」

佐平がそう言うと、おひでは慌てて奥に向かった。うめはひとまず、二人に茶の間に入って貰い、茶を淹《い》れた。

「お義姉さん、お腹がお空《す》きでしょう？　ご膳の用意をしますね」

茶の入った湯呑《ゆのみ》を差し出し、うめはおきよにそう言った。

「食べたくない」

おきよは、ぶっきらぼうに応える。だが、喉は渇いていたようで、茶は飲んでくれた。

「親分が霜降様のお宅に知らせをやると、雄之助さんがすぐに駆けつけてくれたんだよ」

佐平は嬉しそうに言った。

「まあ、そうですか」

「雄之助さんは、このことは大っぴらにするつもりはないから、伯父さん、心配するなと言ってくれてね、おれは心底ありがたかった」

「おうめさんは、よい息子をお持ちで羨《うらや》ましいですよ」

おきよもため息交じりに、ようやく応えた。

「そうかしら。あたし、この間まで息子に、ろくに口を利いて貰えなかったんですよ」

「それはまた、どうして」

おきよは怪訝そうに訊いた。

「あたしが独り暮らしをしたいと言ったからですよ。そんなことは長男として許す訳には行かないと、眼を吊《つ》り上げて怒ったのよ。こっちも意地になっていたから、息子が奉行所に出ている間に、逃げるようにこちらへ来てしまったんです。来た途端、てっちゃんに色々、相談を持ち掛けられ、鉄蔵がいることもわかったの。挙句に鉄蔵をひと回り（一週間）も預かったんですよ。気楽な独り暮らしのつもりが嵐に遭ったみたいでしたよ」

うめはおどけた表情で言った。

「鉄平はおうめさんよりほかに相談する人がいなかったのね」

おきよは低い声で言った。

「あたしのような者でも傍にいれば、てっちゃんは、少しは心強かったようだし、何より伏見屋はあたしの生まれ育った実家だ。実家のためになんとかしてやりたいと思ったんですよ。お節介と言われたらそれまでですけどね」

「いいや、お前のお蔭《かげ》でおれは鉄蔵という孫に会えた。ありがたいと思っているよ」

佐平は素直に礼を言った。

「でも、お義姉さんは、まだ不承知なのでしょう？　でも、鉄蔵は確かにてっちゃんの子なのよ。わかってあげて」

うめは切羽詰まった表情でおきよに言った。

「おうめ、それはお前がくどく言わなくても、おきよはわかっているよ」

佐平はおきよの代わりに応えた。

「本当に本当？」

「雄之助さんが懇々《こんこん》と諭《さと》してくれたのさ。伯母さん、今は気に入らないことばかりだろうが、ここはひとつ、鉄平の好きにさせてやってくれ、きっとうまく行くってね。鉄平は商売熱心だし、人柄もいい。誰だって鉄平がいれば、伏見屋は安泰だと思っている、その鉄平が見初《みそ》めた女房なら、年上だろうがなんだろうが、外《はず》れはないはずだって」

佐平はそこで込み上げるものがあったのか、言葉に窮《きゅう》した。雄之助がそんな偉そうなことを言ったとは、うめには驚きだった。

「あたし、疲れました。悪いけど休ませていただきますよ」

おきよは、佐平に構わず腰を上げた。

「あら、気がつきませんで」

うめも慌てて、おひでさん、お床《とこ》の用意はできたかえ、と奥の間に向かって声を張り上げた。

「はあい、ただ今」

おひでは息を弾《はず》ませて茶の間にやって来た。傍に鉄蔵が寄り添っている。鉄平は早くも見世に出て、その日の配達先の確認をしているようだ。鉄蔵はおきよを見ても、別に怖がる様子はなかった。たんこぶは少し引けたが、痕《あと》が青黒く残っていた。

「親分に怒られたのか？」

鉄蔵は仏頂面《ぶっちょうづら》でおきよに訊いた。これッ、とおひでが制した。

「ああ、大事な孫にたんこぶを作らせてしまったからね」

おきよは仕方なく応えた。

「うめ婆に頰っぺたを張られて痛かっただろ？」

「痛かったよ。眼から星が出たもの」

おきよが顔をしかめて言うと、鉄蔵は愉快そうに笑った。鉄蔵がおきよを恨んでいない様子に、傍にいた者は、ほっと安堵《あんど》の吐息をついた。

「牢屋に入らなくてよかったな」

鉄蔵がそう言うと、おきよの唇がわなわなと震えた。おひではそれを見て、ささ、お内儀さん、蒲団に入りましょう、縁側の障子を開けておりますから、幾らか風が通ると思います、と促した。おきよは咽《むせ》びながら奥の間に去って行った。

これですべてが解決したとは思えなかったが、あとは伏見屋の家族が考えればいいと思った。吉と出るか、凶と出るかは、うめの知ったことではなかった。

うめは佐平と一緒に朝めしを食べると、瓢簞新道の家に戻った。なんだか、ぐったりと疲れていた。うめもそれから朝寝を決め込んだ。朝寝の夢にうめの父親の多平と母親のおいとが現れた。二人とも紋付羽織の恰好だった。そう言えば、取り込みに気を取られて、うめは実家の精霊棚にお参りしていないことを思い出した。

（堪忍しておくれね。罰当たりな娘で）

うめは二人に詫《わ》びた。目覚めた時、うめの眼は濡れていた。その年の盂蘭盆はそのようなことで終わった。

土用のうめ

夏の土用は立秋の前の十八日間を指し、一年中で最も暑い時季だ。江戸の町々には鰻《うなぎ》を焼く香ばしい匂いが立ち込めていた。

土用に鰻を食べることを勧めたのはエレキテルの平賀《ひらが》源内《げんない》先生だという。鰻屋にそそのかされたような気がしないでもない。そんなことよりも梅の土用干しをいつするか、うめは天気を睨《にら》みながら思案していた。着物の虫干しは終わったが、何かと忙しい日々である。

うめは市助とおつねに誘われ、市助の見世《みせ》の近所の鰻屋へ出かけた。市助には鉄平の話を詳しく聞きたいという魂胆もあったようだ。

市助とおつねが案内してくれた鰻屋は馬喰町の小路《こうじ》に見世を構えている「あぶら屋」だった。主《あるじ》の先祖が行灯《あんどん》の灯《あか》り油を生業《なりわい》にしていたという。当初は屋号もなく、近所の人も、ただ油屋と呼んでいたそうだ。何代目かの主が、ふと思いついて鰻屋を開く気になり、その時に昔の稼業を忘れないために、あぶら屋を屋号としたらしい。

間口二間の狭い見世で、土間口の横の窓から、鰻を焼く煙と匂いが盛大に外に流れていた。見世座敷は八畳ほどで、うめ達が訪れた時も土用は過ぎていたが客で混んでいた。ようやく奥のほうに席を取って座ると、

「姉ちゃん、ここの見世は小汚《こぎた》ねェが、味はいいんだぜ」

と市助が言った。その声を聞きつけて、三十絡《がら》みの主が、旦那、小汚ねェは余計ですぜ、と軽口を叩《たた》いた。

「おっと、勘弁してくんな。おいらは根が正直なもんだから、つい本当のことを喋《しゃべ》ってしまってよう」

市助は冗談交じりに言う。敵《かな》わねェなあ、旦那には、と主は苦笑して、渋団扇《しぶうちわ》をばたと煽《あお》いだ。小女《こおんな》が運んで来た麦湯を飲みながら、三人は鰻丼ができ上がるのを待った。麦湯は生温《なまぬる》かったが。

「兄貴の所は落ち着いたかい」

市助はさり気なく切り出した。

「さあ、なんとかやっているんじゃないかしらね。あたし、あれ以来、あっちに顔を出していないから」

うめは興味がない口調で応えた。本当は市助と同様、気にはなっていたのだ。

「鉄平の嫁さんは伏見屋にいるんだろ？　ああ、まだ嫁さんじゃねェか」

市助は慌てて言い直す。おひでさんよ、と、おつねが口を挟んだ。

「ええ。おひでさんは義姉《ねえ》さんのお世話をまめにしているみたい。このまま、すんなり行けばいいのだけど」

うめはそう言って、ため息をついた。

「義姉さん、とうとう観念したんだな。もっとも子供までできたんだから観念するしかねェか」

市助は心得顔で言う。

「鉄平さんに子供がいたなんて、あたし達、ちっとも気づかなかった。驚いたのなんのって」

おつねはそう言った。

「あたしだって、最初聞いた時は胃《い》ノ腑《ふ》が飛び出そうなほどびっくりしたよ」

うめもその時のことを思い出して応えた。

「これで、うちの和助の祝言には、鉄平もおひでさんと子供と一緒に出て貰《もら》えるな」

市助は上機嫌で、そんな話を持ち出した。

和助は市助の長男の名前だった。

「あら、そんなおめでたい話があったの？　それはそれはおめでとうございます。和助ちゃん、幾つになったかしら」

「雄之助さんより、ひとつ下だよ。忘れたのか?」

市助は呆《あき》れたように応える。そうだった。

雄之助が生まれ、和助は翌年の秋に生まれたのだ。

「今、若夫婦の部屋を二階に造作《ぞうさく》しようと、顔見知りの大工に相談しているのよ」

市助は嬉《うれ》しそうに続けた。

「和助ちゃんの祝言が終わったら、すぐに清助ちゃんと幸吉ちゃんのことも考えなきゃならない。あんた達、大変ね」

市助の三人の息子は年子だから、市助とおつねは落ち着く暇もない。

「この人ったら、二人とも養子に出さないと言っているんですよ。家を造作して、皆んなで住むんですって。あの家を造作して行ったら、仕舞いには忍者屋敷のようになりますよ」

おつねは困り顔して言った。

「市助は子供の頃から婿《むこ》にならないと決めていたけど、子供の考えはまた別よ。子供は親の言いなりになんてならないものよ」

うめがそう言うと、市助は居心地の悪い表情になった。

「お義姉さん、実はね、三番目の幸吉は両国広小路で床見世《とこみせ》(住まいのつかない店)を出している小間物屋《こまものや》さんの娘さんと一緒になりたいと言ってるんですよ。その娘さん、一人娘で、お見世を手伝っているんです。いずれ、養子を迎えなきゃならないのよ。でも、この人、清助より先に所帯を持つのは順番が違うし、床見世なんてけちな商売は先が見えているって、反対しているんですよ」

おつねは市助の顔色を窺《うかが》いながら、うめに言った。

「和助ちゃんがあんたの見世を継いでくれるのだから、他は好きにさせたらいいじゃないか」

うめは市助を宥《なだ》めるように言った。

「可哀想《かわいそう》じゃねェか、婿なんてよ」

「あんたがそう思っているだけよ。大店《おおだな》だったら、奉公人もいて、肩身の狭い思いをするかも知れないけど、家族だけで商売している家なら、むしろ大事にしてくれると思うけど」

「あたしもそう思っています。とにかく可愛《かわい》らしい娘さんなの。まだ十七ですって。て親が鷹揚《おうよう》な人で、決心を固めたら身ひとつでうちに来い、なんて幸吉に言ってるそうなの」

おつねは嬉しそうに言った。

「向こうは倅《せがれ》ができるんで、舞い上がっているだけよ。おいらは逆に倅を取られてしまう」

市助は情けない顔で言った。そこへ、鰻丼が運ばれて来た。せっかくのご馳走《ちそう》なのに、おいしい、おいしいと、うめとおつねが肯《うなず》き合う傍《そば》で、市助は、小間物なんて利が薄い商売だから、さほど儲《もう》からねェのに、とぶつぶつ文句を言ってい た。

「お義姉さん、お天気がいいようですから、そろそろ梅の土用干しを始めましょうよ。あたし、手伝います」

おつねは、話題を変えるように言った。

「頼むよ。きっとおいしい梅干しができそうな気がするよ。楽しみだねえ」

うめも笑顔で応えた。

うめの家の庭では、笊《ざる》に入れられた梅が夏の陽射《ひざ》しを受けている。赤紫蘇《あかじそ》でほんのり紅色に染まった梅が笊に入れられて並んでいる様は、うめにとって壮観だった。

梅の脇には縮んだ赤紫蘇も添えられている。笊はおつねの家や徳三の家にあったものを借り受けた。小振りの笊は五つ。およそ一升ずつに分けられている。夜も雨の心配がないとすれば夜干しする。これから三日間は気が抜けない。もしも雨でも降ったら、すぐに取り込んで、瓶《かめ》に戻すのだ。瓶には漬け汁もかなりの量になっていた。梅干しの始末をつけたら、余分の漬け汁は徳利に移し、市助にやることになっている。

うめとおつね、それにおつたも加わり、梅を笊に分けて入れたのだ。仕事そのものは大したことでもないので、すぐに終わった。

「さあさ、ご苦労だったね。喉が渇いただろ？　まあ、今日は誂《あつら》えたような梅干し日和だ」

うめは機嫌のいい声を二人に掛け、井戸で冷やしておいた麦湯を勧めた。茶請けに仏《こう》光堂《どう》のおみさから貰った麦落雁《むぎらくがん》を出した。

梅干しがうまくできたら、おみさにもお裾分《すそわ》けしようと思っている。おみさから、お寺で阿弥陀如来像だか、薬師如来像だかのご開帳があるから行かないかとか、呉服屋に秋の反物をひやかしに行かないかとか、何度も誘われたが、伏見屋のごたごたがあったので、すべて断っていた。涼しくなったら、一度ぐらいはつき合ってやらねばなるまいと、うめは心積もりしている。お伊勢参りをどうするのかも訊《たず》ねられたが、市助の長男の祝言が控えているので、この度は諦めることにした。

暮らしは切り詰めているつもりだが、存外に掛かりも出て、秋になったら、おつねに伏見屋の檀那寺《だんなでら》に預けている金を、また幾らか引き出して貰わねばならないだろう。和助の祝言もあるし、場合によっては、幸吉の祝言も年内にありそうだ。

麦落雁《ほおば》を頬張り、茶を飲んでいると、土間口から、うめ婆と呼ぶ可愛い声が聞こえた。鉄蔵だ。うめはいそいそと出て行った。鉄蔵のすぐ後ろには、おひでが立っていた。

しかし、おひでは泣いたような眼《め》をしていた。おきよと、また何かあったのかと、うめは俄《にわか》に心配になった。

「どうしたえ」

さり気なく訊《き》くと、ええまあ、とおひでは言葉を濁《にご》した。

「ひとまず、上がっておくれ。市助の嫁と隣りのおつたさんがいるけど、遠慮はいらないよ」

うめはおひでを中へ促した。鉄蔵は勝手知った家とばかり、小さな下駄《げた》を脱いで茶の間に向かった。だが、二人の女を見て人見知りしたらしく、その場に突っ立ったままだった。

「人に会ったらなんて言うの？　こんにちは、でしょう？」

うめは鉄蔵に挨拶を急《せ》かした。

「まだ、こんにちはじゃねェわ。お早うだ」

さっそく理屈を捏《こ》ねる。時刻は四つ（午前十時頃）前だったから、確かに鉄蔵の言う通りだ。

「だったら、さっさとお言いよ」

うめは苦笑して言った。お早う、と鉄蔵は仕方なく応えた。

「はい、お早うさん。麦落雁はどうだえ？」

子供好きのおつねは、すぐに鉄蔵をあやし出した。おつねはおひでと一、二度、顔を合わせている。うめはおつたに、てっちゃんのお嫁さんになる人だよ、と紹介した。

「ひでと申します。よろしくお願い致します」

おひでは三つ指を突いて、おつたに挨拶した。おひでと鉄蔵にも麦湯を出してから、

伏見屋の義姉さんと、何かあったかえ、とおひでに訊いた。

「いえ、大したことではないのですが、お内儀さんは、秋に出店《でだな》の息子さんの祝言があるので、ご自分の晴れ着と緞子《どんす》の帯をあたしに下さったんです」

「まあ、いい姑《しゅうとめ》じゃないですか」

おつたは眼を丸くして言った。以前のおきよからは確かに考えられないことだった。

「すみませんねえ、うちの倅のことで色々と気を遣っていただいて」

おつねは恐縮して言った。おきよは伏見屋の若お内儀《かみ》として、おひでを快く和助の祝言に出すようだ。うめは少しほっとした。

「いえ、あたしもご祝言を楽しみにしておりましたし、着物と帯も、もちろん嬉しかったです。お内儀さんは、その他に巾着《きんちゃく》に入ったお金を出して来ました。十両ほどもあるということでした。何か困ったことがあれば遣いなさいとおっしゃって」

「ますます、いい姑だ」

おつたは力んだ声を上げた。うめはおきよの気持ちがよくわかった。

うめが霜降家を出る時、雄之助の妻にお金を持たせたことと同じ意味だ。夫の給金で生計を維持していても、いざという時、自分の金があれば何かと心強い。ましておひでの母親は息子の所に身を寄せている。

娘として、何かしてやりたいこともあるはずだ。

「あたしは伏見屋さんで鉄蔵と一緒に暮らせるだけで満足しています。お金までいただいては罰が当たります」

しかし、おひではそう応えた。

「欲がないねえ。黙っていただいたらいいんですよ」

うめが言うと、そうだよ、とおつたも相槌《あいづち》を打った。

「ですが、あたしは、お金はいただけませんと断りました。するとお内儀さんは、一度出したものは引っ込められないとおっしゃいまして、何度か巾着が行ったり来たりしました。挙句にお内儀さんは貧乏人のくせに見栄《みえ》を張るなとおっしゃったから、あたしも腹が立って、巾着を壁に投げつけました。お茶の間に豆撒《まめま》きの後のようにお金が散らばってしまいました。そのまま、鉄蔵を連れて、見世を飛び出してしまったんです。おっ母さんの所に行けば心配すると思いました。かと言って、他に行くあてもなく、ご迷惑とは思いましたが、こちらへ伺った次第です」

「巾着を壁にぶつけてよかったですよ。お義姉さんにぶつけていたら、怪我《けが》をしたかも知れないし」

真顔でそんなことを言うおつねがうめは可笑《おか》しかった。

「あたしも八丁堀の家を出る時、嫁にお金を渡したよ。何かあったら遣いなさいってね。うちの嫁は素直に受け取ってくれたけどね」

うめが自分のことを話すと、おひでは、あたしはとても、と言った。

「あんた、自分のお金を幾らか持っているのかえ」

余計なことと思いながら、うめは訊いた。

「それはこの年になるんですから、文無《もんな》しという訳にも行きませんよ。鉄平さんは、鉄蔵の喰《く》い扶持《ぶち》は届けてくれましたが、それだけでは暮らして行けませんので」

「両国広小路の水茶屋さんで長いこと働いていたんですよね」

うめはふと思い出して言った。

「ええ。お見世の旦那さんがいい人でしたので、あたしはこの年になっても見世に出ておりました。もっとも近頃は茶釜の前でお茶を淹《い》れるだけで、お運びは若い娘達に任せていました。旦那さんは、あたしを信用してくれて、日中はほとんど顔を出しませんでした。あたしは雇われおかみのようなもので、お給金も他の茶酌女《ちゃくみむすめ》より多くいただいておりました」

「大したもんだ」

おつたは感心した表情で言った。

「ようやく伏見屋さんに置いていただけることになったので、水茶屋の旦那さんには事情を話してお見世を辞《や》めました。旦那さんは大層残念がっておりましたが、おめでたいことなので、引き留めることはできないとおっしゃって、お餞別《せんべつ》までいただきました。おっ母さんも未だに薬種屋さんの内職をしております。傍《そば》に弟もおりますので、今のところ、何も心配はございません」

「おっ母さんは房吉さんと一緒に住んでいるのかえ」

ふと、うめはおひでの母親のことが気になった。狭い裏店《うらだな》に姑が急にやって来ては、房吉の女房も困っているだろうと思った。

「いえ、幸い、空《あ》き店《だな》があったので、おっ母さんはそちらで独り暮らしをしております。晩ごはんだけ、弟夫婦と一緒に食べています。弟には子供がおりませんので、そこはおっ母さんも甘えているようです」

「まあ、あんたの家のことは心配いらないようだ。お茶を飲んだら、すぐにお帰り。義姉さんに謝ることだ。恨みが残っても困るし」

また騒ぎになっては大変である。

うめはそれを考え、穏便《おんびん》に済ませようと、おひでに言ったのだ。

「謝るつもりではおりますが、お金のことは……」

おひでは、ためらっている様子だった。

「義姉さんが、どうでも受け取れと言ったら、受け取って、伏見屋の檀那寺に預けたらいい。預けていれば利子もつく。詳しいことは、このおつねさんがよく知っている。あたしも死んだてて親から貰ったお金を預けているんだよ。もう、半分ぐらい遣ってしまったけどね」

「奥様はもう八丁堀には戻らないおつもりなんですか」

おひでは心配そうに訊いた。

「そうだねえ、気持ちの整理がついたら戻ってもいいと思っているよ」

うめは遠くを見るような眼で言った。

「気持ちの整理とはどんなことでしょうか。あたしと鉄平さんのこともあるのですか？」

おひでは怪訝《けげん》そうに訊いた。眉根を寄せた表情がきれいだ。きれいな女は何をしてもきれいだと、改めて思った。

「あんたとてっちゃんのことは、こっちに来てから知ったことだから、直接の理由じゃないのさ」

「お義姉さん、他にも理由があるのでしたら、是非、聞きたいものです」

おつねは意気込んで言った。

「うちの人のお祖母様《ばあ》が息災だった頃から、ぼんやり考えていたことなんだよ。霜降家の嫁として、母親として役目を果たした後は、独り暮らしをしたいってね。霜降のお祖母様は、やりたければやるがいいとおっしゃってくれた。それがまずひとつ」

「他には？」

おつねは続きを急かした。言おうか言うまいか、うめは悩んだ。あやふやな気持ちのまま、うめは霜降家を出てしまったからだ。だが、自分の気持ちを確かめる上でも、ここは言葉にしなければならないのでは、という気もした。三人の女はじっとうめの口許《くちもと》を見つめている。鉄蔵は縁側に出て、麦落雁を食べながら、笊の梅を見ていた。

今日はおとなしくて、いい子だ。

うめは言葉を選びながら、ようやく口を開いた。

「うちの人の上司に工藤平三郎様という方がいらしたのだよ。早い話、うちの人とあたしの仲人《なこうど》さ。工藤様のお蔭《かげ》であたしは霜降の家に輿入《こしい》れできたんですよ。でも、あたしは町人の娘。身分の上ではうちの人に嫁《とつ》げない。それで、あたしは一旦、工藤様の養女になって、それから輿入れしたんですよ」

うめはその時の経緯《いきさつ》から話した。

「色々と難しいものなのですねえ」

おつたは感心した顔で言った。

「ええ、結構、面倒臭いものなのよ。だから、あたしには実家がふたつあるのよ。盆暮には工藤様に届け物をして、義理を果たしていたんですよ。その工藤様が病を得て亡くなってしまった。もう七回忌も済んだから、ずい分前のことですよ。もちろん、あたしはうちの人と一緒にお悔みに行き、初七日まで、ご家族につき添いました。でもねえ……」

うめはそこで言い澱《よど》んだ。工藤の妻が取り乱した様が、今でも脳裏にくっきり残っていた。

「何かございましたか」

おひでは心配そうに訊いた。

「工藤様の奥様は、普段はさばさばした方で、工藤様がつまらないことで思い悩んでいると、男ならぐずぐずせずに、はっきりなされませ、と励ましておられました。工藤様のお家は奥様がいなければ、大袈裟《おおげさ》でもなく、何も始まらなかったのです。あたしは、工藤様が亡くなっても、奥様がその後のことを抜かりなく行なうものと思っておりました。ところが、奥様は身も世もない悲しみようで、とても葬儀のご準備もできなかったのです。幸い、息子さんがいらしたので、なんとか葬儀の体裁を繕《つくろ》うことができましたが、奥様はお坊さんが通夜の読経をなさっている間も、大声で泣いていました。あたし、奥様のその姿に、内心でとても驚いたのですよ。さほど夫婦仲がよいとも思えなかったから、なおさらね。夫が亡くなると、妻は心の支えを失い、そのようなことになるのかと、わが身に置き換え、恐ろしくなったのですよ」

うめは滔々《とうとう》と、その時のことを語った。

「おうめちゃんなら大丈夫ですよ。ここに来てから、めそめそする様子もなかったし」

おつたは、うめを安心させるように言った。

「あたしの場合は、急なことだったので、何がなんだかわからず、ただお弔いの仕度をしただけよ。実はまだ、うちの人が死んだことが信じられないの。これからじわじわと悲しみがやって来るのかと思うと、たまらない気持ちになったの。霜降の家にいて、沈んだ顔をしていては、雄之助と嫁が心配する。泣くなら、誰もいない所で一人で泣きたかったのよ。でも、幸か不幸か、こっちに来た途端、色々なことが持ち上がって、あたしは泣いてる暇もなかったというのが正直なところですよ」

「あたしは、うちの人にもしものことがあったら、工藤様の奥様のようになってしまいそう」

おつねは冗談でもなく言った。あたしも、とおひでも顔を曇らせた。

「あんた達はまだまだ先の話だ。この中でその心配があるのは、最初にあたしだよ」

おつたは張り切って口を挟んだ。

「おつたさん、得意顔して言うことじゃないよ」

うめは苦笑いしながら言った。あら、いやだ、本当だね、とおつたは恥ずかしそうに応えた。

「今でも工藤様のお宅に伺うとね、お仏壇には、買って来たばかりの活《い》きのいいお花が飾られ、灯明が煌々《こうこう》とともり、お線香の煙が咽《むせ》るほどお部屋の中に流れているの。生前の工藤様が、ああした、こうしたと、何遍も同じ話をなさって、その度に涙を流しているのよ。七回忌も過ぎているのよ。いい加減になさいませ、と喉許《のどもと》まで出て来る言葉を、あたしはようやく堪《こら》えているの。夫の菩提《ぼだい》を弔うのは妻のつとめだけれど、あそこまでしなければならないものかしらね。あたしはお盆だけでたくさんよ。お彼岸も月命日も、ごめんこうむりたい！」

うめは吐き捨てるように言った。しんとうめの家の茶の間が静まった。皆、なんとも言えない表情をしていた。だが、おひでは、結局、この世は生きている者のためにあるのですからね、と低い声で言った。

「おひでさんの言う通りよ。先祖の供養は、もちろん大事だけれど、それより残された者が元気に楽しく暮らすほうが大事だと思うの。めそめそ泣いているばかりじゃ、しょうがないもの」

うめは、自分の気持ちを、はっきり言った。

「おうめちゃんは旦那さんのことに、けりをつけられそうかえ」

おつたは心配そうに訊く。

「それが自分でも、まだわからないの。今だから話すけど、あたしはうちの人と一緒になることが、いやでいやでたまらなかったの。でも、工藤様はうちの人を連れて、毎度伏見屋に顔を出すし、それに、あの頃、伏見屋が押し込みに狙われていて、すんでのところで襲われずに済んだのよ。その恩もあって、うちのお父っつぁんは、おうめ、なんとか了簡《りょうけん》してくれと言ったものだから、渋々承知したんですよ。だけど、嫁いでも、いいことなんて、さっぱりなかった。舅《しゅうと》、姑はともかく、うちの人の妹の勝手な振る舞いには精が切れましたよ。それでも子供が四人もできたし、仕方ないなあと半ば諦めの境地だった」

うめはため息交じりに応えた。

「ご主人に夫としての情《じょう》を感じたこともなかったのですか」

おひでは気の毒そうな表情で訊いた。

「はっきり言えばなかったでしょうね。でも、うちの人は堀留町の親分に惚《ほ》れて迎えた妻だなんて、のろけていたそうなの。信じられなかった。気に入らないことがあれば、怒鳴ってばかりいた人だから」

「心の中ではご主人は叔母さんを慕《した》っていらしたと思います。お家の中では威張っていたとしても。傍にいると、却《かえ》って相手の気持ちがわからないこともあります。あたしだって、鉄平さんの本当の気持ちに気づかなかったんですもの」

おひでは自嘲気味に言う。

「てっちゃんは、おひでさんに心底惚れていた。あたし、義姉さんが騒ぎを起こして、自身番に連れて行かれた夜のことが今でも忘れられないの。おひでさんが鉄蔵を連れて行くと言った時、てっちゃんが必死の形相でおひでさんに言ったことよ」

「なに、なに？」

おつねは興味深そうに首を伸ばした。おひでは、その拍子に両手で顔を覆《おお》い、恥ずかしい、と言った。

「てっちゃんは、鉄蔵が生まれたのに煮え切らない態度をしていたけど、おひでさんを頼っていたのよ。おひでさんがなんとかしてくれると、心の中で思っていたのよ」

「そんなことを言っても、鉄平さんは男じゃないの。なんとかするのは男じゃないですか」

おつねが不満そうに言った。

「あんただって、市助と一緒になるために、実家の事情に眼を瞑《つぶ》って押し掛け女房を決め込んだんじゃないか」

そう言うと、今度はおつねが顔を赤くして、恥ずかしいと言った。おつたは、そのやり取りを聞きながら、色々あるよね、男と女の間には、と苦笑いした。

「あの時、てっちゃんはおひでさんに言ったのよね。お前《め》ェはおれのただの情婦《いろ》か、って。あたし、いい年して、胸がきゅんと痛くなって、鳥肌が立ったのよ」

「そんな台詞《せりふ》、あたしも言われてみたいよ」

おつたが夢見るような表情で言ったので、女達は爆笑した。

「おっ母しゃん、もう帰《け》ェろ？　お婆《ばば》が泣いてるかも知れねェ」

鉄蔵がおひでの傍にやって来て、そう言った。退屈になったらしい。

「お婆って、おきよさんのこと？」

うめがおひでに訊くと、ええ、と応えた。

「鉄蔵は、うちの母親を婆と呼んでいました。叔母さんのことはうめ婆でしょう？　お内儀さんのことをなんと呼んでいいのか、子供心に頭を悩ましていたんですよ。鉄平さんが本家の婆だから、お婆と呼べと知恵をつけたんです」

「そうなんだ。鉄蔵、婆が三人もいて、面倒臭いね」

うめはからかうように訊いた。

「面倒臭ェ」

鉄蔵は困った顔で応えたので、それにも女達は声を上げて笑った。

「おひでさん、さっきのお金のことだけど」

うめは心配そうに言った。

「叔母さんのおっしゃる通りに致します」

おひでが笑顔で応えたので、うめはほっとした。一件落着である。おつねとおつたも、茶を飲むと早々に帰って行った。

日暮れになり、うめは梅の笊を縁側の濡《ぬ》れ縁《えん》に移した。暑いので雨戸は閉《た》てず、蚊遣《かや》りを焚《た》いた。奥の間には蚊帳《かや》を吊《つ》っているので、蚊に喰われる心配はない。うめは何度も笊の梅を眺め、その度にほくそ笑んでいた。梅干しができ上がったら、あちこちにお裾分けするのが楽しみだった。

八丁堀の霜降家、伏見屋、市助の所、徳三、仏光堂のおみさ、岡っ引きの権蔵、おひでの弟の家、それから顔見知りの女房連中、などなど。その時のことを想像すると、また、にんまり笑みが湧いた。

「叔母さん、いるかあ?」

勝手口から鉄平の声がした。うめは寝間着になっていたが、その上に薄手の半纏《はんてん》を羽織り、急いで勝手口のしんばり棒を外した。

「寝るところだったのか」

鉄平はうめの恰好《かっこう》を見て、すまなそうに言った。

「いいのよ。気楽な独り暮らしだもの。ささ、上がって。一杯、飲むかえ」

うめは鉄平を中へ招じ入れ、いそいそと台所に立った。お菜《さい》はあまりなかったので、浅漬けの香《こう》の物と佃煮《つくだに》を出した。

箱膳を運ぶと、鉄平は首筋を掌《て》で叩き、蚊を追い払っていた。

「おや、蚊が入って来たかえ」

「縁側を開けっ放しにしているんじゃ、蚊も入るわな。物騒じゃねェか」

「だって、梅を干しているから、気になってね」

言いながら、縁側の障子だけは閉めた。

「まあ、今日もお袋とおひでが大騒ぎよ」

鉄平はうめが注《つ》いだ冷や酒をひと口飲んで、ぼやいた。

「おひでさんから、聞いたよ。巾着に入ったお金を茶の間にばら撒いたんだろ？」

「おうよ。おれが出先から帰ると、お袋が泣きながら、金を集めていたぜ。宥《なだ》めるのがてェへんだった」

鉄平は大袈裟に顔をしかめた。

「おひでさんに小遣いを渡すなんて、義姉さんも変われば変わるものよ」

うめは苦笑交じりに言った。

「おひでは、あの年だから、しっかりしている。お袋もようやくそれに気づいて、何かと頼りにするようになったのさ」

「よかったじゃないか」

「それはいいが、お袋が手前《て》ェ《め》の物を、あれもやる、これもあげるというのを、おひでの奴、迷惑がるのよ」

「欲がない人なんだね」

うめはおひでの肩を持つように言った。

「いや、おひでは、物をくれて恩に着せられるのはいやだと、後で愚痴を洩《も》らすのよ。参っちまうぜ、全く」

「どうせ、義姉さんが死ねば、すべておひでさんの物になるのよ。恩を着せるも着せられるもないよ」

「叔母さん、縁起でもねェ」

鉄平は、うめのもの言いを、ちくりと窘《たしな》めた。

「おや、口が滑った。堪忍しておくれね」

うめは徳利の酒を注ぎながら、悪戯《いたずら》っぽい顔で謝った。

「叔母さん、こっちに来てから、どんどん町家《ちょうか》のおかみさんになるね」

「そうお?」

「まあ、元々は商家のお嬢さんだったから無理もねェが」

「次から次と気懸りがあるけど、ここの暮らしは楽しいよ」

「楽しいってか?」

鉄平は苦笑して、鼻を鳴らした。

「梅干しができたら、あちこちにお裾分けして、それが済んだら、和助の祝言だ。忙しいねえ」

うめは嬉しそうに言った。

「叔母さん……」

鉄平は、いきなり座り直すと、まじまじとうめを見た。

「なんだえ」

「おひでと鉄蔵を無事に伏見屋に入れることができた。皆、叔母さんのお蔭だ。ありがとよ」

「いやだねえ。改まってそんなお礼を言われるのは」

実際、うめは恥ずかしかった。

「叔母さんがいなかったらと考えると、今ではぞっとするのよ」

「いいや。もう少し、早く気づいてやれなくてすまなかったよ。おひでさんに不憫《ふびん》な思いをさせちまった。せめて、これからは、おひでさんと鉄蔵を倖《しあわ》せにしておくれ。できれば、もう一人、子供がいればいいのだけどね。でも、無理は言わないよ。跡継ぎの鉄蔵がいるだけで満足しなけりゃね」

「叔母さん、おれ、がんばるわ。おひでが四十の恥掻《はじか》きっ子《こ》を産んでもいいじゃねェか」

「まあ、あたしの前で、ぬけぬけと言うこと」

うめはくすりと笑った。

「だけど、叔母さんは霜降の家に嫁いでも、なかなか子供ができなかったんじゃねェか。雄之助さんが生まれたのは嫁いで六年も経《た》ってからだろう？」

「ああ」

「向こうの家は、何も言わなかったのか」

「あたしの耳には直接入って来なかったけど、うちの人は親に色々、言われていたみたい」

うめが嫁いだ後に輿入れした光江は、翌年に男子を出産していた。それも光江がうめを詰《なじ》る恰好の理由だった。子を産めない嫁は実家に帰したほうがいいと、光江は両親に度々言っていたらしい。霜降家の両親も、半ばその気になっていた様子もあった。だが、三太夫は断固として、その通りにしなかった。三太夫の祖母の宇乃が、子ができなければ養子を迎えたらいいと言ってくれたせいもあったが。

「人は結局、誰かのお蔭で今があるんだよ。でも、うちの人は内心で辛《つら》かっただろうね」

うめはしみじみとした口調で続けた。

三太夫は、なぜ自分を実家へ戻さなかったのだろう。骨を折ってくれた工藤平三郎の顔を潰《つぶ》すことを恐れたのだろうか。その頃のうめは、離縁を言い渡されても嬉々《きき》として実家に帰ったはずだ。三太夫の気持ちなど考えたこともなかった。だが、この頃になって、うめはようやく三太夫のことを思い出すようになった。それが自分でも不思議だった。待望の雄之助が生まれた時、三太夫は嬉しさの余り、組屋敷の同僚の家々に、倅が生まれた、霜降家の跡継ぎができたと、触れ回ったそうだ。その気持ちが今では切なく思えてならない。

三太夫の頭を重く覆っていた雲が、その時、いっきに晴れたのだ。それまで、さぞ辛かったことだろうと、今なら察することができる。

うめは雄之助が生まれても、別に何も考えていなかった。妻として責任を果たしたとも思っていなかった。ああ、生まれた、これからは育てなければならないと、半ばうんざりした気持ちでいただけだ。うめは本当に何も考えていないばかな女だった。

昔に戻ることができたなら、そんな自分を、うめは引っ叩《ぱた》いてやりたいと思う。雄之助が生まれて二年後には長女の美和が、その翌年には次女のりさが生まれた。

子供は三人で終わりだろうと思っていた矢先、うめは次男の介次郎を孕《はら》んだ。うめは名実ともに霜降家の嫁になって行ったのだ。

「霜降の叔父さんは叔母さんのことを慕っていたのさ。おれならわかる」

鉄平は酔いの回った口調で言った。

「それならそうと、生きている間に、あたしに言ってほしかったよ。うちの人は、確かに輿入れする前は伏見屋に日参していたけれど、輿入れした後は、釣った魚に餌《えさ》はやらないという態度をしていたからね」

「男なんて、女房に改まって礼なんて言わねェよ」

「でも、女はその言葉を待っているものなのよ。おひでさんも同じよ」

「へ？」

鉄平は怪訝《けげん》そうな眼でうめを見る。

「おひでさんは、ただの情婦じゃなかったんだろ？　しみ真実惚れた女だったんだろ」

そう言うと、やめてくれ、と鉄平は悲鳴のような声で制した。

「一生に一度ぐらい、本当の気持ちを言ってやるのも思いやりだよ。あたしは、とうとう、その言葉を聞かずじまいになっちまった。それが悔しいよ」

「霜降の叔父さん、急なことだったからな。でも、叔母さんは涙もこぼさずに弔問客に挨拶していたじゃねェか。うちの親父《おやじ》は妹ながら大した女だと褒めていたぜ」

「泣き喚《わめ》いて、みっともない姿を人前に晒《さら》したくなかっただけだよ」

うめは苦笑交じりに言った。

「本当は声を上げて泣きたかったのけェ？」

鉄平は、うめの眼を覗《のぞ》き込むように訊く。

「そうだねえ。そのほうが、いっそ気は楽になったかも知れない」

「泣きたくても泣けねェってのは切ねェな」

鉄平はうめの気持ちに察しをつける。

「うちの人に優しい言葉のひとつも掛けてやれなかった。あたしは悪い女房だよう」

うめは遠くを見るような眼で言った。

「そんなことはねェさ。雄之助さんを立派な同心に育て上げた。お美和さんとおりささんも、それなりの家に嫁がせたし、介次郎さんも、いい養子先を見つけた。霜降の叔父さんは草葉の陰で喜んでいるよ」

「そうかしら」

「そうだよ。おまけに甥っ子のごたごたまで親身に心配してくれた。ありがてェよ」

「てっちゃんにそう言って貰うと、うそでも嬉しい」

「うそじゃねェって」

鉄平は真顔で言った。

「ところで、市助のことだけどね」

うめは話題を変えるように言った。

「あっちもなんかあるのか」

鉄平は心配そうに訊いた。

「ううん。大したことじゃないけど、三番目の幸吉が両国広小路で床見世の小間物屋をやっている人の娘さんと一緒になりたいそうなの」

「めでてェじゃねェか」

「相手は一人娘だから、幸吉は養子にならなきゃならないの。それで市助は臍《へそ》を曲げているのよ。息子達は誰一人養子に出したくないんだって」

「馬喰町の叔父さんは養子になりたくなくて伏見屋の出店《でだな》を出した人だからなあ。気持ちはわかるぜ」

「あたしは幸吉がいいと思っているなら、好きにさせたらと言ったのよ。でも、市助は、次男の清助より先に幸吉が祝言を挙げるのは順番が違うと頑固なのよ」

「へへえ、叔母さん、これからもひと悶着《もんちゃく》ありそうだぜ」

鉄平はおもしろそうに笑った。

「笑いごとじゃないのよ。あんた、いざとなったら市助に意見してね」

「お、おれが？」

鉄平は不意を喰《く》らって驚いた表情になった。

「あんたは、いとこ同士の兄貴分じゃないの。雄之助なんて、昔のてっちゃんが凧揚《たこあ》げでも独楽《こま》回しでも上手だったから、あこがれていたのよ」

「遊びと祝言の話は別だわな。叔父さんを説き伏せるのは苦手だなあ。そうだ、おひでにやらせよう。きっと、うまく纏《まと》めてくれるはずだ」

「また、おひでさんを頼る」

「だって、おれより年上なんだから、その分、知恵が回るじゃねェか」

「夫婦になったら、年上も年下も関係ないの。いい加減、大人になりなさいよ」

うめはいらぬ小言が出る始末だった。

鉄平は二合ほどの酒を飲んで帰って行った。帰りしなに、梅干しをお裾分けする時、おひでが小さな蓋《ふた》つきの瓶《かめ》を置いている瀬戸物屋を知っているから、よかったら用意すると言った。

「本当？　是非頼んで。そうね、十《とお》もあれば間に合うと思う」

うめは、うきうきして言った。

「わかった。どうでェ、梅干しはうまく行きそうけェ？」

「細工は流々、仕上げをごろうじろ、というものよ」

「失敗して、泣きべそをかくなよ」

「大きなお世話」

うめは鉄平の背中を少し強い力で叩いた。

鉄平は痛《いて》ェ、痛ェと大袈裟に顔をしかめて去って行った。

すばらしい。すばらしい梅干しができ上がった。酸《す》っぱいけれど後味のよい梅干しは誰もが褒めてくれた。おひでが用意してくれた常滑焼《とこなめやき》の瓶には二十個ほどの梅干しが入った。蓋つきなのも便利だ。うめは嬉々として、あちこちに配った。八丁堀の霜降家や伏見屋の本店《ほんだな》、市助と徳三の所には、大きな瓶で渡した。皆、大喜びだった。美和とりさ、それに介次郎の家には小さな瓶で配ったが、それでは足りないと催促が来る始末だった。うめはすこぶる満足だった。手を掛け、心を掛ければ、おいしい梅干しができるのだ。

祝言のうめ

梅干しに限らず、なんでも丁寧に拵《こしら》えたら、おいしいものができるのだと、うめは改めて悟った。

暦《こよみ》が八月に入り、そろそろ和助の祝言の日が近づいていた。当日は祝言を挙げ、その後は市助の見世《みせ》の得意先でもある馬喰町の料理茶屋「ほそ川」で宴《うたげ》が開かれるのだ。

伏見屋の関係者が一斉に顔を揃《そろ》えるはれの舞台でもあった。雄之助の妻のゆめは前日からこちらに来て、用意を調《とと》のえるということだった。おひでが気を利かせて、着付けを手伝ってくれるという。ついでに、他の女達の着付けもすると言うと、市助の嫁のおつねは、どうせなら、自分の家に泊まったらどうかと案を出した。おひでは、その言葉に甘えて、前日の夜から鉄蔵を連れて泊まることになった。それを聞くと、ゆめまで雪乃を連れて泊まりたいと言い出した。

「あっちは狭いから、あたしの所にお泊まりよ」

うめはそう言ったが、でも、美和さんも、りささんも子供を連れて、あちらに泊まるのですよ、賑《にぎ》やかなほうが雪乃も退屈しませんし、と応えた。おつねは子供の頃から美和とりさを可愛《かわい》がってくれ、何度か泊めて貰《もら》ったこともある。大人になっても、うめの娘達は遠慮のいらない市助の家に泊まるのが嬉《うれ》しいのだろう。

「そうかえ」

うめは渋々、応えた。結局、雄之助と介次郎はうめの家に泊まることになったが。

和助の嫁になるおゆきは本所の味噌屋《みそや》の娘だった。その見世「成子屋《なりこや》」には伏見屋の醤油《しょうゆ》と酢を置かせて貰っていた。そういう縁もあって、仲人はこの度の縁談を勧めたらしい。

八月の末の大安の前日には、女達が子供連れで集まり、蜂の巣を突っついたような騒ぎだった。おつねが、さぞ難儀しているだろうと、晩めしのお菜《さい》に拵えたひじきの煮つけを持って行くと、狭い内所《ないしょ》（経営者の居室）には女達の甲高い声と子供の声が響いていた。

「これ、鉄蔵。絵本は後で。早くごはんを食べなさい」

おひでは、いきいきとした表情で鉄蔵に言っていた。

「雪乃、ごはん、こぼさない」と言っているのはゆめだ。

「なつみ、さや、ごはん食べないと、西瓜《すいか》は食べさせませんよ。今年最後の貴重な西瓜なんですからね」

そう言っているのは、うめの娘の美和だ。

なつみは美和の娘だが、さやは、りさの娘になる。美和は自分の娘と同様に妹の娘を扱っていた。なつみは四歳で、さやは三歳だ。

「あ、お姑様《かあ》。晩ごはんは済みました？　よかったら召し上がりませんか」

ゆめはうめに気づくと、そう言った。人の家なのに我が物顔である。

「いえいえ、雄之助と介次郎がおりますから、あっちで一緒にいただきますよ」

「だったら、西瓜を少しお持ちなさいまし。介次郎さんがお好きですから」

ゆめはそう言って、叔母さん、うちのお姑様に西瓜を持たせますよ、とおつねに声を掛けた。

「あいあい。成子屋さんから三つも届いたから、ひとつ持って行って」

おつねも意に介するふうもなく応える。

その中で、市助だけが所在なげに酒を飲んでいた。

「市助、うちに来ないかえ。雄之助と介次郎がいるよ。一緒にお酒を飲んだら？　ここにいても落ち着かないだろう。なんなら、てっちゃんと兄さんも呼ぶから」

そう言うと、市助は待ってましたとばかり、そうするかな、と応えた。

市助がうめの家に泊まると、おつねに伝えると、おつねは、すみませんねえ、お義姉《ねえ》さんと気の毒そうに言ったが、内心でほっとしたような表情だった。子供達を寝かしつけたら、顔見知りの女髪結いが来て、女達の髪を結うのだそうだ。

うめはその日の内に、湯屋へ行って、髪も結い終えていた。

「あんな狭い所に子供達が集まって、おつねさんも大変だ」

外へ出ると、うめはおつねを慮《おもんぱか》った。

「なあに。うちの奴は皆んなでわいわいやるのが好きなのさ。毎日なら、そりゃあ、てェへんだが、たった一日や二日のことだ。餓鬼《がき》どもも喜んでいるよ。それに女手があるから、台所仕事も苦にならねェはずだ」

市助は意に介するふうもなく言った。

「うちの嫁の嬉しそうだったこと。まるで自分の家にいるみたいだった。おつねちゃんがいい人だから、遠慮する必要もないと思っているのね」

「鉄平の嫁も嬉しそうだったぜ。着物の裾を絡《から》げてよ、赤い蹴出《けだ》しを見せて、餓鬼どもの面倒を見ているのよ。おいらの家を気楽に思ってくれていると思や、おいらも悪い気分じゃねェ」

「よかったね。こんな日が来て。ところで、倅達《せがれ》の姿が見えなかったけど、飲みにでも行ったの？」

うめは、ふと気づいて訊《き》いた。

「和助と清助は成子屋に行った。餓鬼どもがごやごやしている家にいてもしょうがねェと思ったんだろう。幸吉は小間物屋《こまものや》の家に行った。あすこの娘も祝言に呼んだのよ。おいらはまだ早えェと止めたが、どうせ身内になるんだから、いいじゃねェかと、うちの奴が言うもんだから、押し切られちまったよ」

市助は、くさくさした表情で応えた。

「今晩は男達がいないので、皆んなでわあわあ、ぎゃあぎゃあ過ごすんだろうね」

「姉ちゃんも交ざりたかったかい？」

市助は上目遣いで訊く。

「とんでもない。この年になると静かなほうがいいよ」

「鉄蔵と雪乃のやり取りもおもしろかったぜ」

「何が？」

「雪乃はまだ字が読めねェが、雄之助の嫁が毎度読み聞かせているんで、すっかり諳《そら》んじているのよ。それで得意そうに鉄蔵に読んでやった。ところが鉄蔵の奴、誰に似たんだか、理屈っぽくてよ、桃がどんぶらこと流れて来る訳がねェと文句を言った」

「桃太郎の絵本だね」

「ああ。雪乃は大きな桃だから、そんなふうに感じるもんだって応えやがった。そいで、桃を拾った婆《ばあ》さんが包丁だか、鉈《なた》だかで、ぱかっと割って、中から赤ん坊が出て来るくだりになると、鉄蔵は、危ねェじゃねェか、赤ん坊の頭が切れるわな、と言った。雪乃は平気な面《つら》で、うまく切ったのよ、と応えた。おいら、笑いを堪《こら》えるのがてェへんだった」

市助はその時の様子を思い出して笑った。

「伏見屋の義姉さんが出刃を振り回したことが頭に残っているのかしら」

うめは、ふと心配になった。

「いや、鉄蔵は元々、余計なことを考える質《たち》なのよ。そのせいじゃねェと思うぜ」

市助はうめを安心させるように言った。

「そうだといいけど……ああ、星が出ているよ。この様子だと明日もよい天気になりそう」

うめは夜空を見上げて呟《つぶや》いた。

「昔、なんの時だったか忘れたが、姉ちゃんとこうして夜道を歩いたことがあったな」

市助は携えた西瓜を持ち直して言った。

「あれはね、お父っつぁんの知り合いの祝言があった時のことよ。あんたは退屈して、一人で外に出て道に迷ってしまったのよ。あたしと兄さんが捜したけど、さっぱり見つからなかった。そうね、半刻《はんとき》(約一時間)も捜したかしら。あんたはお稲荷《いなり》さんの所で泣いていたのよ。いつも遊び場にしているお稲荷さんと勘違いしたのね。でも、あたしも祝言をやっていた場所がわからなくなって、とり敢《あ》えず、西へ向かえば大伝馬町に行けると思ったのよ」

「西の方角がよくわかったな」

「三日月が出ていたもの。三日月は西の空に出て、満月は東の空に出ると覚えていたのよ」

「へえ。大したものだ」

「でも、提灯《ちょうちん》もなくて真っ暗だったから、正直、怖かったよ」

「姉ちゃんは、おいらの手をぎゅっと握って離さなかった。掌《てのひら》に汗をかいていたよ。なんか、その時、こいつはおいらの姉ちゃんだ、確かに姉ちゃんだ、と思ったのよ」

「ふん、昔のことさ。ばからしい」

うめは照れて吐き捨てるように言った。

「姉ちゃんは、ようやく見世に辿《たど》り着いて、女中の顔を見たら泣き出したのよ。それまで泣くのを我慢していたんだな」

伏見屋は子供達がいなくなったと大騒ぎだったが、住み込みの手代が知らせに行って、ようやくひと安心となった。

佐平が青い顔をして戻ったのは、その後のことだった。

瓢箪新道《ひょうたんしんみち》の家に戻ると、中から男達の笑い声が聞こえた。雄之助と介次郎の他に、うめの兄の佐平と鉄平も顔を揃えていた。

「兄さん、来ていたんだ。市助を連れて来たから、呼びに行こうと思っていたんだよ」

うめは機嫌のよい声で言った。

「介次郎さんが誘いに来てくれたんだ。退屈だから一緒に飲まないかってね」

佐平も嬉しそうに応える。

「こうして男同士集まるのも滅多にない。市助叔父さん、お礼を申し上げまする」

雄之助は改まった顔で言った。

「なあに。向こうは向こうで女と餓鬼どもが賑やかにやっているんで、こっちはこっちで楽しくやりましょう」

市助はそう言うと、賑やかな車座の中に入って、胡坐《あぐら》をかいた。

「お酒、間に合うかしら」

一升ぐらいは用意しているが、この様子では足りなくなる恐れもあった。

「介次郎の嫁が気を利かせて酒を持たせてくれたのですよ」

雄之助は笑顔で応えた。

「松江《まつえ》さんに気を遣わせてしまったわね」

うめは気の毒そうに言った。松江は介次郎の妻の名前で、まだ十六歳である。十七歳の介次郎と並ぶと、ままごとのような夫婦に見える。

「いや、親父殿《おやじどの》が到来物《とうらいもの》の酒があるから、持って行けと勧めてくれたのですよ」

介次郎は意に介するふうもなく言う。

「本当は松江さんもご祝言にお呼びしたかったんだけどね」

うめは残念そうに言った。たまたま介次郎の養子先である垂水家で親戚の法事があり、松江はそちらに行かなければならないので、和助の祝言には出られなかった。

「向こうは根っからの町方役人の家ですから、いきなり皆んなに会わせたら、松江は驚いて引っ繰り返りますよ」

介次郎は冗談めかして言う。

「あら、ひどいことを言うのね。町家《ちょうか》の集まりは、これはこれで楽しいものなのよ。ゆめさんなんて、市助の家をまるで自分の家のようにしていましたよ」

「それは母上の影響ですよ」

雄之助は訳知り顔で応えた。

「まあ、どういうこと？」

うめは、きゅっと雄之助を睨《にら》んで訊いた。

「母上はご実家で過ごした歳月より、霜降家で過ごしたほうが、はるかに長いのに、相変わらず商家のお嬢さんのままでした。まあ、それがしには、そのほうが気楽に思えましたが」

初めてそんなことを雄之助に言われて、うめは面喰《めんく》らった。

「そうそう。弁当がいる時に母上に作って下さいと申し上げると、合点《がってん》、承知って返事がありました。よその母親はそんなことを言いませんよ」

介次郎も雄之助に同調するように言った。

「合点、承知は姉ちゃんの口癖よ。それから悪態をつく時は、よくも次から次と言葉が出るものだと、おいら、弟ながら感心していたよ」

市助も可笑《おか》しそうに言った。

「それがしは唐変木《とうへんぼく》だの、愚図だの、女の腐ったみたいだのと言われたことがあります。ひどいもんでしょう？」

雄之助は昔を思い出して皆に教えた。うめは全く覚えていなかった。

「おれも業晒《ごうさら》しと罵《ののし》られたな。だが、人にさんざん、ひどいことを言っておいて、鉄蔵に、くそ婆《ばば》ァと言われたら、叔母さん、胸にぐっと来たみたいだったぜ」

鉄平はおもしろそうに言った。

「まあ、おうめの悪態が功を奏することもあるから、それはそれでいいことにしましょうや」

佐平はうめの肩を持つように言った。

「義姉さん、一人で寂しがっていないかしら」

うめは、ふとおきよのことが気になった。

「大丈夫だよ。明日のために襦袢《じゅばん》に半襟《はんえり》を掛けたり、おれの紋付に火のしを当てたりしなけりゃならないから、却《かえ》って一人のほうがいいってさ」

「それならいいけど」

「梅干し、喜んでいたよ。あんなうまい梅干しは久しぶりだって」

佐平の言葉が舞い上がりたいほど嬉しい。

「梅干しと言えば、宇佐美の叔母さんは、自分の所に来なかったって、ぼやいていましたよ」

雄之助は、ふと思い出したように言った。

「あの方には分けて上げたくなかったの。あたしがこっちへ来てからも、仏壇の世話もしない悪い嫁だと文句を言いに来たんですもの。誰が苦労して拵えた梅干しを差し上げるものですか」

うめはぷりぷりして言った。

「うちの奴が慌てて、少し持って行きましたが、宇佐美の叔母さんは不満そうでした。たったこれだけかと嫌味を言ったそうです」

「あの人は欲深《よくふか》なんだよ」

介次郎は訳知り顔で口を挟んだ。

「本当はこの度の祝言にも出席したいご様子でした」

雄之助の言葉に、うめは、どんと飛び上がりそうなほど驚いた。

「だって、光江さんは宇佐美様の人間になったのですから、直接、伏見屋とは縁がないでしょうに」

「それでも、我々が祝言を楽しみにしているのが羨《うらや》ましそうでした」

「姉ちゃん、呼んでやればよかったじゃねェか」

市助は気の毒そうに言った。

「だって、そういう訳には……」

「叔母さんは、宇佐美のお家では、さほどいい思いはしていないようです。子供達は叔母さんを嫌って、ろくに話もしないし、宇佐美の叔父さんはつき合いだと称して、毎度帰りが遅いのだそうです。実家に顔を出して、母上に嫌味を言うのが気晴らしだったのですよ」

雄之助は光江の気持ちを慮る。やはり光江の甥である。だが、うめは、光江さんの気晴らしにされるのは、まっぴらよ、と応えた。

「おうめ、馬には乗ってみよ、人には添うてみよ、という諺《ことわざ》がある。世の中を渡って行くには、それなりの知恵がいる。光江さんを徒《いたずら》に嫌わず、受け入れてやりなさい」

佐平がいいことを言った。

「この年になって、兄さんにお説教されるとは思わなかった」

「これから鉄平のお披露目《ひろめ》があるし、幸吉の祝言もありそうだ。その時は声を掛けてやりなさい。きっと喜ぶよ」

佐平はうめを諭《さと》すように言った。

瓢箪新道のうめの家は、こっちはこっちで楽しい晩となった。男達は深更《しんこう》に及ぶまで酒を酌み交わし、昔話に声を上げて笑った。翌日には誰しも二日酔いと寝不足でぼんやりした表情をしており、祝言ではいねむりする者もいる始末だった。

反対に市助の所に泊まった女達は、お喋《しゃべ》りで日頃のうっぷんを晴らしたのか、皆、生き生きとした顔をしていた。久しぶりに髪を整え、薄化粧を施《ほどこ》し、晴れ着に身を包んでいたものだから、誰しも、いつもより女ぶりが上がって見えた。特に留袖を着たおひでの水の滴《したた》るような風情は人目を惹《ひ》いた。事情を知らない者は、あの女は誰だと周りの者に訊いていた。

和助の嫁になるおゆきは、花嫁衣装に身を包んでいたから、それなりにきれいだったが、おひでには及ばないと、うめは感じた。

「お義姉さん、おひでさん、とてもきれいね」

うめがそっとおきよに囁《ささや》くと、本当に馬子《まご》にも衣装とは、よく言ったものと、謙遜なのか皮肉なのか、おきよはそう応えた。

市助の末娘のおさとは美和のお下がりの大振袖を着て、こちらも人気の的《まと》だった。

若い娘は、ただそれだけで可愛らしいものだと、うめは我が身の年を考えて思っていた。

宴が始まる頃には、男達もようやく元気を取り戻していた。幸吉と小間物屋の娘のおりきは、もうすっかり夫婦きどりで、二の膳つきのご馳走《ちそう》をなかよくつまんでいた。祝言は、これまで何度も経験したうめであるが、何度出てもいいものである。これから和助夫婦がいつまでもなかよく暮らし、商売を守《も》り立ててほしいと、うめは祈らずにはいられなかった。踊ったり、うたったり、賑やかな宴にいながら、女達は、この次は鉄平さんだ、幸吉さんだと、早くも楽しみにしている。

本当は、その席にうめの夫の三太夫もいたはずなのにと思えば、うめは複雑な気持ちがした。調子に乗った三太夫が、べろべろに酔っぱらう姿まで想像できた。

お前様、さぞやこの場にいたかっただろうね。うめは、そっと胸で呟いた。

その時になって、うめに悲しみが込み上げていた。何か気懸《きがか》りが持ち上がり、三太夫がどうしたらよいものかと、うめを上目遣いで見る眼《め》がしきりに思い出される。

うめ、後生だ、なんとかしてくれ、三太夫の眼はそう言っていた。妻なら、笑顔で万事、あたしに任せてと、うそでも言ってやるべきだったろう。だが、うめにはそれができなかった。いずれも金絡《かねがら》みのことが多かったので、うめは奥歯を噛《か》み締めながら、父親から渡された金を渋々、出した。

ほっとしたような三太夫を小面《こづら》憎い気持ちで見ていたものだ。三十俵二人扶持《さんじゆっぴょうににんぶち》の安給金では、生計の維持が容易でなかった。よくもまあ、今までやって来たものだと我ながら感心する。光江が三太夫にこっそり無心をするところも見ている。三太夫は渋い顔をしながら、商家からいただいたお捻《ひね》りを渡していた。そのお捻りだって、小者《こもの》（手下）の給金に充《あ》てられることになっているので、余裕はないはずだった。それでも妹可愛さで三太夫は光江に頼まれるといやとは言わなかった。また、弟の七兵衛の養子先に祝言や葬儀があれば、なにがしか包まなければならなかった。霜降家に輿入れするまで、うめは金のことなど考えたこともなかったので、お前様と一緒になってから、貧乏の味を知りました、と三太夫に皮肉を言ったものだ。

だが、家族思いの三太夫だったからこそ、うめは六年も子供ができなくても離縁されることはなかったのだ。三太夫は力不足とはいえ、必死で家族を、妻のうめを守ろうとしていたのだ。それが空回りして、にっちもさっちも行かなくなり、妻の金を当てにする事態になり、おまけにうめから皮肉や嫌味を言われては、つくづく情けなかっただろう。怒鳴ることでしか男の体面を繕《つくろ》えなかったのだ。三太夫の我慢が命を縮めてしまったのかも知れない。

勘忍しておくれね、お前様。息災でいたなら、奉行所を致仕《ちし》（官職を退くこと・隠居）したあかつきには、それこそお伊勢参りにでも一緒に行きたかったのに。

うめは賑やかな宴の最中に、しみじみ三太夫に心の中で呼び掛けていた。

「叔母さん」

おひでが傍《そば》にやって来て声を掛けた。

「少しお酔いになりましたか？　おぶうをお持ちしましたよ」

おひではそう言って、膳に茶の入った湯呑《ゆのみ》を置いた。

「まあ、ちょうどお茶が飲みたいと思っていたところだ。ありがとよ」

「昨夜は殿方が叔母さんのお家に泊まったそうで、お疲れになりましたでしょう」

「いいや。話に花が咲いておもしろかったよ。馬喰町の家はどうだった？」

「もう、楽しくて楽しくて、寝るのが惜しいぐらいでした。あんな楽しい夜は初めてです」

おひでは眼を輝かせて言った。

「そうかえ。それはよかった」

「お美和さんとおりささんは、お二人とも捌《さば》けたお人柄で、初めてお会いしたのに、もう何年も前からのお知り合いのようでした。あたし、弟はいますけど、女のきょうだいはいないので、遠慮のない話ができるのが嬉しくてたまりませんでした」

「雪乃は鉄蔵に昔話を語って聞かせてやったそうだね。鉄蔵が例の調子で難癖をつけると、雪乃がそれをさらりと躱《かわ》して、とても可笑《おか》しかったと市助が言っていたよ」

「雪乃ちゃんは鉄蔵と同い年ですけど、お利口なお嬢さんですよ。そんなところは叔母さんに似たのかしら」

「さあ、どうだろう」

「伏見屋のお内儀《かみ》さんも鉄蔵にせがまれて絵本を読んで下さるのですが、鉄蔵の文句に閉口して、仕舞いには口喧嘩《くちげんか》になるのですよ。お前のような理屈っぽい子供はろくな大人にならないって。それでも鉄蔵は怯《ひる》まず、なんで絵本に文句を言っただけで、おいらがろくな大人にならないんだよ、って詰め寄るんです。鉄平さんは、それを聞いてお腹《なか》を抱えて笑うのですよ」

「おもしろいねえ」

「鉄蔵があんな調子だから、お内儀さんに嫌われないかと心配しているんですよ」

「おひでさん。いい加減、お内儀さん、旦那さんと呼ぶのはおよしよ。おっ姑《か》さん、お舅《とう》さんと言っておやり」

　うめはおひでのもの言いを窘《たしな》めた。

「あたし、まだそこまでは……」

　おひでには遠慮があるのだろう。

「鉄蔵が義姉さんに平気で文句を言えるのは、義姉さんに気を許しているからだよ。鉄蔵がその気になっているのに、あんたが相変わらず義姉さんの顔色を窺《うかが》ってばかりじゃ、先行きよくないよ。あんたはもう伏見屋の若お内儀だ。胸を張って暮らすことだ」

「ありがとうございます」

おひでの声がくぐもる。それにつられて、うめも目頭が熱くなった。

五つ（午後八時頃）過ぎに宴がお開きになり、市助のお礼の挨拶が済むと、佐平が腰を上げた。伏見屋の本店《ほんだな》の主《あるじ》として、ひと言、自分も挨拶したかったのだろう。

「皆さん、これで滞《とどこお》りなく和助の祝言を終えることができました。お礼を申し上げます。本来なら、この席で申し上げることではありませんが、うちの息子も念願の嫁を迎えることができ、早手回しに孫までできました。ついては、来月辺り、簡単な披露の宴を設けたいと思っておりますので、ご多忙中とは思いますが、どうぞ、出席していただきたいと存じます。なに、その時は祝儀などのお心遣いはご無用に。ついでに恰好《かっこう》も普段のままでお越し下さい。また再び、皆様とともに楽しい時間を過ごせることを、伏見屋佐平、伏してお願い申し上げます」

佐平はそう言うと、正座して深々と頭を下げた。出席した者から大きな喝采が起きた。おひでは嬉しさのあまり、鉄平の胸に縋《すが》って泣いた。

「ハハ、おっ母しゃん、泣いてやがら」

鉄蔵はからかう。おきよがその拍子に、これッ、と厳しい声で制し、皆の爆笑を誘った。名残惜しい気持ちを抱えながら、客は三々五々、引き上げて行った。美和とりさは、叔母さん、この次も前の日にお邪魔していいかしら、とおつねに早くも約束を取り付けていた。

（うちに泊まればいいのに）

うめは、またしても胸で呟く。だが、男どもは、うめの家に泊まることになりそうだから、まあ、それはそれでいいことにしようと思い直した。

市助は佐平のところで飲み直すようだ。

うめも誘われたが、疲れたので断った。

雄之助と介次郎も明日はお務めがあるので、まっすぐ帰るという。美和とりさ、それにゆめは、幼い子供がいるので駕籠《かご》を頼んだ。

大伝馬町まで、うめは佐平夫婦、鉄平夫婦と鉄蔵、市助、雄之助、介次郎とともに歩き、伏見屋の見世前で皆と別れ、瓢箪新道の家に戻った。雄之助と介次郎も肩を並べて八丁堀へ帰って行った。

勝手口から中へ入ると、前夜の酒肴《しゅこう》の残り香《が》がした。式の時刻に合わせて慌てて家を出たので、皿小鉢を流しの水桶《みずおけ》に入れたままにしていた。着替えを済ませたら、片づけなければならない。

紋付を脱ぎ、寝間着に着替えると、洗いものをする前に引き出物の包みを開いた。中から立派な板蒲鉾《いたかまぼこ》が二本と紅白の饅頭《まんじゅう》が出て来た。一人では食べ切れないので、隣りの徳三の家に半分、分けてやろうと思った。

鉄平のお披露目には、佐平に言って、徳三夫婦も呼んでやるように頼むつもりだった。徳三の家はすでに二人とも寝てしまったのか、静かで、もの音は聞こえなかった。

うめは突然、独りぼっちになったような侘《わび》しい気分がした。八丁堀の家にいたなら、戻ってからも和助の祝言の話を、あれこれ語り合ったことだろう。つかの間、佐平の所に寄ればよかったかなと後悔がよぎったが、寄れば寄ったで、疲れが出て、翌朝は寝坊してしまうだろう。若くないのだから、無理は禁物である。そう思うと、うめは流しに立って、洗いものを始めた。静かな夜に瀬戸物が触れ合う音が、やけに大きく耳に響いた。

その頃、大伝馬町の佐平の見世では、内所に集まった男達が飲み直しの酒を酌み交わしていた。おきよも着替えを済ませると、すぐに酒のあてを、あれこれ用意した。おひでも鉄蔵を寝かせると、おきよの手伝いをした。

「いやあ、いい祝言だった」

佐平は感激した様子で同じ言葉を繰り返した。おきよも佐平の言葉に相槌《あいづち》を打った。

「本当に。和助さんは市助さんの跡継ぎらしくご立派でしたし、おゆきさんもきれいでしたよ」

おきよに褒められ、市助はへへへと照れ笑いした。

「おうめも、ちょっとここへ寄ればよかったのに」

佐平は不満そうに言った。

「叔母さんはお疲れのご様子でしたよ。昨夜は皆さんのお世話をなさったからでしょう」

おひではそう言った。

「しかし、おれはおうめが独り暮らしを始めた理由が未《いま》だにわからん。あいつは何を考えているものか」

「お父っつぁんが死んだ時、姉ちゃんも幾らか金を貰っただろうが。姉ちゃんはそれをうちの檀那寺《だんなでら》に預けていたんだよ。その金がある内は好きなように暮らしたいと思ったのさ」

市助は今までの経緯《いきさつ》を話した。

「しかし、霜降様の一周忌も済まない内に始めるとは、いささか呆《あき》れるよ」

佐平は少し苦い顔になった。

「梅の土用干しをなさっていた頃、叔母さんは、胸の内を明かしておりましたよ」

おひでは持ち帰った折詰から口取りやら、煮しめやらを小皿に取り分けながら口を挟んだ。

「ほう、あいつは何を言っていた」

佐平は興味深い眼《め》でおひでを見た。

「叔母さんの仲人さんで工藤様という方がいらしたそうですね」

「ああ、よく覚えている。霜降様がおうめにぞっこんなので、仲を取り持った方だ」

「工藤様は叔母さんのお連れ合いより、かなり早く亡くなったそうです。確か、七回忌も済んだと言っておりましたが」

「え？　もうそんなになるのか」

佐平は驚いた声を上げた。おひでは工藤の妻が身も世もない悲しみようで、葬儀の準備もろくにできなかったと話した。そして、工藤の妻が未だに夫の死から立ち直れず、悲しみにくれている様子に、うめは自分もそうなるのではないかと、ひどく恐れていると続けた。

「だから独り暮らしなのか……」

市助はようやく得心《とくしん》が行ったという顔で呟いた。

「可哀想《かわいそう》な奴だ」

佐平も眼を潤《うる》ませて言った。

「でも、瓢箪新道に越して来た途端、あたしと鉄平さんのことで、叔母さんは大慌てになり、泣いている暇もなかったとおっしゃっていました。あたし、申し訳なくて」

「おひでさん、雨降って地固まるだ。あんたが気に病むことはない。おいらだって、姉ちゃんのめそめそした顔は見たかねェわな。これでよかったんだよ」

　市助は、おひでを慰めるように言った。

「だな」

　佐平も相槌を打つ。

「しかし、叔母さん、それほど亭主を慕っていたのかな。おれには、そうは見えなかったが」

　鉄平は怪訝《けげん》そうに言った。

「夫婦は他人にはわからないものですよ。おうめさんは霜降様に輿入れなさるのを渋っておりましたが、子供が四人もできては、それなりに情も湧くというものですよ」

　おきよが心得顔で言った。

「おいら、姉ちゃんが霜降様を褒めたのを一度も聞いたことがねェよ。悪態ばかりだった。あれで情があったとは信じられねェ」

　市助も怪訝そうだ。

「小姑《こじゅうと》の光江さんには今でもご立腹されているご様子」

　おひでは、おそるおそる言った。

「これ、おひでさん。悪口はいけません」

　おきよはすぐに制した。申し訳ありません、とおひでは謝った。

「いや、あの女はひどかった。うちの見世に品物を注文しておいて金を払わなかったんだからな。霜降様の死んだお祖母さんが意見してくれて、ようやく払うようになったんだよ。うちの親父なんて、ひどい所に嫁にやってしまったと、ぼやいていたよ」

「おうめさんの持ち物も借りたまま返さなかったそうですよ。おうめさん、さぞ悔しかったことでしょう。あたしなら、とても我慢できません」

おきよは悪口を言うなと、おひでを窘めたくせに、ふと思い出して言った。

「姉ちゃんが霜降様に文句を言っても通じなかったらしい。実の妹のことだからな」

市助は仕方ないという表情で言った。

「光江さんは実家に甘えているんだろう」

佐平は低い声で言った。

「それでも、おれと兄貴は光江さんを祝言に呼んでやればいいと言ったがな。大したことねェじゃねェか、祝言ぐらい。姉ちゃんはなんとも言えねェ面《つら》をしていたがよ」

市助は昨夜のことを思い出して言った。

「呼ぶ必要はございません。そもそも、光江さんは宇佐美様の人間になったのですよ。おうめさんの実家の祝言には、もはやなんの関わりもないじゃないですか」

おきよはぴしりと言った。

「叔母さんは優しい人だから、きっとお声を掛けると思いますよ。それで喜んで下さるなら、結構なことだとあたしは思いますが」

おひでは、おずおずと自分の意見を言った。おや、この嫁は生意気を言う、という感じでおきよは、おひでを睨んだ。

「おひでの言う通りだ。きっとおうめは光江さんに声を掛けるだろう。それで光江さんの態度が柔らかくなるなら、いいと思うよ」

佐平がそう言ったので、皆は、もはや光江のことを話題にしなくなった。

「しかし、おうめはいつまで瓢箪新道にいるつもりだろうか」

佐平はうめの先行きを案じた。

「親父の金を遣い果たしたら帰るんじゃねェか。別に商売を始めたい様子もねェし」

市助は訳知り顔で言う。

「親父の金が残っているとはいえ、遣うばかりじゃ心細いだろうな。鉄平、暮の進物の時季には、うめに熨斗紙《のしがみ》の上書きを書かせろ。あいつは存外、うまい字を書くからな。手間賃を払えば喜ぶだろう」

佐平は案を出した。

「おれは、進物の置き場所に毎度頭を悩ませていたのよ。叔母さんの家の二階が空いているから、今年の暮は、そっちに運ぼうと思っているんだが」

鉄平には別の案があったようだ。それはいい、と佐平も賛成した。

自分のいない所で、懐具合まで心配されていたことなど、うめは知る由もなかった。

翌朝、起きて雨戸を開けると、隣家の徳三が庭の草むしりをしてくれていた。

「徳さん、お早うございます。まあ、草取りをしていただいて、すみません」

うめは明るい声で礼を言った。徳三は軽く会釈したが、なんだか浮かない表情をしていた。

「おつたさんはもう起きているでしょう？　昨日の祝言の引き出物に蒲鉾とお饅頭をいただいたから、今、持って行きますね」

「それがよう……」

徳三はうめに視線を向けて、おつたはまだ寝てるのよ、と応えた。

「あら、じゃあ、徳さんは朝ごはんも食べていないの？」

「めしの釜には、ゆんべ研《と》いだ米が水加減してあったから、めしだけはおれが炊《た》いたが、それでもおつたの奴、起きねェ。何度呼んでも、返事もしねェし……」

「え？」

うめはいやな予感がした。寝間着のまま、庭下駄を突っ掛けて、徳三の家に行くと、おつたは蒲団《ふとん》の中で眠っていた。寝相のいい人で、顔を天井に向けて眼を閉じていた。

「おつたさん、徳さんの朝ごはんがまだでしょう？　お腹が空《す》いてるみたいだから、早く用意してやって」

うめは蒲団の上からおつたを揺すった。

だが、おつたは何も応えない。おそるおそる顔を口許《くちもと》に近づけると、おつたの息遣いがなかった。うめは一瞬、何が起きたのか判断できずに、おつたの顔をしばらく見ていた。おつたさんはどうしちゃったのだろうと訝《いぶか》しい思いがするだけだった。

「起きたかい？」

様子を見に来た徳三が呑気《のんき》な声で訊いた。

途端にうめは我に返り、徳さん、お医者さんを呼んで来るよ、と応えた。徳三が何か言う前にうめは家に戻り、手早く着替えをすると、大伝馬町の伏見屋に走った。

「兄さん、てっちゃん、いる？　誰か医者を呼んで来て。隣りのおつたさんの様子がおかしいのよ」

うめは見世に入るなり、大声を張り上げた。最初に顔を出したのは、おひでだった。

「まあ、叔母さん。慌ててどうしました」

「だから、医者を呼びに行ってくれと言ってるじゃないか。おつたさんが息をしていないのだよ」

声を荒らげて言うと、おひでの表情が変わり、慌てて小僧の今朝松を呼んだ。

「堀留町の大平先生を呼んで来て。叔母さんのお隣りにお連れして」

おひでは、てきぱきと命じた。大平先生とは、仏光堂《ぶっこうどう》のおみさの連れ合いの息子に当たる男だった。

今朝松はすぐに見世《みせ》を飛び出して行った。

「じゃあ、あたしは向こうで待っているから」

うめもすぐに踵《きびす》を返した。

「叔母さん、あたしも行きます。女手があるほうが何かとよろしいでしょうから」

「そうかえ。あたしも心細いから、そうしてくれると助かるよ」

おひでの気遣いがありがたかった。傍《そば》で鉄蔵が、おいらも行くと言うと、あんたは留守番、とおひでとおきよの声が重なった。

急ぎ足で瓢箪新道《ひょうたんしんみち》に向かう道々、おつたさん、具合が悪かったのでしょうかと、おひでが訊《き》いた。

「さあ、そんな様子はなかったのだけどね。昨日は祝言へ出かける前に、行って来ますから、と声を掛けたんだよ。その時だって、いいお天気でよかったね、と笑って返事をしてくれたんだよ」

「なんとか息を吹き返せばいいのですけど」

おひではそう言った。息を吹き返す？　そんなことが可能なのだろうか。俄《にわか》には信じられない。だが、おつたがいなければ徳三が困る。うめだって困る。今まで何かと頼りにして来た女である。ここでおつたの寿命が尽きるなんて、神も仏もありゃしない。うめは奥歯を噛《か》み締めて思っていた。徳三の家に戻ると、おつたの枕許《まくらもと》に徳三がしんみりと座っていた。丸くなった背中が憐《あわ》れだった。おつたの様子を見た途端、おひでは深いため息を洩《も》らした。

「やっぱり、駄目かえ」

確かめるようにうめは訊いた。

「お気の毒ですが……」

「いやだあ！」

うめの口から悲鳴が出た。

堀留町の町医者大平寿庵が現れたのは、それから間もなくだった。三十そこその年頃の寿庵は総髪の男だった。冷静におつたの脈をとり、瞼《まぶた》を押し開いて眼《め》を見ると、お気の毒ですが、ご臨終です、と低い声で応えた。

「本当におつたさん、亡くなったのですか」

うめは確かめずにいられなかった。

「はあ、残念ながら」

「昨日まで普通にしていたんですよ。具合が悪い様子もなかったし」

「人によっては、こういう例もままございます。幸い、苦しまれたような様子もありませんし、眠るようにあの世へ逝《ゆ》かれたのですな。不謹慎ではありますが、医者の立場から申し上げれば、羨《うらや》ましい限りの最期《さいご》でございますよ」

寿庵のもの言いに、うめは、かッと頭に血が昇った。

「何言ってんだい、このすっとこどっこい。おつたさんも本心では、そこにいる亭主を看取《みと》ってから自分の番だと思っていたんだよ。亭主より先に逝ったことは悔しくてたまらなかったはずだ。それも知らずに羨ましい限りの最期だって？　言うに事欠いて、とんでもないことを喋《しゃべ》る。この藪《やぶ》！」

うめは怒鳴った。

「叔母さん、落ち着いて」

おひでが必死で制した。寿庵はそれ以上、何も言わず、薬籠《やくろう》を携えて帰って行った。

おひでは寿庵を見送りながら、往診料は後ほどお届け致します、と応えていた。

「ご家族にお知らせしなければなりませんね」

おひでは戻って来ると、うめに言った。

「本所の青物問屋に嫁いでいる娘さんがいるんだよ。そこへ知らせれば、下の娘にも伝わるだろう」

「では、うちの房吉にでも言って、向こうにお知らせしますよ」

「お手数を掛けるが、よろしく頼むよ」

「若お内儀《かみ》さん、申し訳ありやせん」

徳三もすまない顔で礼を言った。

「よろしいのですよ。それじゃ、あたしはこれで。後でまた来ます」

おひでは早口で言うと帰って行った。

「死ぬのは年の順番じゃないんだね」

うめは独り言のように言った。

「お嬢さんがおれの言いたいことを代わりに医者に言ってくれた。ありがたかったよ」

徳三は水洟《みずばな》を啜《すす》って言う。

「徳さん、大丈夫？　胸にぐっとこたえていない？　これからお弔《とむら》いがあるから、喪主として、しっかりしてくれなきゃ」

「おったが死んで、正直、動転してるわな。大丈夫かどうかわからねェが、おれも男だ。めそめそしても始まらねェ。しっかりおったの弔いを出すよ」

「その調子だ。とり敢《あ》えず、朝ごはんを食べようか。腹が減っては戦《いくさ》ができぬと言うし」

「ありがてェなあ。お嬢さんの拵《こしら》えた朝めしが喰えるなんざ」

「大したものはできないよ。おみおつけと漬け物と納豆だ」

「梅干しも」

徳三は言い添える。

「あら、嬉《うれ》しい」

「あんなうまい梅干しは初めてだ」

「そうよね。あたしとおったさんが一緒になって拵えたんですもの、まずい訳がありゃしない」

得意そうに言ったうめだったが、込み上げるものもあった。梅干し作りがあったからこそ、おったと親密なつき合いができたのだと改めて思う。そして、これからも楽しくつき合って行けたはずだった。

うめは世の無常をしみじみ感じずにはいられなかった。おつたの優しさに報いるためにも、ここはしっかり弔いの手伝いをしようと思った。

朝めしを食べ終え、流しで茶碗を洗っていると、おきよが土間口から声を掛けて来た。

「まあ、お義姉《ねえ》さん。来てくれたんですか」

「ええ。おつたさんが亡くなったそうでお悔やみに参りましたよ。すぐに経帷子《きょうかたびら》の用意もしなければならないと思いまして、布をお持ちしました」

おきよは白い反物を抱えていた。

「ささ、上がって下さいまし」

うめはおきよを中へ招じ入れた。徳三はおきよが現れたので恐縮した面持《おもも》ちで頭を下げた。

「本所にはうちの者を使いに出しましたので、おっつけ、娘さんもやって来ますでしょう」

おきよは徳三にそう言った。

「重ね重ね、ありがとうございやす」

徳三が応えると、おきよはおつたの枕許に座り、両手を合わせた。

「おうめさん、屏風《びょうぶ》がいりますよ。逆さ屏風にするのですよ。それに仏さんを北向きにして、魔よけの刃物も用意しなけりゃ。そうそう、枕許に蠟燭《ろうそく》立てとお線香、しきみも供えなければ」

おきよは、てきぱきと段取りを調《ととの》える。

「徳さん、屛風はある？」

うめが訊くと、物置に古いものがあると言った。魔よけの刃物はないというので、うめは、すぐさま仏光堂へ走った。

仏光堂のおみさに事情を話すと、おみさは魔よけの刃物のほか、枕許に置く経机、花立て、しきみなどを揃《そろ》えて運んでくれた。

餅は餅屋である。手際のよさにうめは舌を巻いた。それを口にすると、当たり前でしょう、うちの商売なんだから、と涼しい顔で応えた。

それから二刻（約四時間）ほどして、徳三の娘達が僧侶を伴って現れた。知らせを受け、長女のおそでは、すぐさま菩提寺《ぼだいじ》に知らせたようだ。次女のおつぎは唇を嚙み締め、おつたの死に顔を見つめていたが、堪《こら》え切れずに泣き声を上げた。

うめとおきよは貰《もら》い泣きしながら、おつたの経帷子を縫っていた。皆のお蔭《かげ》で、おつたの枕許の用意は調っていた。おそでは何から何まで用意していただき、ありがとうございますと、頭を下げた。

僧侶の読経が始まると、うめとおきよは手を止め、掌《て》を合わせた。うめはなんだか悪い夢を見ているようであった。昨日まで元気だったおつたの弔いをしている自分が信じられなかった。僧侶は読経が済むと、すぐに帰って行った。翌日の通夜には再び訪れるという。湯灌《ゆかん》の手はずは娘達がするようだ。経帷子を半分ほど縫い終えると、うめは家族だけにしてやろうと思い、一旦、自分の家におきよと一緒に引き上げた。

うめは茶を淹《い》れ、茶請《う》けに引き出物の饅頭《まんじゅう》を出した。おきよは茶を飲んだが、饅頭には手を出さなかった。

「昨日は祝言で今日は弔いだなんて、人生、皮肉なものですね」

うめはため息交じりに言った。

「本当に。明日は何があるか知れたものではありませんよ」

おきよも相槌《あいづち》を打つように応えた。

「お義姉さんは、おつたさんのことはご存じでした？」

「ええ。徳三さんがうちの仕事をしてくれたので、何度か話をしたことがありますよ。徳三さんも仕事盛りの頃は、弟子を三人も四人も使い、そりゃあ羽振りがよかったものです」

「身体《からだ》が不自由じゃなければ、今でも小仕事ぐらいできたはずなのに。それでもうちの庭の草取りをしてくれますよ」

「徳三さんの景気のよい時に娘さんをお嫁に出すことができたのが幸いでしたよ。徳三さんは手造りのお道具を幾つか拵えて持たせたと言っていました」

「この先はおつたさんもいないことだし、徳さんは娘さんの所に身を寄せるしかないでしょうね」

「そうですね。息子さんが息災でいらしたら、また事情が変わっていたでしょうが。なんにつけても世の中、思い通りに行かないものですよ」

「お義姉さんは、てっちゃんがいるから安心ですね」

「さあ、どうでしょう」

おきよは曖昧《あいまい》な返事をした。うめは少し心配になった。おきよは、内心ではおひでと鉄蔵を家に迎えたのがおもしろくないのだろうかと思った。

「おひでさんと鉄蔵はお気に召しませんか」

そう訊くと、おきよは驚いたようにうめを見た。

「そんなことはありませんよ。おひでさんはよくやってくれますし、鉄蔵も可愛《かわい》いですよ」

「ああ、よかった」

うめは心底安堵《あんど》した。

「鉄蔵の理屈っぽいところは、あたしとそっくりですよ。血は争えないものです」

「お義姉さんが理屈っぽい？　そんなことはないですよ」

うめは意外な思いでおきよに言った。

「いいえ。あたしは子供の頃から両親のやることが気に入らなかったのですよ。いつも、内心で不満を抱えておりました。母親は醬油《しょうゆ》造り屋の女房でしたから、家のことだけでなく、奉公人を束ねることや、ご贔屓《ひいき》さんの機嫌を損ねないようにと、気を遣っておりました。自然、娘の気持ちを考えるのは後回しになってしまった。うちの人と一緒になる時も、両親が勝手に決めてしまったんですよ」

「そうなんですか。あたしはまた、兄さんが伏見屋の跡継ぎだから、お義姉さんが縁談を承知したものと思っていたんですよ」

「伏見屋の構えを気にしていたのは母親ですよ。世間に通用する見世に娘を嫁がせたのが母親の自慢でしたから」

五十一歳になったおきよは、頭に白いものも目立つが、いつもきっちりと髪を結い上げている。御納戸《おなんど》色《いろ》の鮫小紋《さめこもん》に細身を包んでいる様子も上品だった。少し険《けん》のある表情をしているが、美人の類《たぐい》である。それに比べてうめは、お世辞にも美人とは言えないと思う。鼻は低いし、口は大きい。だが、不思議なことに、昔から周りの大人は、うめには愛嬌《あいきょう》があると言っていた。夫の三太夫が自分に眼を留めたのも、その愛嬌だったのか。まあ、伏見屋の娘として何不自由なく過ごして来たことが、うめの表情を他人にそんなふうに見せていたのだろう。

「あたし、実は好きな人がいたのですよ」

おきよは突然、そんなことを言った。

「本当ですか」

うめは、ぐっと首を伸ばした。初めて聞く話だった。

「相手はうちの見世の醤油造りの職人で、いつもあたしに気軽な口を利いてくれました。あたしはその人だったら、一緒になっても楽しく過ごせるだろうと思いました。その人が今まで通りに働き、兄を助けて、商売を守《も》り立てたらいいのですもの。でも、母親が承知しなかった。『上総屋《かずさや》』の娘が一介の職人と一緒になるなんて、外聞《がいぶん》が悪いと言って」

上総屋はおきよの実家の屋号だった。手広く商売していた醤油造り屋の老舗《しにせ》である。

「それでお義姉さんは泣く泣く兄さんと一緒になったのね」

そんな経緯《いきさつ》があったとは、うめは知る由もなかった。人の話は聞いてみなければわからないものだ。

「あたし、祝言の前に相手の人に思い切って縋《すが》ったのですよ。あたしと一緒に逃げてって」

「すごい、お義姉さん」

おきよの大胆な行動に、うめは眼をみはる思いだった。

「野田には醬油造り屋は他にもあるから、その気になれば仕事に困らないと思ったの。でも、相手の人は、気持ちはありがたいが、自分にそんなつもりはないと応えました。結局、あたしより上総屋の両親の気持ちを重く考えたんですよ。目の前が真っ暗になりましたよ」

「お気の毒に」

うめは低い声でおきよの気持ちをねぎらった。

「諦めてうちの人と一緒になったけれど、やはり、うちの人も商家の若旦那。あたしなんて、伏見屋の添え物に過ぎなかった」

おきよはそう言って涙ぐんだ。

「でも、てっちゃんが生まれたことだし、お義姉さんは、それから押しも押されもせぬ伏見屋のお内儀さんになったじゃないですか」

「とんでもない」

おきよは醒《さ》めた表情で首を振り、それから話を続けた。

「鉄平はひどい難産で生まれ、産婆さんに、もう子供は諦めたほうがいいと言われました。長年、赤ん坊を取り上げた産婆さんだから、あたしの身体のことはよくわかったのね。あたしもその通りにしようと思いました。だから、大きな声では言えませんけれど、うちの人が夜に誘いを掛けて来ても、身体の調子が悪いからと断っていたのですよ。そうしましたら、うちの人はよそに女を作ったんですよ」

「まあ……」

あの佐平にそんなことがあったなどと、うめは夢にも思ったことがなかった。

「誰も彼も、あたしに仇《あだ》すると、心底情けなかったですよ。あたし、相手の女の家に乗り込んで、家の中をめちゃくちゃにして、髪を摑《つか》んで引きずり回してやったの。相手の女はそんなあたしに恐れをなして、うちの人と切れてくれましたけどね」

「だから、てっちゃんの時も、お義姉さんは思い切ったことをしたのね」

うめはようやくおきよの行動に納得が行った。

「結局、あたしは自分の母親と同じように子供を力ずくで押さえつけようとしたのよ。それに気づくと、たまらない気持ちだった。鉄蔵は上目遣いであたしを見ていた。この人は自分の味方か、そうでないのかとね。鉄蔵の気持ちが痛いほどわかった。それでもあたしは鉄蔵を孫と認めたくなかった。意地でも認めたくなかった。それがあの夜の騒ぎよ」

おきよは自身番に連れて行かれた日のことを言っていた。

「お義姉さん、あの時はお義姉さんの頰をぶったりして、ごめんなさいね」

今になって、うめはおきよに詫《わ》びた。

「いいのよ。あれであたしも眼が覚めたのですもの」

「お義姉さんにそう言っていただけると、あたしも気が楽になりますよ」

「鉄蔵は親の都合に振り回されて不憫《ふびん》な子ですよ。絵本に文句をつけることでしか、うっぷんを晴らせなかったのよ。あたしにはよくわかるの。鉄蔵をあたしみたいな大人にしてはならないと思っていたけど、あたしの気持ちがどうしても素直になれなくて。ようやくこの頃になって、鉄蔵は本当の祖母のように、あたしを見てくれるようになりました」

「だって、本当のお祖母《ばあ》さんですもの」

「朝起きると、お婆《ばば》、機嫌はいいかいって訊くのですよ。お蔭様《かげさま》でと応えると、そいつはよかったって、笑ってくれるの。まるで大人ですよ」

「そうね。まだ六歳なのに小さい大人ね」

「おひでさんも、すっかり伏見屋になじんでくれて……皆、おうめさんのお蔭ですよ」

おきよはそう言って頭を下げた。

「あたしは何もしていませんよ。ただ、てっちゃんの相談に乗って、鉄蔵の面倒を少しの間、見ただけ」

「それでも、ありがたかったですよ」

「お義姉さん、あたし達、もっと若い頃から親しくつき合えばよかったですね。あたし、この頃、つくづく思うのですよ。ううん、お義姉さんを責めているんじゃないの。あたしだって、兄さんの見世に行くより、市助の見世のほうが気楽だったから、あっちにばかり顔を出してしまった。本当に悪かったですよ」

「実は、あたしもおつねさんとなかよくするおうめさんが恨めしかった」

「ごめんなさいね。気がつかなくて」

「でも、これからはあたしともなかよくして下さるのでしょう?」

おきよは上目遣いでうめを見る。その表情は鉄蔵とよく似ていた。

「もちろん!」

うめは張り切って応えた。嬉しいと、おきよは笑った。だが、すぐに真顔になり、

「こっちにいらして、どうですか。霜降様を亡くされた悲しみは少しでも癒《い》えました?」

と、訊いた。不意を衝《つ》かれて、うめはつかの間、言葉に窮《きゅう》した。

「ごめんなさい。余計なことを」

おきよは慌てて謝った。

「いいえ。よろしいのよ。お義姉さんの心配も無理はありませんから。おひでさんから独り暮らしを始めた訳を聞いたのですか」

「ええ。気丈に振る舞っていても、女には心の奥底に自分でも気づかないものがありますからね。おうめさんの気持ちはわかるような気がしました」

「ありがとう、お義姉さん」

「寂しくなったら遠慮なくあたしに打ち明けて。何もできないけれど、手に手を取って泣くことぐらいできますから」

そう言ったおきよに、うめの胸が詰まった。

いけないと思いながらも、涙が勝手に流れた。おきよはそんなうめの背中を優しく撫《な》でた。そうされると、さらに泣けるのだった。

その夜は身内だけのおつたの仮通夜で、うめは涙の乾く暇もなかった。うめの瞼は涙で腫《は》れた。腫れっ放しだった。

うめはおつたの野辺の送りはもちろん、初七日まで徳三の家族につき添った。初七日の法要を終えると、徳三の娘のおそでとおつぎは、色々世話になったと、うめに丁寧に礼を言った。そして、この先、お父っつぁんを独りにしておけないので、おそでの住む本所へ連れて行くという。それはおそでの亭主と前々から話し合っていたらしい。仕方のないことと思いながら、うめは大層、寂しかった。

おつたの持ち物はそれほどなかったが、うめは形見分けで、浴衣《ゆかた》と半巾帯、それに鼈《べっ》甲《こう》でできた蛙《かえる》の根付《ねつ》けを貰った。

半年足らずのおつたとのつき合いだったが、うめはおつたがいたお蔭でどれほど心強かったことだろう。それにしては、うめはおつたの身の上を、ほとんど知らなかった。

たという。

浅草の質屋の娘として生まれたおつたは、仕事で訪れた徳三とお互い思い合う仲になった。

両親の反対を押し切って徳三と一緒になり、三人の子に恵まれ、倖《しあわ》せを味わったが、それはつかの間だった。跡継ぎの長男がつまらない喧嘩《けんか》に巻き込まれ、大怪我《おおけが》をし、それが原因で命を落とす羽目となった。徳三とおつたの悲しみは察して余りあった。

それでも、まずまず仕事は続いていたので、おそでとおつぎを世間並の用意をさせて嫁に出すことができた。しかし、弟子の一人が年寄り夫婦の家に忍び込み、金を盗んだことで、奉行所にしょっ引《ぴ》かれる羽目となった。請《う》け人だった徳三も当然、奉行所の役人に事情を聞かれ、監督不行き届きの罰金刑を喰《く》らってしまった。罰金はそれほどの額でもなかったが、それよりも悪い噂《うわさ》が拡がり、徳三の仕事は徐々に減って行った。残っていた弟子も離れ、おまけに心労から、徳三は中風《ちゅうぶ》を患《わずら》ってしまった。おそでの援助で徳三夫婦は、それから細々と暮らしていたのだ。気の毒な夫婦である。

それでもおつたは徳三を支え、明るく元気に過ごしているように見えた。辛《つら》いだの、悲しいだのと愚痴をこぼしたことは一度もなかったらしい。大した女だったと、うめは改めて思う。しかし、おつたも先行きを考えると不安でいっぱいだったろう。それが寿命を縮める結果になったのかも知れない。

思い出されるのは、うめと一緒に梅干し作りをしたおつたの表情だ。段取りの悪いうめに、やきもきしながらも手伝ってくれた。梅干しが首尾よくでき上がった時の嬉しそうな笑顔も忘れられない。

もう少し長く、傍にいて貰いたかった。

おそでが最期を診てくれた町医者の大平寿庵に往診料を払いに行くと、寿庵はお役に立てずに申し訳ないと詫び、ところで自分に悪態《あくたい》をついていたおかみさんは、ご親戚ですかと訊いたそうだ。いや、親戚ではなく、隣りに住んでいる人だと伝えると、寿庵は大層驚いていたという。きっと、赤の他人がおつたを身内のように思う様子が寿庵には不思議だったのだろう。

うめは仏光堂のおみさから借りた経机や魔よけなどを大風呂敷《おおぶろしき》に包んで返しに行った時、すまない顔で、旦那さんの息子さんにひどいことを言ってしまったと詫びた。

おみさは意に介するふうもなく、気にしないで、と応えた。身内の死に動転して喚《わめ》いたり、怒鳴ったりする者は珍しくないという。

「でもあたし、思わず、この藪って言ってしまったのよ。あとで謝っておいて。あたし、恥ずかしくて、お詫びに行けないから」

「大丈夫」

おみさは笑顔で言った。それからうめは、おそでから預かった心付けと、お伊勢参りへ行くおみさに餞別《せんべつ》を出した。

「こんなことしなくてもいいのに」

おみさは恐縮した。

「ほんの気持ちよ。おみさちゃんがいてくれてありがたかったよ。おつたさんのお弔いも不足なく調えられたし」

「おうめちゃんも、おつたさんが隣りにいて、何かと助かっていたんでしょう？」

「ええ、とても。だからがっかりして、いっぺんに力が抜けてしまったのよ」

「気をしっかり持ってね。ぼやぼやしていたら老け込んでしまうから」

「ひどいことを言うのね」

うめは、ぷんと膨《ふく》れてみせた。

「でも、おうめちゃん、こっちに越して来てから若くなったよ。顔がいきいきしているもの」

おみさは、取り繕《つくろ》うように言った。

「お世辞はいいよ」

うめは苦笑しながら言った。

「本当よ。やっぱりおうめちゃんは町家《ちょうか》の暮らしが性に合っていると思っていたのよ」

「そうかしら」

「お伊勢参りに行ったら、おうめちゃんの分までお参りして来ますよ」

「ありがとう。よろしくね」

うめはそう言って腰を上げた。おみさは引き留めたが、徳三の引っ越しの準備があった。何もできないが、傍についていてやれば徳三も喜ぶだろうと思った。

畳んだ風呂敷を懐《ふところ》に収めて瓢箪新道の家に戻ると、徳三の家の前に大八車《だいはちぐるま》が横付けされていた。おそでの嫁ぎ先から手代らが駆けつけ、徳三の道具を積み上げ、荒縄で縛っていた。

「あら、もう道具を運んでしまうの？」

うめは驚いて徳三に言った。

「おそでの奴、なんでもかんでも捨てろと言うのよ。そうは言っても年寄りには捨てられねェものがある」

徳三は、いまいましそうに応える。

「そうよねえ……」

徳三の気持ちはよくわかった。

「お嬢さん、おれが拵えた長火鉢はいらねェかい？　そいつを積んだら、重くて他の物が運べねェんだと」

「いる！」

うめは張り切って応えた。自分が使わなくても、必要な人が出て来るはずだと思った。

「他にも色々あるんだが」

「捨てるつもりなら、一旦、あたしの所に運んで。兄さんや市助に相談して、使い道を考えるから。無駄にはしないよ」

幸い、土間は広いから、置き場所には困らない。

「そいじゃ、手代さん、お手数を掛けるが、他の物は隣りに運んでくれ」

徳三は、ほっとした表情で言った。

箪笥《たんす》、戸棚、長火鉢、小抽斗《こひきだし》、枕屏風《まくらびょうぶ》、掛け軸など、ちょっとした所帯道具がうめの家の土間に並べられた。

「そいじゃ、お嬢さん、おれは行くぜ。達者で暮らしなよ」

ひと通り片づくと、徳三はそう言った。

「徳さん、この家はどうなるの？」

うめは気になって訊いた。

「町内の差配さんと相談して、いずれ売ることになるだろう。伏見屋の旦那が買ってもいいようなことをおっしゃっているそうだが、まだ、わからねェ」

「そう……」

うめの家にあらかたの道具を運んだので、徳三が本所の家に持って行く荷物は驚くほど少なかった。最初に積み上げていた荷物も結局、下ろしてしまったのだ。徳三は大八車の後ろに、ちょこんと腰掛けた。

「今日はおそでさんも、おつぎさんも来ないのね」

「ああ、あいつらも色々と忙しいから」

「徳さん、落ち着いたら顔を見に行くよ」

「ありがとよ」

結局、近所の人間が外に顔を出して見送ってくれただけだ。大八車から、ゆらゆら掌を振る徳三が憐れで涙が込み上げた。

人は老いを迎えれば、いずれこうなるのだろうか。仮に亡くなったのが、おつたではなく徳三だったら、おつたは当分、独り暮らしを続けたのではないだろうか。うめはそんな気がしてならない。食事の仕度をして、洗濯をし、掃除をし、買い物をする。そんな女の毎日をつまらないと思うことがあったが、それが実は生きている張りでもあったのだ。それに比べたら、男なんて仕事をするばかりで他は何もできない者が多い。女に生まれてよかったと、うめは改めて思った。

その夜、兄の佐平は鉄蔵を連れてうめの家を訪れた。鉄蔵は佐平に「竹取物語」の絵本を買って貰ったので、それをうめに見せたくて仕方がなかったのだ。

「そうか。徳さんは行ってしまったか」

佐平は寂しそうに言った。

「しかし、あの道具はどうするんだ」

佐平はすぐに土間の道具を気にした。

「捨てるって言うから引き取ったのよ。もったいないじゃない」

うめは佐平に一杯飲ませながら言った。

鉄蔵はおねしょが心配だから何も飲ませなかった。

「うめ婆、かごや姫の話もひでェもんだぜ」

鉄蔵が二人の話に割って入った。

「かごや姫じゃなくて、かぐや姫！」

うめは鉄蔵のもの言いを窘《たしな》めた。それでも鉄蔵は、すぐにかごや姫と言った。

「あんたに掛かると、なんでも彼《か》でも、ひでェ話になるのね」

うめは苦笑しながら言う。

「だってよう、竹取りの爺《じじ》が竹を切ったら、赤ん坊が出て来たんだぜ。桃太郎と同じよ。危ねェじゃねェか。うっかりすりゃ、かごや姫の首がちょん切れたわな」

「そうだねえ。運がよかったんだよ、きっと」

「大事に育てて、きれいなべべを着せてやったのに、月に帰るんだぜ。恩知らずじゃねェか。爺と婆はおんおん泣いたわな」

「気の毒だねえ」

「おいらは、爺とお婆は泣かせねえ」

「ほう、それは殊勝な心掛けだ」

「おうめは、鉄蔵のいなし方がうまいよ。うちの奴なら癇《かん》を立てるばかりだ」

佐平は感心した表情で言った。

「そうかしら」

「そいで、あの道具は古道具屋にでも売るのか」

「ううん、そんなつもりはないよ。これから所帯を持つ人がいれば上げてもいいと思っているの」

「そうかい」

「兄さん、隣りの家を買うつもりがあるの？　徳さんは、そんなことを言っていたけど」

「まあな。番頭に昇格した者などには通いを許しているが、番頭と言っても裏店住まいをするのがせいぜいだ。せめて一軒家を持たせたいじゃないか」

「それもそうね」

「差し当たり、房吉に住まわせようかと思っているよ。おひでの弟だし、あいつなら、きっとこれからも伏見屋に尽してくれると思うから」

「是非、そうしてやって」

「しかし、房吉は口の堅い男だよ。何年も伏見屋に奉公していながら、おひでのことはおくびにも洩らさなかったんだからな。おれは心底驚いたよ」

「口が堅いのも奉公人には大切なことだよ」

「房吉がうちの奴に縄を掛けて、自分の姉のために騒ぎになって申し訳ないと涙ながらに言った時、おれは最初、訳がわからなかったよ。姉って誰だってね」

佐平はその時のことを思い出して言った。

「言われなきゃ、誰も気づかないよ。全く似ていないきょうだいなんだもの。おひでさんは親のいい所を皆、引き継いだのね」

「房吉は悪い所を引き継いだのかい」

「そうは言わないけど、房吉さんは引っ込み思案で少し陰気な感じがする。おひでさんとは違うよ」

「それでも、やっぱりきょうだいだよ。おひでは房吉が可愛いのさ。それはおれも感じているよ」

「足が悪いから、子供の頃は苛《いじ》められることもあったでしょうね。きっとおひでさんは庇《かば》っていたと思う。でも、どうして足が悪くなったの？」

本人に直接訊くのは憚《はばか》られた。兄の佐平だから、うめは気軽に訊いたのだ。

「うん。子供の頃、悪い風邪に罹《かか》って、かなり熱を出したらしい。ようやく熱が下がったが、歩けなくなったそうだ。親はそんな状態になっても房吉ばかりに構っていられない。めしを喰うために稼がなきゃならない。それでおひでが房吉のことを引き受けて、根気よく歩く練習をさせ、ようやくなんとか歩けるまでになったのさ」

「偉いわねえ、おひでさん」

弟思いのおひでに、うめは感心した。

「もうちょっと若けりゃなあ。他は何ひとつ、おひでに不満はないんだが」

佐平は残念そうに言った。

「また、それを言う。孫がもっとほしいという意味？」

「ああ」

「てっちゃん、がんばるって言っていたよ。四十の恥掻《はじか》きっ子《こ》でもいいじゃないかって」

「本当かい？」

佐平の顔が途端に輝いた。

「ええ。だから楽しみにしていようよ」

「鉄蔵、お前、弟か妹がほしいか」

佐平は絵本を読んでいる鉄蔵に訊いた。

「別に」

そっけなく応えた鉄蔵が可笑《おか》しかった。

「近々、房吉さんは番頭になりそうね」

うめは、佐平にそのような心積もりがありそうな気がした。

「年季はまだ浅いが、おひでの実の弟なんだから、他の奉公人も文句は言うまい」

「ああ、よかった。これで、おひでさんの苦労も報われたというものよ」

うめは本当に嬉しかった。

「さてと、鉄蔵、そろそろ帰ろうか。おっ母さんが心配しているぞ」

佐平は腰を上げて鉄蔵を促《うなが》した。

「おいら、うめ婆の家に泊まって、絵本を読んで貰いてェのに」

鉄蔵は未練がましく応えた。

「おっ母さんに読んでお貰い」

うめは、あっさりと鉄蔵の望みを蹴った。

「薄情だな」

「おや、薄情なんて言葉をどこで覚えたんだえ？」

「おっ母しゃんがいつも鉄平に言っていた」

鉄蔵がそう言うと、うめと佐平は顔を見合わせた。長い年月の間には、おひでも愚痴のひとつはこぼしたことがあるのだろう。

不憫な思いがよぎったが、うめは明るい声で、「もう、あんたのお父っつぁんは薄情じゃなくなったんだよ」と言った。

「へ？」

鉄蔵は呑《の》み込めない顔でうめを見た。

「あんたのおっ母さんも、これからは、てっちゃんのことを薄情とは言わないはずさ。安心おし。だけど、いつになったらお父っつぁんと呼んでやるんだえ？　よその人が変に思うよ」

「言えねェ」

鉄蔵はぶっきらぼうに応えた。

「お父っつぁんと呼べないなら、ちゃんでもいいじゃないか」

佐平は笑顔で勧めた。それでも鉄蔵は言えねェと応える。長年、父親と呼ぶことを禁止されて来たので、おいそれとは行かないようだ。うめも思案顔になった。

「困ったねえ。何かいい方法がないものだろうか」

「うめ婆のように、てっちゃんと呼ぼうかな」

鉄蔵は名案を思いついたように眼を輝かせて応えた。

「それは駄目。友達でもあるまいし」

うめはあっさり否定した。

「そいじゃ、親父《おやじ》か……」

鉄蔵はがっかりして低い声で言った。

「親父は言えるのか?」

佐平は意気込んで鉄蔵に訊いた。まあな、と鉄蔵は、そっけなく応える。

「親父でもいいと思うよ。鉄蔵、これからは親父と呼んでおやりよ」

うめは笑顔になって言った。

「あいつ、照れねェかな」

鉄平の気持ちを察して言う鉄蔵がうめにはいじらしかった。

「最初は照れるでしょうけど、その内に慣れると思うよ」

「そっか」

「よし、親父で決まりだ。ささ、鉄蔵、帰るぞ。親父がお待ちかねだ」

佐平は機嫌のいい声で鉄蔵を促した。

二人は親父、親父と言いながら大伝馬町の伏見屋に帰って行った。二人の姿が見えなくなると、うめは戸締りをした。

茶の間に戻ると、やけに家の中が静かに感じられた。やはり、隣りに徳三夫婦がいないせいだ。その時間には、うめより先に寝ていることが多かったので、静かさには変わりがないはずだが、人が暮らしていない家は、どうも違う。家は人が住んでこそ家なのだ。住む者の気が満ちている。無人の家は、人にそうだと教えられなくても、どこかうらぶれた気分が漂《ただよ》っている。早く、房吉が女房と母親を連れて、隣りに越して来てほしいと、うめはつくづく思った。

うめ、倒れる

その夜、うめはおつたの夢を見た。夢の中のおつたは住んでいた家の土間口の前に立って、じっと通りを眺めていた。

うめは少しも怖くなかった。おつたの霊は、まだ自分の家の辺りをさまよっているのだと思った。

「おつたさん、徳さんは本所の娘さんの所に行ったよ。おつたさんも早く、そちらに行ったら？」

うめは親切のつもりで声を掛けた。だが、おつたは何も応えず、うめを睨《にら》むばかり。そんな顔をされる覚えはなかった。うめは腹が立った。

「あたしは、ちゃんとお弔いの手伝いをしたじゃないの。何が不満なのよ」

「いつまで、ふらふらしているんだ。お前こそ、早く帰れ！」

おつたはしゃがれた声でうめに文句を言った。

「大きなお世話だ。あんたは成仏できないのか。生きている間、どんな悪行を働いたんだ。極楽行きを閻魔様に断られたのかえ。そいじゃ、地獄に落ちるしかないね」

 普段のうめならば、そんなひどい言葉は決して言わないはずだった。だが、おつたが憎らしいことを言うので、うめも、つい悪態が出ていた。

「そういうお前も地獄へ行くかも知れないよ。それを忘れるな」

　おつたはそう言って、小気味よさそうに笑った。

「業晒《ごうさら》し、死に損《ぞこ》ない！」

　自分の大声でうめは眼《め》が覚めた。ああ、夢だったのかと思った。ほっと安堵《あんど》したが、額にも胸のあわいにも冷たい汗をかいていた。

　何刻《なんどき》だろう。障子を透かして弱い陽《ひ》の光が射し込んでいた。悪い夢を見たせいで、うめはひどく疲れを覚えた。気のせいかめまいもした。喉が渇いたので、流しに水を飲みに行こうと起き上がったが、足がついて行かず、うめはその場に引っ繰り返った。

　もう一度、蒲団《ふとん》に手を突いて起き上がろうとしたが、やはり、駄目だった。

　どうしちゃったのだろう。うめは自分の身体《からだ》の変化を恐れた。うめは這《は》いながら台所に行き、水瓶《みずがめ》の縁《ふち》に摑《つか》まって柄杓《ひしやく》を取り上げ、ようやく水を飲んだ。それだけでも心《しん》ノ臓《ぞう》がばくばくと音を立てていた。

　おつたに悪態をついた罰だと、うめは思った。もしかしたら、このままお陀仏《だぶつ》になるのかも知れない。鉄蔵を泊めなかったことが悔やまれた。鉄蔵がいたら、伏見屋に知らせることもできたはずだ。誰かが訪ねて来ても、表も裏もしんばり棒を支《か》っているので、中に入って来られない。だが、勝手口は流しから、まだしも近いので、うめは渾身の力を振り絞って勝手口に這いながら進み、しんばり棒を外した。その途端、うめは気を失っていた。

夫の三太夫が紋付、着流しの同心の恰好《かっこう》でうめを心配そうに見ていた。葦《あし》の茂る小川の傍《そば》だった。その場所がどこなのか、うめは見当がつけられなかった。だが、三太夫の姿を見て、うめは心底安堵した。

「お前様、迎えにいらして下さったのですか」

うめは嬉《うれ》しそうに三太夫に縋《すが》りつこうとした。だが、三太夫は邪険にうめの手を振り払った。

「相変わらずでございますね。お前様は氷室《ひむろ》のように冷たい方。一度ぐらい、情けを掛けて下さってもよろしいではないですか。あたしはお前様の妻なのですよ」

「ここにいてはならぬ。早う帰れ」

三太夫は眉間に皺《しわ》を浮かべて言った。

「どこへ帰れとおっしゃるの？　八丁堀の組屋敷ですか」

うめが訊《き》いても三太夫は応えない。

「ああ、そうですか。お前様はあたしが瓢箪新道で暮らしているのがご不満なのですね。

でも、あたしは帰りませんよ。ようやく息を継げる場所を見つけたのですから」

「ばかもん！」

　三太夫は怒鳴った。

「まあ、懐かしい。久しぶりにお前様の怒鳴り声を聞きましたよ。もっと、もっと怒鳴って下さいませ。あたしに元気が戻るまで」

　うめは泣きながら三太夫に言った。だが、三太夫はそんなうめに、くるりと背を向け、去って行った。追い掛けようとしたが、川霧が立ち込め、三太夫の姿を見えなくしてしまった。

「待って、行かないで。あたしを独りにしないで」

　うめは悲鳴のような声で叫んだが、三太夫には届かなかった。

「これ、うめさん、しっかりなされ」

　聞き慣れない声が聞こえた。薄く眼を開けると、おつたの最期を診た町医者の大平寿庵がうめの顔を覗《のぞ》き込んでいた。

「気がつかれましたぞ。もう、安心でございます」

　寿庵がそう言うと、傍に控えていた者達が一斉に、取り囲むようにうめの顔を覗き見た。

　お姑《かあ》様、叔母《おば》さん、お義姉《ねえ》さん。女達のそれぞれがうめを呼んだ。自分はそのように姑《しゅうとめ》であり、叔母であり、義姉であったのかと、うめはぼんやり思った。

雄之助の嫁のゆめ、鉄平の嫁のおひで、それに弟の市助の嫁のおつねだった。三人は、元々は他人だったのに、縁があってうめの身内になった女達だ。

「あたし、どうしちゃったんだろう」

開口一番、うめはそんなことを言った。

「勝手口の傍に気を失って倒れていたのですよ。今朝、鉄蔵がどうした訳か、うめ婆の家に行って来ると言いまして、朝早くから迷惑だよ、と止めたんですが、行くと言って聞かなかったのですよ。何か胸騒ぎを覚えたのでしょうね。お蔭《かげ》で叔母さんが倒れているのに気づいたのですよ」

おひでは、その時の様子を話した。大平寿庵は、うめの脈をとり、もう大丈夫でしょうと言った。三十そこその壮年の町医者である。おつたが亡くなった時、うめは寿庵に悪態をついたことを思い出し、俄《にわか》に恥ずかしくなった。

「先生、以前にひどいことを言って、申し訳ありませんでした」

うめは低い声で謝った。

「いやいや、それがしは気にしておりません。それよりも、それがしのことを覚えていたということは、頭はしっかりしているようで安心致しました」

寿庵は笑顔で応えた。

「あたしは、何か悪い病ではないのでしょうか」

だが、うめは確かめずにはいられなかった。

「お年のせいで、やや心ノ臓が弱っているようにも感じますが、その他は思い当たる病は見受けられません。少し無理をなされたせいで、お疲れになったのでしょう。しばらく安静になさって下さい。念のため、薬を置きますので、お食事の前か、お食事とお食事の間ぐらいに飲んで下さい」

「ゆめさん、火鉢の抽斗《ひきだし》に紙入れがありますから、先生に診療代と薬料をお支払いして」

うめはゆめに命じた。ゆめは肯《うなず》いて火鉢の抽斗を開けた。

その時、見慣れない年寄りの女が水桶《みずおけ》と手拭いを持って来て、寿庵の前に差し出した。鼠色《ねずみいろ》の着物に黒い前垂れを締めている女だった。寿庵は水桶の水で手を濯《すす》ぎ、手拭いで拭《ふ》いた。それから、決まりの往診料と薬料を受け取ると、それではこれで帰らせていただきます、お大事に、と言い置いて腰を上げた。ゆめは土間口まで出て、寿庵を見送ってくれた。

「ああ、ほっとした」

おつねが笑顔でそう言った。本当に、と他の女達も肯いた。

「この方は？」

うめは年寄りの女に怪訝《けげん》な眼を向けた。

「ご挨拶が遅れて申し訳ありません。あたしは、おひでの母親のきくと申します」

女はそう言って頭を下げた。化粧っ気はないが、存外、整った顔立ちをしている。若い頃はさぞかしの器量だったろうと想像された。

「まあ、そうですか。ご面倒をお掛け致しました」

うめは起き上がって返礼しようとしたが、まだ身体に力が入らなかった。おきくは慌てて、奥様、どうぞ、そのままで、と制した。

「叔母さん、しばらくご不自由でしょうから、おっ母さんにごはんの仕度や家の中のことを任せたらいかがでしょう」

おひではそう言った。

「でも、それじゃ、申し訳ないですよ。なに、二、三日寝ていれば身体も元通りになると思うから」

「また倒れたらどうするんですか。わたくしは心配でたまりませんよ。雪乃がおりますから、ここに泊まり込む訳にも行きませんし。それとも八丁堀にお戻りになりますか」

ゆめは早口で言った。

「お義姉さん、ここはおひでさんのおっ母さんに甘えて。誰かが傍にいてくれたら、あたし達も安心だし」

おつねも横から口を挟んだ。見ず知らずの女に世話になるのは気が引けるが、こういう場合は皆の言う通りにしたほうがいいだろうと思い、うめは渋々、それじゃ、お世話になります、と応えた。女達は一斉に安堵の吐息をついた。

「至りませんが、一生懸命つとめさせていただきます」

おきくは殊勝に言って頭を下げた。女達はしばらくお喋《しゃべ》りをしながら、うめの傍にいたが、やがて、それぞれ引き上げて行った。

「奥様、お腹《なか》がお空《す》きじゃないですか。お粥《かゆ》を炊いてありますが」

おきくはうめに食事を勧めた。

「あまり食べたくないけれど、食べなきゃ力が出ませんよね。少しいただこうかな」

「さようでございます。奥様のご自慢の梅干しもございますから、それと一緒にお召し上がり下さいませ」

おきくはそう言って、台所へ向かい、行平鍋《ゆきひらなべ》で炊いた粥と、小皿に入れた梅干しを運んで来た。茶碗によそって貰《もら》った粥をひと口食べて、うめは驚いた。身体に沁《し》みるようなうまさだった。この何日かは忙しさで、ろくなものを食べていなかったせいだ。

「おきくさん、ものすごくおいしい」

うめは感歎の声を上げた。

「お気に召して、よろしゅうございました」

おきくは眼を細めた。

「あのね、遠慮したもの言いはしなくていいのよ。おきくさんは、おひでさんのおっ母さんなのですから」

「いえいえ、奥様。奥様のお蔭で娘も倅《せがれ》も倖《しあわ》せに暮らしております。なんとお礼を申し上げてよいのかわかりませんよ」

「あたしは、おひでさんや房吉さんより、鉄蔵のためにひと肌脱いだだけ。鉄蔵は伏見屋の跡取りですからね」

「鉄蔵は果報者ですよ」

おきくはそう言って、前垂れで口許《くちもと》を押さえた。

「ごめんなさいね。意気地なしの甥のせいで、長い間、おひでさんと鉄蔵を日陰の身に置いて」

おきくの気持ちを考えると、うめは切なかった。

「娘は、若旦那の女房になることは、とうに諦めておりましたが、やはり鉄蔵のことは、どうしたらいいものかと、あたしも悩みました」

「そうでしょうね」

茶碗の粥はまたたく間に空《から》になった。

おきくはお代わりの粥をよそった。

「奥様のお蔭で鉄蔵は鉄平さんの正式な倅になり、おひでまで女房にしていただきました。あたしはもう、何も望みはございません」

「あたしのことを持ち上げてくれるのは嬉しいけれど、てっちゃんだって、いいところはあるのよ。房吉さんを見世に雇ったじゃないの」

　うめは鉄平の肩を持つ言い方をした。

「ええ、ええ。それはもう、ありがたいと思っております。でも、奥様。あたしは未《いま》だに若旦那が娘をお気に召した理由がわからないのですよ。男女の仲はわからないと言いますが、よりによって五つも年上の女にその気にならなくても、他にふさわしい方は幾らでもいらしたでしょうに」

　おきくは不思議そうに言った。初めて会ったのに、おきくはそうして胸の思いを打ち明けていた。うめはそれも嬉しかった。

「てっちゃんは、おひでさんでなけりゃ駄目なのよ。道楽息子だったてっちゃんに、はっきり文句を言ったのはおひでさんだけだったから」

「そんなことがあったんですか」

　おきくは眼を丸くした。

「ええ。水茶屋の茶酌女《ちゃくみむすめ》をしていれば、客には埒《らち》もないお愛想をするのが普通だけど、おひでさんは違った。てっちゃんは次第におひでさんを頼りにするようになったのよ。

でも、てっちゃんの母親が反対していたから言い出せなかっただけ。でも、安心して。お義姉さんも今じゃ、おひでさんをいい嫁と思っていますから」

「本当ですか」

「本当よ。おひでさんの意地が倖せを呼び込んだのよ」

「房吉は足が悪かったので、近所の子供達にずい分、苛《いじ》められました。すると娘は棒きれを振り回して、苛めっ子を追い払ったんですよ。相手に頰《ほ》っぺたを張られても決して泣かない娘でした」

　おきくは当時を思い出して、しみじみ言った。

「弟を庇《かば》う気持ちがおひでさんを強くしたのね」

「あたしにすれば、今は夢のような毎日ですよ」

「房吉さんは、近々、番頭になるそうよ。それで、この家の隣りの家に入ることになるみたい」

「そんなにいいこと続きで罰が当たらないでしょうか」

　つかの間、おきくは不安そうな表情になった。ささやかな倖せをありがたがるおきくは、それだけ苦労して来たのだろう。

　おきくは、うめより十《とお》ばかり年上だった。

　おつたの死で、うめが頼りにできる女がいなくなったと心底、落ち込んでいたが、おきくが代わりになってくれそうな気がした。これはおつたの導きかとも思えた。

結局、うめは行平鍋の粥をすべてたいらげた。この調子では元気を取り戻すのも時間の問題かと思われたが、厠《かわや》へ行くために起き上がると、やはりまだ、めまいがする。おきくは無理をするな、と口酸《くちす》っぱくうめを制した。

午後になると、娘の美和とりさが様子を見に現れた。

「もう、心配させないで」

美和は不満顔で文句を言った。

「すまないねえ。あたしも年だから、こんなふうになっても仕方がないんだよ」

「母上、気の弱いことはおっしゃらないで。母上にもしものことがあったら、あたしはどうしてよいのかわかりません」

りさは涙声で言った。

「お医者さんは疲れが出ただけだとおっしゃっていたそうだけど、本当にそれだけ？」

美和はうめの顔色を見ながら訊いた。

「心ノ臓が少し弱っているそうだよ」

そう応えると、美和とりさは顔を見合わせた。

「しっかり養生して下さいね」

りさは心配顔で言った。

「お嬢様方、奥様が快復されるまで、あたしがついておりますから、ご心配なく」

おきくは二人を安心させるように言った。

「こういうことが起きると、独り暮らしも考えものね。鉄蔵ちゃんが様子を見に来なければ、母上はどうなっていたか」

美和はため息交じりに言う。暗に早く八丁堀に帰ったほうがいいと言いたいらしい。

うめは、むっと腹が立った。

「見舞いに来て、小言を言うのかえ」

「そういうつもりはありませんよ」

美和は、うめの剣幕に驚いて、慌ててとり繕《つくろ》う。勝気な表情をしている娘である。

「だったら、何？」

「兄上や義姉上のお傍にいらしたほうが、母上のためによろしいかと思っているだけです」

そう言った美和は、うめに三太夫の妹の光江を思い出させた。血は争えないものである。

「ゆめさんに世話を任せておけば、お前達が安心だからだろう？　確かに鉄蔵に気がついて貰わなければ、あたしはお陀仏《だぶつ》になっていたかも知れないよ。だけど、それは最初から覚悟の上のことさ。誰でも死ぬ時は独りなんだよ。お前達はもう、霜降家から出た人間だ。実家の母親より、舅《しゅうと》、姑のことを考えるのが先だ。放っといてくれていいんだよ。何が起きても、お前達を恨まないから」

うめはひと息に喋った。二人の娘は、ともに奉行所の同心の家に嫁いでいた。実家の母親を案じるより、嫁ぎ先の家のことを考えるべきだと、うめは思っている。

「そんな寂しいことはおっしゃらないで。母上はあたしのたった一人の母上なのですから」

りさはめそめそと泣きながら言った。りさは昔からおとなしい性格で、うめを慕っていた娘である。りさの気持ちは嬉しかった。

「お嬢様方。差し出がましいことを申し上げますが、母親は娘が倖せに暮らしているだけで満足なのですよ。あたしは同じ母親として奥様のお気持ちがよくわかります。奥様の好きにさせてあげて下さいませ」

おきくは美和とりさを宥《なだ》めるように言った。

「そういう訳には参りません。世間体というものがございます。実の母親をないがしろにしたと噂《うわさ》が立っては、あたしとうちの人の立つ瀬も浮かぶ瀬もありませんよ」

しかし、美和は気丈に言葉を返した。

「ほう、それならお前達は交替であたしの看病に来ておくれかえ」

うめは試すように美和に訊いた。

美和とりさは、また顔を見合わせた。幼い娘を抱える二人にはできない相談というものだ。うめは言葉を続けた。

「いい加減、体裁を考えるのはおよし。結局、手前ェ《てめ》達の都合よく物事が運べば、安心だからじゃないか」

「手前ェ達ってなんですか。ひどいおっしゃりよう。あたしはそんな下品なことを言う母親を持った覚えはありません」

美和は憤《いきどお》った声を上げた。

「はいはい。だから、さっきから言ってるじゃないか。あたしのことは放っといてってね」

そう言うと、美和は眼を吊り上げ、りさ、帰ろ？　これ以上、話をしても無駄よ、と腰を上げた。

「でも、姉上」

「でもも、へったくれもないの。こんなわからず屋は、どうせろくなことにはならないから」

美和は、さっさと土間口へ向かう。待って、姉上、とりさは慌てて後を追った。

「なんなのよ、この古道具。邪魔だったらありゃしない」

美和は土間口前に置いてある徳三の家の家財道具に八つ当たりした。おきくはおろおろしながら、二人を見送っていた。

「よろしいんですか、奥様。お嬢様方を怒らせてしまって」

茶の間に戻って来たおきくは心配そうな表情で訊いた。

「いいんだよ。上の娘があたしに文句をつけたところは、うちの人の妹と瓜《うり》二つだった。ああ、やだやだ」

眉間に皺《しわ》を寄せてうめは応えた。

「でも、下のお嬢様は心底、奥様を心配しておりましたよ」

「ああ、あの子は優しいんだよ。でも、姉の言うことに逆らったことがないから、結局、姉に従ってしまうのさ。いいけどね」

「奥様が誰でも死ぬ時は独りだとおっしゃったこと、胸にじんと来ました」

おきくはうめの言葉を思い出して言った。

「そうかえ。深く考えて言ったことではないのよ。出まかせなのよ」

うめは照れ笑いした。

「でも、本当にそうだと思いました。子供を育てている時は無我夢中で、自分のことなんて、まるで考えておりませんでした。でも、子供が一人前になると、もう母親の役目は終わったと、しみじみ思うことがありました。実際は、あれこれと考えなければならないことがたくさんあったのですが」

「おきくさんは、おひでさんと鉄蔵のことで気が休まる暇もなかったからね」

「でも、もう大丈夫です。あとは手前ェの後始末を考えればいいだけ」

おきくは晴々とした顔で言った。

「おきくさんも手前ェって言った」

うめは悪戯《いたずら》っぽい表情でおきくを見た。

「あら、ご無礼致しました。奥様につられてしまいましたよ。奥様がご自分の考えをずばずばおっしゃるのは、いっそ、胸がすくような気持ちになりますよ」

「あたし、それほどずばずば言うかしら」

うめは訝《いぶか》しい表情でおきくに訊いた。

「やはり、伏見屋のお嬢様ですよ。奥様のそういうところ、あたしは大好きです」

おきくは笑顔で応えた。

見舞い客はそれから何人か続いた。次男の介次郎は妻の松江を伴い、水菓子を持参し、大事に養生するようにと言ってくれた。

岡っ引きの権蔵は自宅で育てた花をひと抱えも届けてくれた。おきくの息子の房吉は浅草に行ったついでに浅草寺から病気平癒のお札《ふだ》を貰って来てくれた。

皆の親切が、涙が出るほどうめは嬉しかった。そのお蔭でうめの体調も少しずつ戻って行ったが、鉄平とおひでのお披露目の宴《うたげ》に出席するのは、少々、心許なく、残念ながら欠席することを兄の佐平に伝えた。

おきくもその日はうめと一緒に欠席すると言ったが、うめは是非にも出席を勧めた。おひでと鉄蔵が本当に倖せになった姿を確かめて貰いたかった。おきくが二の足を踏んでいたのは、うめのことが気懸《きがか》りだったせいだけではなかった。おきくは宴に着て行く晴れ着を持っていなかったのだ。

そうと知ると、うめは和助の祝言に着た着物を代わりに着てくれと言った。

前日に湯屋と髪結いに行かせ、当日はうめが着付けをしてやった。

出かける時、すぐに戻るから心配しないでと何度も言うおきくに、うめは、大丈夫だよ、おひでさんの晴れ姿をとくと眺めておいで、と笑顔で送り出した。晴れ着を着たおきくは別人のように美しかった。やはり、美人と評判の高いおひでの母親である。

多分、そんなおきくの姿を見たのは誰も初めてだったに違いない。おひでは、おっ母さん、とてもきれい、と感激して涙ぐんでいたという。

久しぶりに、うめは独りの時間を過ごすことができた。おきくが傍にいることは安心だが、独りになると、ほうっと息が継げるような気持ちになる。縁側から夜空を眺めていると、中天に懸《かか》る月がやけに美しく感じられた。いつの間にか季節は秋の終わりへと移っている。はて、今年は虫の声を聞いただろうかと、うめは首を傾《かし》げる気持ちだった。ばたばたと過ごしている内に季節の移ろいさえも気づかなかったらしい。

苦笑が込み上げた。今頃は料理茶屋のほそ川で、皆が鉄平とおひでの祝いの宴を囲んでいるだろうと思いながら、うめは静かに茶を飲んだ。

それにしても、うめが倒れた時、おつたと三太夫の夢を見たのが不思議に思えた。町医者の大平寿庵は疲れが出たせいだろうと言ったが、本当は危ないところだったのではないだろうか。

あの世に近づいたうめにおつたは早く帰れと言った。三太夫も同じだ。三太夫は小川のほとりのような場所に立っていたが、あの小川は、もしかして三途《さんず》の川ではなかっただろうか。やけに寂しい場所に思えた。

人づてに聞いた三途の川は周りに美しい花々が咲き乱れているという。ならば違うのか。いずれにしても、二人は、うめがまだこちらへ来るべきではないと言いたかったのだろう。そうは言っても人には寿命というものがある。もう、この先、生きていても、いいことなど、それほどあると思えなかった。死にたくはないが、かと言って生きているのも、うんざりする思いだった。

もの思いに耽《ふけ》っていると、訪《おとな》いを告げる声が聞こえた。

「ごめん下さい。お姑様《かあ》、いらっしゃいます？」

それは嫁のゆめの声だった。

「いるよう」

うめは気軽に応えて、腰を上げた。うめが出て行くと、孫の雪乃が「お祖母様《ばあ》」と大きな声を上げて縋りついた。雪乃は大振袖にびらびら簪《かんざし》を挿《さ》した派手な装いだった。

ゆめは藤色の色留袖に緞子《どんす》の帯を締めていて、落ち着いた美しさを感じさせた。

「おや、宴はもう終わったのかえ」

「いいえ、宇佐美の叔母様が、明日は早くから用事があるとおっしゃっていましたので、一緒にお先に帰らせていただきました」

ゆめはそう言って、後ろを振り返った。

「おうめさん、ご無沙汰致しております。体調を崩されたのは聞いておりましたが、お見舞いもせずに失礼致しました」

光江は恐縮した面持《おもも》ちで頭を下げた。いつもの光江とは様子が違っていた。光江は黒の留袖に金色の帯を締めていた。そうか、光江も今夜の宴に出席したのかと、改めて思った。

「お急ぎでなかったら、お茶を一杯、飲んで行って下さいまし」

うめがそう言うと、光江は悪く遠慮せず、それではお言葉に甘えて、と中に入って来た。

「その後、お加減はいかがですか」

茶の間に座ると、光江は心配そうな表情で訊いた。

「お蔭様で、少しずつ体調は戻っております」

「お大事になさって下さいね」

「ありがとう存じます」

うめはこそばゆい気持ちで礼を言った。

茶を淹《い》れようとすると、ゆめは、わたくしが致します、と言ってくれた。

「雪乃、今夜の宴はいかがでした？」

うめが訊くと、雪乃は足を投げ出して、疲れた、と言った。

「これ、お行儀の悪い。ちゃんとお座りして」

ゆめはすぐに窘《たしな》める。

「あたしの家で遠慮はいらない。疲れたのならそのままでいいよ。でも、よそではお行儀よくしてね」

うめは鷹揚《おうよう》に言った。雪乃は笑顔で、はい、と嬉しそうに応えた。

「お姑様、鉄平さんとおひでさんは泣きっぱなしでした。お二人とも、よほど嬉しかったのでしょうね」

ゆめは茶の入った湯呑《ゆのみ》を光江とうめの前に差し出しながら言った。

「そうかえ……」

うめは低い声で応えた。

「お水が飲みたい」

雪乃はゆめにねだった。はいはい、とゆめは流しに下りて、水瓶の水を汲《く》んで来た。

雪乃は、それをひと息で飲み干した。

「鉄蔵はどうしていた？」

うめが訊くと、雪乃は顔をしかめ、お父さんとお母さんが泣いているのが可笑《おか》しいと、げらげら笑ったから、伏見屋のお祖母さんに叱《しか》られたの、と言った。

「全く、あの子は躾《しつけ》がなっておりませんよ」

光江も思い出して眉をひそめた。

「光江さん、大目に見てやって下さいな。あの子と母親は長い間、日陰の身に置かれていたのですから」

うめは鉄蔵を庇《かば》うように言った。

「まあ、これからはご両親と祖父母の許《もと》で暮らせるのですから、それほど心配することもないでしょうが」

光江はものわかりよく応える。

「それより、この度のお祝いにわたくしまでお招きいただき、恐縮でございました」

光江はそう続けて頭を下げた。自分が声を掛けていないので、うめは、そっとゆめの顔を見た。

「うちの人が気を利かせて宇佐美の叔母様にお知らせしたのですよ。伏見屋の伯父様が和助さんの祝言の時に、今度は宇佐美の叔母様もお招きするようにと、おっしゃっていらしたので」

ゆめは笑顔で応えた。

「心温まる祝言でした。わたくしも思わず貰い泣きしてしまいました」

光江は夢見るような表情で言う。ほう、それは鬼の眼に涙か、と不謹慎なことをうめは思ったが、もちろん、口には出さなかった。たくさんの引き出物は風呂敷《ふろしき》に包み切れないほどだった。間もなく、駕籠《かご》が二挺《ちょう》、うめの家の前に到着すると、三人はそれに乗って帰って行った。

うめの再起

ゆめ達が帰って間もなく、おきくも大風呂敷《おおぶろしき》の荷物を両手に提げて戻って来た。

おきくは夏のさなかでもないのに大汗をかいており、せっかくの化粧もまだらに剝げていた。

「どうしたのよ、その荷物は」

うめは苦笑しながら訊《き》いた。

「奥様の分の引き出物も預かって来たのですよ。その他にお膳についた鯛《たい》の焼き物やら、煮しめやら、残すのがもったいなくて包んでいただきました」

おきくは荷物を下ろすと、少し荒い息をついた。

「あたしは独り暮らしだから、そんなに食べ物はいらないよ」

「でも、一日や二日は買い物をしなくて済みますよ。風もだいぶ涼しくなりましたから、すぐに饐《す》えてしまうこともないでしょうから」

「そう？　それで、どうだった、宴は。てっちゃんとおひでさんは感激して泣きっぱなしだったと聞いたけど」

「お耳の早い」

おきくは感心した表情になった。

「さっき、嫁とうちの人の妹が寄ってくれたんだよ。いい宴だったって」

「ええ、ええ。本当におひでは果報者ですよ。皆さんにお祝いしていただいて」

おきくは思い出して涙ぐんだ。

「お茶、淹《い》れるわね。詳しい話を聞かせて」

うめは続きを促した。おきくも嬉《うれ》しそうに話をしようとしたが、ふと着替えをしていないことに気づき、ちょっと待って下さいまし、大事な晴れ着にお茶をこぼしたら大変なので、と言って、衣紋竹《えもんだけ》を取り上げ、襦袢《じゅばん》ごとそれに通して鴨居《かもい》に吊《つ》るした。帯も折り皺《じわ》がつかないように丁寧に吊るす。

それから、いつもの普段着に着替え、ようやくうめの前に座った。

「伏見屋の旦那様から倅《せがれ》がよく働いてくれるとおっしゃっていただき、あたしは嬉しくて胸がいっぱいになりましたよ」

「房吉さんが真面目なのは誰でも認めていることよ」

うめは長火鉢の猫板に茶の入った湯呑《ゆのみ》を置いて応えた。おきくは一礼して湯呑を取り上げ、おいしそうに茶を飲んだ。

「それで、旦那様は、お隣りの徳三さんの家を買うことにしたから、房吉をそこに住まわせようと思っているとまで、おっしゃいました。あたしら、今まで一軒家に住んだことがなかったものですから、まるで富籤《とみくじ》に当たったたような気持ちになりました」

おきくは感激して声が震えていた。

「富籤に当たったは大袈裟《おおげさ》よ。房吉さんはおひでさんの実の弟だし、近い内に番頭に昇格するはずだ。中古の家を貰《もら》うぐらい何よ」

うめは、にべもなく応えた。

「でも、あたしらのような貧乏人には今まで考えられないことだったのですよ」

おきくはうめを諭すように言った。

「そんなに喜んでくれるのなら、あたしも嬉しい。でもね、おきくさんは今までさんざん苦労したじゃない。これは神さんからのご褒美だと思えばいいのよ。おきく、お前は亭主を亡くした後、子供達を立派に育てた、健気なお前に中古の家を進ぜる、ありがたく受け取るように、ってね」

うめは芝居掛かった声で言った。おきくもうめにつられて、ははァ、と畏《かしこ》まって頭を下げたが、堪《こら》え切れずに咽《むせ》んだ。

「ほら、昔は羽振りよく暮らしていた人でも、年寄りになって落ちぶれることがあるじゃない。それよりも、昔は苦労しても、晩年は安気に暮らせるほうがずっといいと思うよ」

「あたしなんて、さして苦労はしておりませんよ」

おきくは涙声で言う。なんとよい人柄の女だろうとうめは思った。

「それで、房吉さんは、いつ引っ越して来るのかしら」

うめは湿っぽいものを振り払うように訊いた。

「旦那様は房吉を連れて、近々、徳三さんの娘さんの家に行くそうです。そこで話が纏《まと》まれば、そうですね、今月の晦日《みそか》か来月の初めには引っ越しできそうですよ。あたしも、そうなったら嬉しい。日中は奥様のお手伝いをして、夜になったら寝に帰るだけでいいのですから」

おきくは当然のような表情で言う。おや、この人は、今後もあたしの世話をするつもりでいるのかと思った。

うめとしては、身体《からだ》が快復したら、また元の独り暮らしをするつもりだった。ずっとおきくに家のことをさせるとなれば只《ただ》という訳には行かない。それなりの手間賃を支払わなければならないのだ。瓢箪新道の家に来てから、さして無駄遣いをした覚えはないのだが、なんだかんだとお金が出て行った。うめの手持ちは、あと五十両ほどしかない。月に一両の掛かりならなんとかやって行けそうだが、この先、祝儀、不祝儀は続くだろう。その上、おきくに女中代わりをさせるとしたら、お正月を迎えるのも心許《こころもと》なかった。

しかし、その夜はおきくをがっかりさせたくなくて、もう、お手伝いは結構ですよ、とは言えなかった。

茶を飲み終えると、おきくは小さな欠伸《あくび》を洩《も》らした。

「気の張る席に出て疲れたようね。あたしに構わず休んで下さいな」

うめはさり気なくおきくを促した。

「そうですか？　それではお言葉に甘えて、お先に休ませていただきます」

おきくはそう言って、二階に引き上げて行った。おきくはうめの看病に就いてから、二階の部屋で寝泊まりしていた。もう、それにもすっかり慣れたようだ。きっと、房吉夫婦が隣りに引っ越して来ても、おきくはうめの家で過ごすことが多いだろう。

（どうしようかなあ）

うめは思案する。手持ちの金を突き崩して遣う暮らしは、どうにもやり切れない。やはり、幾らかでも毎月、決まったものが入る暮らしがいいのだと思う。しかし、今さら商売を始める気力も体力もうめには残っていなかった。うめはあれこれ考えて眠れない一夜を過ごした。

翌朝、眼《め》を覚ました時、台所では朝めしの用意をするおきくがいた。

「奥様、お早うございます。すぐにごはんに致しますよ」

おきくは笑顔で言った。

「ありがとう」

蒲団《ふとん》を畳み、身仕度を調えると、うめは顔を洗うために庭の井戸の傍《そば》に行った。井戸の前には歯磨きの房楊枝《ふさようじ》と水を張った洗い桶《おけ》が用意されていた。

うめはそれを見て、自分が、まるでご苦労なしのご隠居さんになったような気がした。上げ膳、据え膳で何もせずにいたら、いっきに耄碌《もうろく》してしまいそうだった。

顔を洗って茶の間に戻ると、箱膳が出ていて、納豆、お浸し、漬け物、大根の味噌汁《みそしる》の椀《わん》が載っていた。

「ささ、ごはんをどうぞ」

おきくはかいがいしく、めしをよそって箱膳に並べた。うめが、どうも、と頭を下げて箸をとると、おきくはすぐに茶を淹れた。

「普通のごはんが食べられるから、あたしの身体は治ったも同然ね」

うめはわざと元気のよい声で言った。

〈未完〉

解説

諸田玲子

――仕事になる前は、小説を書くなんて主婦にとって無駄なことでしょう？　ダンナがよく言っていたもの。「一銭にもならないことを、おまえはしている」って。その一銭にもならないことをうまくやるためには、家族に迷惑をかけられないしね。それに何より私は、家族が私の作ったごはんを食べて、幸せそうにしているのを見るのが好きだったの。料理と洗濯は苦にならないわね。手芸なんかも以前はよくやったし。ダメなのは掃除。片づけができない。（笑）

冒頭から長い引用になってしまったが、これは平成十五年に某誌で対談をしたときの宇江佐真理さんの言葉だ。今、読み返してみると、まさにこれぞ宇江佐さんだなあ……と胸が熱くなる。

このときは二度目の対談で、テーマは「時代小説を書く楽しみ、読む愉しみ」だった。勤め人の家庭に育ったからか武士の女を書くのが好きな私と、大工職人のご主人やお子さんたちとの日々の暮らしを大切にしながら江戸の町家や長屋の女たちを好んで描かれた宇江佐さんとは、生き方や好み、目指すところはちがっていたものの、初対面から意気投合。宇江佐さんが北海道在住だったためメールや電話が大半とはいえ、年に一度の忘年会や上京されたときの私的なお食事などを楽しみに、ご逝去されるまでの十六年間、公私にわたって励まし合い、切磋《せっさ》琢磨《たくま》し合って、共に時代小説を書きつづけてきた。

宇江佐さんは、最初から最後まで一貫して、ブレたことのない人だった。座右の銘が「平常心」だったことからもわかるように、奇をてらうことなく、地に足をつけて、ありふれた日常の中から人情の機微を掬《すく》い取るようにして小説を紡いでいらした。そんな宇江佐さんらしい、宇江佐さんが目の前で静かに語りかけてくれているような小説が、朝日新聞に遺作として連載されたこの『うめ婆行状記』である。

私が宇江佐さんから癌《がん》だと打ち明けられたのは、平成二十五年の春だった。そのあと新聞連載を依頼されて、はじめは「書き切れるかどうか……」と引き受けるのをためらっていらした。でも、やむにやまれぬなにかが宇江佐さんの背中を押したのだろう。宇江佐さんは、病に侵された不安の中で、おそらくご自分の生死を見つめながら、黙々と原稿を書き進めた。その意味で本書は、宇江佐さんの遺言がちりばめられた貴重な作品ともいえる。

本書の舞台はもちろん江戸。時代は宇江佐さんが好んで書かれる文化・文政～天保あたりか。ただし明確には記されていない。これは私の穿《うが》ちすぎかもしれないが、あえて設定しなかったようにも思える。なぜなら、宇江佐さんがここで描きたかったのは「時空を超えた宇江佐さんの江戸」であり、うめ婆に託した「ご自身の行状記」のようにも思えるからだ。

本書の主人公、うめは宇江佐さんではないか。

宇江佐さんは婆ではないけれど、江戸の昔は二十五で大年増、三十で姥桜、四十過ぎれば立派な婆だから、うめ婆はたぶん五十前後で、それは現代でいえば宇江佐さんの年頃と重なる。

うめは商家の娘だ。望まれて北町奉行所の同心の妻になった。この設定も、いかにも宇江佐さんらしい。宇江佐さんといえば、真っ先に代表作の『髪結い伊三次捕物余話』シリーズが思い浮かぶが、伊三次は北町奉行所の同心のお手先として数々の難事件を解決する。宇江佐さんにとって奉行所の同心は薬籠中の物だし、うめの出自を商家としたのも、宇江佐さんの分身たる役割を託すにはそのほうがふさわしいと考えたからにちがいない。

江戸の女たちは、私たち現代人が想像する以上に自由闊達《かったつ》だった。男の数が圧倒的に多く、女は希少価値があって大切にされていた。逢引《あいび》きに誘うのは女から、相手を選ぶのも女なら亭主から三下り半をもぎとってゆくのも女、長屋で亭主が子守や炊事に精を出し、かかあ天下の肩を揉む光景も珍しくなかったという。とはいえ、これはあくまで庶民の女たちの話だ。武家の女はそうはいかない。下級武士の妻女といえども数々の制約に縛られている。自分を殺して、ひたすら夫や舅姑《しゅうとしゅうとめ》に仕え、老いては子に従わなければならない。

商家の娘だったからこそ、うめは婚家の窮屈な暮らしがことさら息苦しく感じられたのだろう。子供たちを育てあげ、舅姑や夫を彼岸へ送り、嫡男が妻子を得て家督を継ぐところを見届けるまでは、不平不満を腹におさめ、良妻賢母を演じてきた。

そういえば江戸時代、一芸に秀でたり偉業を成したりして世に知られた女性は数少ない。幕末になってようやく歴史に名を遺す女傑が何人かあらわれたが、彼女たちにしても、志のままに突き進むことができたのは子を育てあげ、舅姑、夫を看取ったあとだった。女たちは、妻であり母である第一の人生を終えてからでなければ、自分の人生を歩むことができなかったのだ。

うめも、夫の死後になってはじめて、自分のための一歩を踏み出そうとする。

――「僅かな月日でも好きなように生きられたら」

うめが「好きなように……」というのは、独り暮らしをすることだった。なんとささやかな、なんといじらしい願いだろう。

悩み迷いながらも、うめは思い切って家を出る。

——今を逃したら、うめは自分の思いを実行に移せなかっただろう。これでいいのだ、これでいい。

——後ろ髪を引かれる気持ちをうめは振り払った。うめの旅立ちの日でもあった。


本書のこの箇所を読んだとき、私は宇江佐さんのうなずく顔が見えたような気がした。満足そうに微笑みながらうなずく、あの柔和なお顔が……。

宇江佐さんは台所の片隅で執筆していらした。筆がのってもっと書きたいと思っても、火加減をみたり味見をしたりするたびに中断せざるを得ない。家庭を大事におもう反面、書くことに専念できないフラストレーションをかかえておられるようだった。

実際、宇江佐さんはご自分が癌だと知ったときも、書けなくなるのだけはいやだから抗癌剤は使わないと仰っていた。闘病中も書くことへの意欲が失せることはないようだった。さあ、好きなだけ書くぞ——と、宇江佐さんはうめの旅立ちにご自分の思いを託されたのだろう。

念願の独り暮らしをはじめたうめのまわりで、季節の移ろいと共に様々な出来事が走馬灯のように流れてゆく。盂蘭盆《うらぼん》があり祝言があり弔いがあり、親子、夫婦、隣人、喧嘩も許されざる恋も病も……。それらは捕り物のような大事件ではない。だれの身にも起こり得る、日常のありふれた出来事にすぎない。それなのに宇江佐さんの手にかかると、はらはらしたり涙ぐんだり、その場にいて一喜一憂しているような気になってくるからふしぎだ。

私はとりわけ、うめが隣人に教えてもらって梅干しをつくる場面が随所に織り込まれていることに感心した。逃れられない役割として家事をするのではなく、梅干しをつくりたいからつくる。それはささやかな一事にすぎないが、自分の意志を貫徹したときの達成感やその成果を皆に分配するときの誇らしさはなににも代えがたい。

うめが梅干しをつくることは、そう、宇江佐さんが小説を書くことである。

——うめはすこぶる満足だった。手を掛け、心を掛ければ、おいしい梅干しができるのだ。

私も物書きの端くれとしてこの気持ちがよくわかる。私にかぎらず、小説でなくても、心から自分のしたいことをする喜びこそが人生の至福なのだという普遍の真実を、宇江佐さんは梅干しひとつでさりげなく私たちに教えてくれる。それは、大上段に構えないからこそ、私たち読者の心に届くのだと思う。
うめは、独り暮らしをしているうちに、いろいろなことを考え、これまで気づかなかったことにも気づくようになる。亡き両親が夢に現れたことで供養を怠っていたと反省したり、隣人の急死に遭遇して命の儚《はかな》さを思ったり、家族、子供、夫婦についてあれこれかんがえをめぐらせたり……。
そうして、うめはこう思い至る。

――食事の支度をして、洗濯をし、掃除をし、買い物をする。そんな女の毎日をつまらないと思うことがあったが、それが実は生きている張りでもあったのだ。それに比べたら、男なんて仕事をするばかりで他は何もできない者が多い。女に生まれてよかったと、うめは改めて思った。

あるとき、うめは病に倒れる。病の床でこんなことも思う。

――お姑様、叔母さん、お義姉さん。女達のそれぞれがうめを呼んだ。自分はそのように姑であり、叔母であり、義姉であったのかと、うめはぼんやり思った。

独り暮らしをすることで、うめは自分を見つけてゆく。そして、かつては疎ましく思うことさえあった夫への気持ちまでが、少しずつ変化してゆく。生前は愛情も感謝も口にすることのなかった堅物の夫だが、やはり自分のことを大切に思ってくれていた。夫は、釣った魚に餌をやらないのではなく、感情を表さないのが武士だと思い込んでいただけなのではないか。

本書は残念ながら完結していない。完結に限りなく近づいていたと思われるものの、三月十五日の掲載分の途中ですっぱりと終わってしまう。

今となっては虫の知らせとしか思えないのだけれど、ご逝去される二週間前に私は宇江佐さんに電話をした。ちょうど病院からご自宅へ戻っていらして、ご本人が受話器を取られた。病院で過酷な治療をされたそうで、長話はしたものの、いつもの宇江佐さんとは別人のように弱々しいお声だった。このときはじめて、私は宇江佐さんが「もう書く気がしないのよ」と言われるのを耳にしている。

たぶん、この前後に、書くことを断念されたのだろう。さぞやご無念だったろうと思うと涙が止まらない。

宇江佐さんの遺書ともいうべき本書の結末がどんなものだったのか。当然ながら私はなにも言えないけれど、気になる読者のために、あくまで私の想像を少しだけ書き添えておく。そのヒントがこれまで引用した箇所の中にあるような気がするからだ。うめは――宇江佐さんは――母であり妻であり、家族のためにあくせくしてきた第一の人生の中にあった幸福を今こそ噛みしめる。そして、それでもなお、生きているかぎり自分の足で歩いていこうと決意を新たにするのではないか。なぜなら、それが私の知っている宇江佐さんだから。

いや。よくよく考えれば、完結しないで終わることこそが宇江佐さんの思いだったのかもしれない。人生は愚かしくも愛しい出来事のくりかえし。うめは退場しても、小さな不満をかかえた第二第三のうめが外へ飛び出し、自分自身に問いかけながら自分の足で歩きはじめようとするはずだ。それは、いつの世も変わらない。

だからそう、『うめ婆行状記』に終わりはないのだ。

締めくくりにもうひとつ、本書の中の一節を引用しておきたい。

――そうは言っても人には寿命というものがある。もう、この先、生きていても、いいことなど、それほどあると思えなかった。死にたくはないが、かと言って生きているのも、うんざりする思いだった。

宇江佐さんは、この悩み多き現世から彼岸へ旅立たれた。きっと今ごろは、晴れ晴れとしたお顔で大好きな小説を心ゆくまで書いておられるにちがいない。

宇江佐さん、珠玉の小説を遺して下さってありがとう。

（もろた　れいこ／作家）

解説

末國善己

二〇一五年十一月七日、江戸の下町を舞台にした人情ものの名作を数多く残した宇江佐真理さんが亡くなられた。享年六十六。まだ若すぎる死だった。

宇江佐さんは、一九九五年に、廻《まわ》り髪結いをしながら北町奉行定廻り同心・不破友之進の小者を務める伊三次を主人公にした捕物帳「幻の声」で、第七十五回オール讀物新人賞を受賞してデビュー。この作品が『髪結い伊三次捕物余話』としてシリーズ化され、代表作でありライフワークになったことは改めて指摘するまでもないだろう。

『髪結い伊三次捕物余話』で画期的だったのは、伊三次の恋人お文の存在である。野村胡堂『銭形平次捕物控』の平次とお静、横溝正史『人形佐七捕物帳』の佐七とお粂のように、探偵役の夫婦関係を物語の柱の一つにしている捕物帳は珍しくない。ただそれまでの捕物帳に出てきた恋女房が〝内助の功〟で亭主を支えていたのに対し、お文は「文吉」の権兵衛名（源氏名）を持つ売れっ子の辰巳《たつみ》芸者《げいしゃ》で、一人あたり三十二文で髪結いをしている伊三次より遥《はる》かに稼ぎがいい〝自立した女性〟なのだ。

そのためお文は、転居、転職、結婚、出産といった人生の岐路に立つたびに、現代の女性と変わらない難しい決断を迫られる。お文の苦悩を誰もが共感できるリアルなものとして描いたことも、シリーズの人気を支えていたのではないか。

その後の宇江佐さんの活躍は目覚ましく、恋愛ものの連作集『深川恋物語』で第二十一回吉川英治文学新人賞を受賞、女性剣客が仕事か結婚かの選択を迫られる表題作を始めとする短編集『余寒の雪』で第七回中山義秀文学賞を受賞している。

宇江佐さんは、二〇一五年二月新春号の「文藝春秋」で乳癌《にゅうがん》であることを告白し、その治療体験をユーモアを交えて語った「私の乳癌リポート」を発表された。その闘病中に執筆されたが残念ながら未完の遺作になり、没後の二〇一六年一月十二日から三月十五日まで「朝日新聞」夕刊に連載されたのが、本書『うめ婆行状記』である。

主人公は、実家の酢・醤油《しょうゆ》問屋「伏見屋」から北町奉行所同心の霜降家に嫁いで三十年、二男二女を生み、夫の三太夫が卒中で急逝し、最後まで家に残っていた次男を婿養子に出し、妻と母の役割を終えたうめ。若い頃から老後は独り暮らしをしたいと考えていたうめは、夫の死を切っ掛けに夢に向かって動き出す。

高齢化が進む日本では、葬儀の希望や財産分与の方法などを死ぬ前に計画しておく〝終活〟への関心が高まっている。その一環として、夫婦関係を清算する熟年離婚、亡くなった配偶者の親族との関係を終了する死後離婚などを考える人も増えているという。うめの場合は婚家との縁を切るほど極端ではないが、孫が大きく育ち、家事や育児を嫁に任せられるようになったので、独りで人生を見つめ直したいという気持ちは、熟年離婚や死後離婚をして家から出たいと思っている人と重なる。宇江佐さんのデビュー作『髪結い伊三次捕物余話』が、仕事、結婚、出産など比較的若い世代の苦労を描いたとするなら、遺作となる本書は、中高年以上になると意識し始める老いや死に向き合った作品といえるのである。

武士を捨て絵師になった息子と同居を始めた琴が、同心だった夫の死の謎を追う『涙堂』、松前藩の国替えで浪人になった相田総八郎と妻のなみが、江戸の神田で暮らし始める『憂き世店』など、宇江佐さんは武家の妻が町屋で暮らす物語を得意としてきた。本書も、宇江佐さんの〝十八番《おはこ》〟の舞台設定になっているが、一つだけ大きな違いがある。それは『涙堂』などが、非日常の事件が解き明かされるダイナミズムの中に人情の機微を織り込んだ広義の捕物帳になっていたのに対し、本書では事件らしい事件が起こらないことである。

うめの新居の隣りには、「伏見屋」に出入りしていた指物師の徳三と女房のおつたが住んでいた。庭にある梅の樹は、毎年、実をつけると聞いたうめは、おつたの手ほどきを受けながら梅干し作りを始める。続いて「伏見屋」で騒動が起こる。「伏見屋」はうめの兄・佐平が継ぎ、野田の醬油造り屋の娘おきよを嫁に迎え、一人息子の鉄平も生まれていた。この鉄平が、三十を過ぎたのにいまだ独身なのだ。鉄平は、十八歳の時に水茶屋の茶酌娘おひでと恋仲だったが、良家から嫁を迎えたいおきよが結婚に反対し、二人は表向き別れた。鉄平はいまだにおひでを想《おも》っているのか、親が持ち込む縁談を断り続けている。うめは現代の晩婚化に通じるところのある鉄平の結婚に一肌脱ぐことになる。そして終盤になると、うめは親しい人を亡くし、自身も病に倒れる。

　本書で描かれるのは、普段はあまり作らない新たな料理に挑戦したり、親戚の結婚をまとめたり、知人の葬儀に出たり、病気になったりと、誰もが経験する出来事ばかりなのだ。決して大きな事件は起こらないが、うめと他家に嫁いだ三太夫の妹・光江との確執、鉄平の結婚だけは我を通そうとする母親のおきよのエキセントリックさなどで物語に緩急を付ける宇江佐さんの手腕にかかると、続きが気になるスリリングな展開に変わる。宇江佐さんが普段の生活をドラマチックに描いたのは、人間にとって何気ない日常が実はかけがえのないものだというメッセージのようにも思えた。

　宇江佐さんは、同心の夫とのすれ違いに悩むのぶが、食道楽の義父に癒される料理ものの『卵のふわふわ』、料理茶屋の隠居が死への恐怖を克服するため怪談会に参加する『ひとつ灯せ』、口入れ屋（人材派遣業）の娘おふくが、派遣した娘がすぐに辞める難しい雇い主の店で働く商家ものにしてお仕事小説の『昨日みた夢』など、多彩な作品を発表している。これらのエッセンスがすべて詰め込まれている本書は、〝宇江佐ワールド〟の集大成といっても過言ではあるまい。

それだけに本書では、親子の絆、家族の温《ぬく》もり、地域共同体の絆、そして人にとって幸福とは何かなど、宇江佐さんがデビュー作から追い求めたテーマが深められている。

うめは、ずっと独り暮らしを続けるかは分からないが、若い頃からの夢であり、家族のしがらみから距離をおく意味もあって家を出る。ただ独り暮らしは自由を与えてくれたが、それは病気になれば誰にも気付かれず死ぬかもしれない恐怖とも紙一重だった。宇江佐さんは、こうした現実的なシーンを幾つも積み重ね、自分なりの幸福を見つけるヒントを与えてくれたのである。空疎な理想論を振りかざすのではなく、地に足をつけて幸福をとらえる視点は、お金があっても家族がバラバラだと幸せではないが、まったくお金がないと幸福は感じられないという問い掛け、家族は大切だが、家族への想いに呪縛されると、人生を棒にふったり、幸福を逃したりするといったところにも端的に表れているので、本書を読み直すたびに新たな発見があるはずだ。

後半になると、老いと死が描かれていくが、宇江佐さんの筆は明るく、ユーモアを忘れていない。うめが「人が生まれ、亡くなり、また生まれる。こうして人の世は続いて行くのだ」と考えているように、宇江佐さんは死は新しい生を生み出すプロセスの一つで、そこには恐れることも、悲しむこともないとしている。

癌と闘い、死と隣り合わせの状況にありながら、生きているうちは楽しく、でも死も悪いものではないと書けた宇江佐さんの強さに触れると、どんな世の中でも明るく前向きに進んでいこうという勇気がもらえるだろう。特に最後の一行は、宇江佐さんが計算してここで終わったのではないかと思えるほど、深い感動がある。

先ほど、本書について「残念ながら未完の遺作にな」ったと書いたが、これは半分正しく、半分間違っている。宇江佐さんは『髪結い伊三次捕物余話』シリーズの文春文庫版『今日を刻む時計』（二〇一〇年七月）の「文庫版あとがき」で、「そうそう、最後に伊三次シリーズの最終回を書くことには固執しないと約束します」と書いているので、あえて結末を書かないことで〝永遠に終わらない物語〟を作ろうとしていたように思える。宇江佐さんの手による結末が読めないのは残念だが、読者が想像の翼を自由にはばたかせて自分なりの結末を作り、それぞれが解決しなければならない問題も探せるので、本書は〝永遠に終わらない物語〟になったともいえるのである。

読者が考える本書の結末は作者へのファンレターであり、先に彼岸に渡った宇江佐さんが楽しみにしているように思えてならない。

（すえくに　よしみ／文芸評論家）

本作品の校閲については、著作権継承者と相談のうえ
加筆修正しております。

うめ婆行状記《ばあぎようじようき》
朝日文庫

2017年10月30日　第1刷発行
2019年2月28日　第4刷発行

著　者　宇江佐真理《うえざまり》

発行者　須田　剛
発行所　朝日新聞出版
〒104-8011　東京都中央区築地5-3-2
電話　03-5541-8832（編集）
03-5540-7793（販売）

印刷製本　大日本印刷株式会社

Published in Japan by Asahi Shimbun Publications Inc.
定価はカバーに表示してあります

ISBN978-4-02-264859-4
落丁・乱丁の場合は弊社業務部（電話03-5540-7800）へご連絡ください。
送料弊社負担にてお取り替えいたします。